高等学校"十一五"规划教材

计算机图形学

贾艾晨　编著

哈尔滨工业大学出版社

内容简介

本书是作者在从事多年的"计算机图形学"教学和研究的基础上,参考国内外的有关教材、专著和论文编写而成的。书中的主要内容有:计算机图形学的发展和应用、C语言的图形功能、基本图形的生成算法、图形变换的矩阵方法、工程上常用的曲线曲面、几何造型技术、真实感图形显示、计算机动画技术、分形学的基本方法、科学可视化等。本书反映了计算机图形学的主要内容、计算机图形学的最新研究成果,以及作者多年研究的部分成果。书中附有许多应用程序,采用C语言编写,均已用 VC++ 或 Turbo C 2.0 上机通过。

本书可作为高等院校各专业本科生的教材,也可作为计算机图形学研究和应用人员的自学参考书。

图书在版编目(CIP)数据

计算机图形学/贾艾晨编著. —哈尔滨:哈尔滨工业大学出版社,2009.4

ISBN 978 - 7 - 5603 - 2823 - 2

Ⅰ.计…　Ⅱ.贾…　Ⅲ.计算机图形学 – 高等学校 – 教材　Ⅳ.TP391.41

中国版本图书馆 CIP 数据核字(2009)第 046124 号

策划编辑　郝庆多
责任编辑　张　瑞
封面设计　张孝东
出版发行　哈尔滨工业大学出版社
社　　址　哈尔滨市南岗区复华四道街 10 号　邮编 150006
传　　真　0451 - 86414749
网　　址　http://hitpress.hit.edu.cn
印　　刷　肇东粮食印刷厂
开　　本　787mm×1092mm　1/16　印张 12.75　字数 318 千字
版　　次　2009 年 4 月第 1 版　2009 年 4 月第 1 次印刷
印　　数　1~3 000 册
书　　号　ISBN 978 - 7 - 5603 - 2823 - 2
定　　价　25.00 元

前　言

计算机图形学作为计算机应用的一个分支,已经渗入生产、生活的各个方面。随着计算机技术的发展,越来越多的问题需要用计算机图形来表示和解决。我们所熟悉的电影、计算机游戏、多媒体远程教育、电子邮件以及我们所不熟悉的许多科学领域,都是计算机图形学的应用范畴。在数字化信息时代里,凡是使用语言、文字、数字、数学公式的场合,计算机图形学都大有用武之地,可以说,计算机图形无所不在。

本书是作者在从事多年的"计算机图形学"教学和研究的基础上,参考国内外的有关教材、专著和论文编写而成。书中的主要内容有:计算机图形学的发展和应用、C语言的图形功能、基本图形的生成算法、图形变换的矩阵方法、工程上常用的曲线曲面、几何造型技术、真实感图形显示、计算机动画技术、分形学的基本方法、科学可视化等。本书反映了计算机图形学的主要内容、计算机图形学的最新研究成果,以及作者多年研究的部分成果。

本书的特色是在计算机图形学共有的内容基础上,加进了分形学、可视化的内容,使本书适应于计算机图形学发展的最新动态及前沿研究。本书每章的内容都配有相应的实践性例题,使读者学过每一章内容后,就能够参照例题编写程序上机实践,及时掌握学过的内容。本书的例题全部采用C语言编写,使读者学过本书的内容后,能够很快地运用书中的知识,用C语言编制计算机图形学的应用软件,提高读者直接应用知识的能力。书中的应用程序均已用VC++或Turbo C 2.0上机通过。

本书力求内容全面、通俗易懂、理论清楚、方法具体,便于自学掌握,可作为高等院校各专业本科生的教材,也可作为计算机图形学研究和应用人员的自学参考书。书中的部分程序及插图由侯燕、张秋敏调试及绘制完成。

由于时间和水平有限,书中定会有缺点和不足之处,诚望各位老师和同学批评指正。

作者

2009 年 3 月于大连理工大学

目　　录

第1章 绪 论

计算机图形学是近50年来发展迅速、应用广泛的新兴学科,是计算机科学中最活跃的分支之一。随着计算机技术的发展,越来越多的问题需要用计算机图形来表示和解决。我们所熟悉的电影、计算机游戏、多媒体远程教育、电子邮件以及我们所不熟悉的许多科学领域,都是计算机图形学的应用范畴。在数字化信息时代里,凡是使用语言、文字、数字、数学公式的场合,计算机图形学都大有用武之地,可以说,计算机图形无所不在。

计算机图形学主要包含两大部分内容:一是将数据和几何模型转换成图形;二是将图形转换成数据和几何模型。前者为一般所指的计算机图形学的内容;后者则称为模式识别,如信封上手写邮政编码的自动识别。两者是相反的过程。

图形也可称作图像,但图像处理往往指另一门计算机技术,它是将客观世界中原来存在的物体映象处理成新的数字化图像,如气象预报中的云图和海图处理、人体的CT扫描等。图像处理关心的问题是如何滤除噪声,压缩图像数据以便于传输和存储,用对比增强技术突出图像中的某些特征,用复原技术使模糊的图像清晰等。

还有一门专门研究几何模型和数据处理的学科,那就是计算几何,它是计算机图形学中数学建模的基础。它着重讨论几何形体的计算机表示和分析,研究怎样方便灵活地建立几何形体的数学模型,提高算法效率,在计算机内怎样更好地存储和管理这些模型数据等。

因此,与计算机图形学密切相关的学科有计算几何、图像处理、模式识别。由于科学技术发展的普遍规律是各门学科之间相互渗透与沟通,计算机图形学与计算几何、图像处理、模式识别的学科界限也正在变得模糊起来,并且继续交叉产生新的学科,如科学可视化、分形学等。

本书将着重讨论计算机图形学的一般内容,并简要介绍图形学及科学计算可视化的典型算法。

1.1 计算机图形学的研究内容

计算机图形学(Computer Graphics)简称CG,是研究怎样用数字计算机生成、处理和显示图形的一门学科。它可以生成现实世界中已经存在的物体的图形,也可以生成虚构物体的图形,因此,计算机图形学是真实物体或虚构图形的综合技术。

计算机图形学的研究内容主要是围绕着生成、表示物体的图形图像的准确性、真实性和实时性的基础算法,可以分为以下几个方面。

1.几何元素和图形的生成方法

计算机图形学首先要解决基于图形设备的基本图形元素的生成算法,如光栅图形显示器生成直线、圆弧、二次曲线、封闭边界内的图案填充等问题。

2.几何形体的描述

我们在显示屏幕上或图纸上看到的物体图形,是空间形体在平面上的投影。对于三维空间的几何形体需用一定的方法进行描述。对于空间的几何形体,其基本元素的信息可分为几何信息和拓扑信息两大类。几何信息用以确定每个分量在欧式空间的几何位置(如点坐标)和描述(如平面方程系数);拓扑信息则用来定义几何元素的数目及相互间的连接关系。

一个多面体各元素之间的拓扑关系可以互相推导,因此只需存储一种关系即可。但由于关系的推导要付出代价,所以一般的系统常同时存储若干种拓扑关系。这些拓扑关系,既要能足够地表示出几何形体的构造,又要尽量压缩信息的存储量,便于检索和修改,利于计算机的自动生成。

数据结构技术在几何形体的描述中起着关键的作用。线性链接表、树结构、堆栈和队列等被广泛应用于几何形体的描述、运算和输出中。

3.几何造型

我们在构建形体时,需要通过并、交、差等布尔运算将一些基本形体体元组合起来,这种操作叫做几何造型。在进行几何造型时,首先要把各体元正确地定位,然后还要判断各体元之间的交互作用、各种相交出现的位置以及它们之间的相互关系,以确保生成法定的三维形体。

4.图形的变换

一个图形系统需具有图形变换的功能,这种变换包括二维变换、三维变换和三维向二维的变换。可以说,没有图形变换就不能处理和输出图形。我们可以通过二维或三维的几何变换由某些几何体去构造新的更复杂的几何体,在对图形进行交互式操作时,我们也要用到平移、放大缩小、旋转等变换。在显示或绘制一个环境时,要将三维的几何信息映射到二维屏幕上,就要用到平行投影、轴测投影或透视投影这些由三维向二维的投影变换。

图形变换一般采用向量、矩阵和齐次坐标的形式来描述,这些形式可将线性代数的一些基本理论应用到图形变换中。例如,可用一个矩阵对应一个变换,图形的连续变换就可由矩阵的相乘来实现,一个变换的逆变换也可由一个矩阵的逆矩阵来表示。

5.真实感图形生成

真实感图形的生成包括消隐、光照模型及纹理等算法。消隐技术就是消除那些从当前的观察点看不见的那一部分物体,即消除隐藏线和隐藏面,从而产生层次感;建立或选用适当的光照模型,尽可能准确地模拟物体在现实世界中受到各种光源照射时的效果,如漫反射、镜面反射及投射等;纹理生成技术,即在物体表面产生几何纹理或颜色纹理。一般来说,生成二维图形的逼真度越高,所需的计算时间就越长,因此,复杂模型真实感图形的实时动态显示一直是计算机图形学的研究热点和难点。

6.计算机图形系统设计方法

计算机图形系统是为了支持图形应用程序便于实现图形的输入、处理、输出而设计的系统,由计算机硬件和软件两部分组成。系统的基本物理设备统称为硬件,包括主机及大容量外存储器、显示处理器、图形输出和图形输入设备。为了运行、管理和维护计算机及其图形输入/输出设备而编制的各种程序统称为软件。软件分系统软件、支撑软件和应用软件三类。系统软件是使用和管理计算机及其外围设备的软件;支撑软件由一组共用的图形子程序组成,它扩展了原有高级语言的图形处理功能,给用户提供描述、控制、分析和计算图形的语句,适用于用户设计有关图形方面的应用程序;应用软件是用户利用计算机以及它所提供的各种系统软件编制解决用户各种实际问题的程序和相关文档,其中的程序称为应用程序,而图形应用程序是开发图形系统的核心。

计算机图形系统的工作方式目前都以交互式绘图为主。交互式图形系统可由设计人员（或用户）利用键盘、光笔、数字化仪器、图形显示器等交互设备的有关功能,进行人机对话,控制和操纵模型的建立和图形的生成过程,模型和图形可以边生成、边显示、边修改。

下面以三维物体透视线框图为例说明计算机图形系统的图形输出过程:首先根据视点在用户坐标系中的位置和观察方向建立观察坐标系,并对三维物体上的点通过观察变换用观察坐标表示;然后按观察范围进行裁剪坐标变换,剪掉舍弃的部分;再通过透视投影,在观察平面上产生相应的像点;最后根据绘图仪或显示器的设备坐标及指定显示区域,将这些像点转换为屏幕坐标系上的显示像素点,并在相应点之间画线连接,从而生成三维物体的透视线框图。

1.2 计算机图形学的发展历史

计算机图形学的发展,是与计算机软硬件及外围设备、图形设备的发展密不可分的。

1.准备和酝酿时期(20 世纪 50～60 年代)

1950 年,美国麻省理工学院研制出"旋风 1 号"(Whirlwind 1)图形设备,这套设备可以显示简单的图形。

1957 年,以麻省理工学院林肯实验室为主研制的半自动防空系统 SAGE(Semi Automatic Ground Environment)正式投入使用,成功地把雷达波形转换成计算机图形,第一次用光笔选取图形,为交互图形显示技术的发展起了巨大的带头作用。

1958 年,美国 Colcomp 公司研制出滚筒式绘图仪,为图形的输出创造了条件。

2.学科确立和进入应用时期(20 世纪 60 年代)

1962 年,美国麻省理工学院林肯实验室的伊凡·萨塞兰德(Ivan Sutherland)发表了题为"图板:一个人机通讯的图形系统"的博士论文,首次提出了计算机图形学、交互技术等新思想,为交互式计算机图形学的确立打下了理论基础。

1964 年,孔斯提出的孔斯曲面(用小块曲面片组合表示自由型曲面)使图形学的应用大大发展(如设计汽车外表面),成为计算机辅助设计的奠基人。

20 世纪 60 年代,显示器也大大发展,成本降低,使图形学的应用和普及成为可能。

3.蓬勃发展和广泛应用时期(20 世纪 70 年代)

20 世纪 70 年代,计算机硬件迅猛发展。由于集成电路的发展,有了存放像素的大容量存储器,使得光栅图形显示器研制成功。

20 世纪 70 年代,计算机图形学有了重要发展,在消隐线、消隐面、明暗技术、真实感图形显示方面发表了很多研究成果。同时,计算机图形学和 CAD 技术也得到了广泛应用。市场上出现了图形输入板等多种形式的图形输入设备,出现了面向中小企业的 CAD/CAM 系统。

4.突飞猛进和成熟化、标准化时期(20 世纪 80 年代)

20 世纪 80 年代,个人计算机和图形工作站迅猛发展,主机和图形显示器融为一体,光栅扫描技术更加成熟。

1983 年,国际标准化组织的有关成员国投票通过了 GKS,这是一个图形学国际标准,为开发图形支撑软件提供了具体的规范,对以后图形设备的研制有指导意义,为计算机图形学的教育和国际学术交流提供了统一的规范术语和概念。在 GKS 支撑软件基础上开发的应用软件具有良好的可移植性。此后,又颁布了计算机图形学的国际标准,图形学从软件到硬件逐步实现了标准化。

此后的十几年时间里,计算机图形的理论已逐渐成熟,其应用领域也逐步扩大。计算机图形学在当今的科技革命中起到了举足轻重的作用。

1.3 计算机图形学的应用

计算机图形学的应用几乎无所不在,下面介绍计算机图形学的几个主要的应用领域。

1.计算机辅助设计与制造(CAD/CAM)

CAD/CAM 是计算机图形学在工业界最广泛、最活跃的应用。在机械、建筑、纺织、航空航天等各个领域,计算机绘图已经代替了传统的绘图板加丁字尺的设计方式,担负起繁重的日常出图任务以及方案的优化和细节设计工作,如图 1.1 所示。相应的 CAD 软件也已成熟,设计人员可以用最简单、方便的操作来对产品的外形进行交互式设计,并可在计算机里对产品进行复杂部件的数字预装配,在正式出图前就排除掉各部分结构和尺寸的不协调。建筑物的总体设计及各设计方案无需制作模型即可显示其真实感图形(各种轴测图、透视图),直到用户满意为止,如图 1.2 所示。CAM 系统则可根据产品的数字化几何定义确定零件的制作和装配工艺过程、计算数控加工的走刀轨迹、制定产品的质量保证计划等。

随着计算机网络的发展,在网络环境下进行异地异构系统的协同设计,已成为 CAD 领域最热门的课题之一。现代产品设计已不再是一个设计领域内孤立的技术问题,而是综合了产品各个相关领域、相关过程、相关技术资源和相关组织形式的系统化工程。CAD 领域另一个非常重要的研究方面是基于工程图纸的三维形体重建。三维形体重建是从二维信息中提取三维信息,通过对这些信息进行分类、综合等一系列处理,在三维空间中重新构造出二维信息所对应的三维形体,恢复形体的点、线、面及其拓扑关系,从而实现形体的重建。

计算机图形学在 CAD 和 CAM 方面的应用,提高了设计与制造的质量,大大减轻了劳动强度,提高了生产效率。

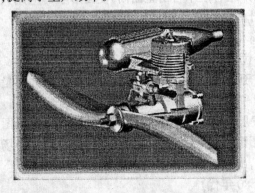

图 1.1 机械制造计算机辅助设计图

图 1.2 小区规划计算机辅助设计图

2.地理信息系统(GIS)

地理信息系统(GIS—Geographic Information System)是融计算机图形学和数据库技术于一体,储存和处理空间信息的高新技术。它把地理位置和相关属性有机地结合起来,根据实际需要准确真实、图文并茂地输出给用户。早在 1960 年,R.F.Tomlinon 就提出了"把地图变成数字形式的地图,以便于计算机处理和分析"这一新思想。20 世纪 70 年代起,为了更好地保护环境、进行建设、开发资源和规划土地,需要分析和处理大量的地理数据,这为地理信息系统的发展提供了一个机遇,一些大学和科研机构纷纷投入力量开始研究 GIS,一些商业公司也积极开发和销售 GIS,越来越多的专业杂志发表了有关 GIS 方面的论文,地理信息系统的理论、方法和技术逐渐趋于成熟。目前,GIS 的数据处理能力、空间分析功能、人机交互对话、地图的输入及编辑和输出技术都有了较大的发展,并且 GIS 在许多领域都得到了广泛的应用。图 1.3 和图 1.4 为某地区配电地理信息系统和消防地理信息系统。

　　我国幅员辽阔,草原、森林、矿产、生物等各种资源丰富,使用 GIS 和遥感技术对资源进行综合调查,可以加快调查的进度,能够使获取的资料充分地满足精度和现实的需要。不仅如此,GIS 及相关技术还可以应用于交通规划、城市规划及其管理、地质与矿产资源的开发利用、林业、农业、景观生态等各个领域,为相关的研究及决策提供更可靠的信息收集及评价分析。此外,GIS 在环境监测、环境工程、环境规划管理等方面都发挥着重要作用。

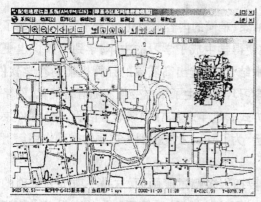

图 1.3　某地区配电地理信息系统　　　　图 1.4　某地区消防地理信息系统

3.数据场可视化

　　数据场可视化,是当前计算机图形学中最热门的应用领域之一,它用形象的图形方式表示数据域中抽象的数据所反映的内容及之间的相互关系,帮助人们直接地把握复杂的全局,理解与洞察计算中发生的一切,并可驾驭科学计算,控制科学发现的过程。

　　目前可视化技术广泛应用于医学、流体力学、有限元分析、气象分析等领域。尤其在医学领域,可视化有着广阔的发展前途。依靠精密机械做脑部手术是目前医学上很热门的课题,而这些技术实现的基础则是可视化。当我们做脑部手术时,可视化技术将医用 CT 扫描的数据转化成图像,使得医生能够看到并准确地判别病人的体内患处,然后通过碰撞检测一类的技术实现手术效果的反馈,帮助医生成功完成手术。我们都知道现在的气象预报越来越准确,而且可以预报相继几天后的天气情况,这主要是利用了可视化技术。天气气象站将大量数据通过可视化技术转化成形象逼真的图形后,经过科学的分析来预见几天后的天气情况。图1.5和图 1.6 为可视化在气象分析和医学分析中的应用实例。

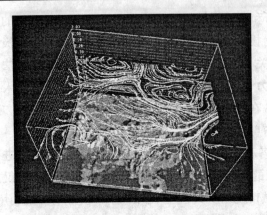
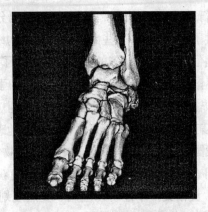

图 1.5　气象分析中风流场的可视化显示　　　图 1.6　骨骼 CT 结果的可视化重组

4.计算机辅助教学(CAI)

计算机图形学被引入到教育领域后,使得抽象、难懂的内容形象化、具体化,大大提高了学生学习的兴趣和学习积极性。计算机的交互性使得学生成了学习的主体,学到的知识也更深刻、更牢固。尤其是计算机图形学与多媒体技术结合,创造出高质量的计算机辅助教学软件。利用 CAI 课件学习,可达到声、形、图、文并茂,学习环境发生了根本变化。随着智能化、网络化的实现,远程教育已成为获取知识的一种重要方式。近年来,CAI 领域非常活跃,CAI 课件层出不穷,每年全国都举办 CAI 课件展示会和研讨会,为 CAI 的发展起到了重要的推动作用。

5.计算机动画和艺术

在动画片的制作中,两幅关键画面之间需要插入多幅过渡画面,这是一项十分繁琐的工作。将计算机图形学引入到制作动画片中,使动画片的效果、质量及制作效率得以大幅度提高。计算机动画内容丰富多彩,生成动画的方法也多种多样,比如基于特征的图像变形、二维形状混合、轴变形方法、三维自由形体变形等。近年来人们普遍将注意力转向基于物理模型的计算机动画生成方法。这是一种崭新的方法,该方法大量运用弹性力学和流体力学的方程进行计算,力求使动画过程体现出最适合真实世界的运动规律。然而要真正到达真实运动是很难的,比如人的行走或跑步是全身的各个关节协调的结果,要实现很自然的人走路的画面,计算机方程非常复杂、计算量极大,基于物理模型的计算机动画还有许多内容需要进一步研究。

计算机图形学还可用于产生艺术品,例如各种图案、花纹,甚至传统的油画和中国画等。这一技术也被用来制作各种商业广告以吸引顾客,推销商品。在近几年的电影和电视剧拍摄及后期制作中,更是大大地运用了计算机图形学的相关技术,使得古代生物、精灵及很难制作的布景、高难度的武打动作、惊险的灾难场景等真实地展现在人们面前,如图 1.7 和图 1.8 所示。目前国内外不少人士正在研制人体模拟系统,这使得在不久的将来把历史上早已去世的著名影视明星重新搬上新的影视片成为可能,使我们能一睹他们当年的风姿,这是一个传统的艺术家无法实现也不可想象的。

图 1.7 《泰坦尼克号》中巨型沉船的再现　　　　图 1.8 《侏罗纪公园》中恐龙的再现

6.计算机模拟与仿真

计算机模拟与仿真是利用计算机模拟某个系统、某种效应和过程。例如,在飞行员、船员的培养过程中,要经过模拟飞行、航行训练。用计算机可以在飞行员、船员前方产生场景,显示飞机起飞及返航着陆、船只进出港的整个场景,如图 1.9 和图 1.10 所示,有白天航行,也有夜航训练。这里牵涉到各地的机场、港口及周围地域数据的压缩存储以及实时完成数据检索、取景变换和绘制,因此计算机模拟仿真是计算机图形学的扩展研究内容。

计算机仿真还可以用于研制产品或设计系统的全过程中,包括方案论证、技术指标确定、设计分析、生产制造、试验测试、维护训练、故障处理的各个阶段。当前计算机仿真有六大挑战性课题,包括核聚变反应、宇宙起源、生物基因工程、结构材料、社会经济和作战模拟等。未来几年的计算机仿真将集中于大规模复杂系统的仿真,作战指挥就属于复杂系统仿真。

图 1.9 计算机模拟仿真用于飞行模拟　　　　图 1.10 计算机模拟仿真用于航海模拟

7.虚拟现实

虚拟现实(Virtual Reality),又称灵境,是在信息科学的飞速发展中诞生的。虚拟现实是要使人们整个融合进计算机所创造的虚拟氛围中。人们带上具有立体视觉的液晶眼镜或头盔、数据手套等,通过视觉、听觉、触觉、嗅觉以及形体、手势或口令,参与到信息处理的环境中去,从而取得身临其境的体验,自由浏览具有立体感的全景图,如图 1.11 和图 1.12 所示,在宽敞的空间里观察 CAD 产品,或在新设计的建筑里漫游,或走进分子结构的微观世界里猎奇。这也是计算机图形学的研究热点之一。

虚拟现实技术具有以下 3 个主要特征：

（1）沉浸感。是指利用计算机产生的三维立体图像，让人置身于一种虚拟环境中，就像在真实的客观世界中一样，能给人一种身临其境的感觉。

（2）交互性。在计算机生成的这种虚拟环境中，人们可以利用一些传感设备进行交互，感觉就像是在真实客观世界中一样，比如：当用户戴上数据手套去抓取虚拟环境中的物体时，手就有握东西的感觉，而且可以感觉到物体的重量。

（3）想象。虚拟环境可使用户沉浸其中并且获取新的知识，提高感性和理性认识，从而使用户深化概念和萌发新的联想，因而可以说，虚拟现实可以启发人的创造性思维。

虚拟现实技术是多种技术的综合，其中关键技术包括实时三维图形图像生成技术、立体显示技术、传感交互技术和系统集成技术。

（1）实时三维图形图像生成技术

实时三维图形图像生成技术目的就是在实际环境中获取三维数据，然后利用这些数据，在计算机中建立相应的虚拟环境模型，将客观世界的对象在相应的三维虚拟世界中进行重构。由于实际环境的数据量大，既要实时显示又要保证图像质量，这其中有许多需要解决的技术问题。

（2）立体显示技术

要想使一幅画面产生立体感，至少要满足三个条件，一是画面要有透视效果，二是画面要有正确的明暗虚实，三是双眼的空间定位效果。人在看周围世界的时候，两只眼睛所得到的图像会有不同，在大脑进行融合最终形成一幅整体的图像。在虚拟现实系统中，用户的两只眼睛看到的图像是分别产生的，显示在不同的显示器上，用户戴上特殊的眼镜后，两只眼睛就会看到不同的图像，从而形成视差产生立体感。

（3）传感交互技术

此技术包括三维定位、方向跟踪、触觉反馈等传感技术和设备以及符合人类认知心理的三维自然交互技术。在虚拟现实技术中，利用头部跟踪来改变图像的视角，用户的视觉系统和运动感知系统可以联系起来，感觉会更逼真一些，这样用户不仅可以通过双目立体视觉去认识环境，而且可以通过头部的运动去观察环境。在虚拟现实系统中，产生身临其境效果的关键因素之一是让用户能够直接操作虚拟物体并感觉到虚拟物体的反作用力，要有触觉和力觉的反馈。然而研究力学反馈装置还是一个需要进一步研究的问题。此外，语音识别与语音输入技术也是虚拟现实系统的一种重要人机交互手段。

（4）系统集成技术

由于虚拟现实系统中包括大量的感知信息和模型，因此系统的集成技术起着至关重要的作用。集成技术包括信息的同步技术、模型的标定技术、数据转换技术、识别和合成技术等等。

虚拟现实技术的应用非常广泛，它可以应用于军事领域、医学领域、教育领域、互动娱乐领域等。比如，虚拟现实技术在医学上已应用于仿真组织、器官的解剖结构，包括虚拟人。今后还可构建"虚拟器官"，它可以对各种刺激做出反应，具有生长功能，可模拟实际人体器官的生理、病理过程。在教育领域，利用虚拟现实技术可以建立各种虚拟实验室，如地理、物理、化学、生物实验室等，拥有传统实验室难以比拟的优势。随着虚拟现实技术的发展，它的应用领域会更加广泛和深入。

图 1.11 利用虚拟现实技术漫游历史古迹　　　　图 1.12 虚拟现实技术使人身临其境

第 2 章　C 语言的图形功能

　　C 语言较强的图形功能是 C 语言的重要特点之一。本章以 Visual C++6.0 和 Turbo C 为平台，介绍 C 语言主要的图形、字符功能，以使读者能够读懂后续章节的例题并能够用 C 语言绘图及开发图形软件。

2.1　Visual C++6.0 开发环境概述

　　Visual C++ 自诞生以来，一直是 Windows 环境下最主要的应用程序可视化开发工具，它不仅仅是 C++ 语言的集成开发环境，而且与 Win32 紧密相连。Visual C++ 最大的特色便是提供了对面向对象技术的强大支持，通过 Microsoft 基础类库 MFC(Microsoft Foundation Class)把大部分与用户界面设计有关的 Windows API 函数封装起来，提供给程序开发人员使用，提高了代码的可重用性。

　　Visual C++6.0 开发环境 Developer Studio 包含有编写程序员代码的文本编辑器、设计用户界面(如菜单、对话框、图标等)的资源编辑器、建立项目配置的项目管理器、检查程序错误的集成调试器等工具。同时，Visual C++ 还提供了功能强大的应用程序向导工具 AppWizard 和类向导工具 Class Wizard。AppWizard 向导用于帮助用户生成各种不同类型的具有 Windows 界面风格的应用程序的基本框架，生成完整的从开始文件出发的基于 MFC 类库的源文件和资源文件。在生成应用程序框架后，使用 Class Wizard 便可轻松完成创建新类、定义消息处理函数、重载虚拟函数等操作。

2.1.1　Visual C++6.0 用户界面

　　Visual C++6.0 的 Developer Studio 为标准的 Windows 用户界面，由标题栏、菜单栏、工具栏、工作区窗口、编辑窗口、输出窗口和状态栏组成，如图 2.1 所示。

　　标题栏用于显示应用程序名和所打开的文件名。菜单栏由多个菜单组成，包含着 Visual C++6.0 的绝大部分功能。工具栏由某些操作按钮组成，分别对应着某些菜单选项或命令的功能。Visual C++6.0 提供的多数菜单和工具按钮都是大家熟悉的标准 Windows 菜单和工具按钮。

　　工具栏下面是两个窗口，一个是工作区窗口，另一个是源代码编辑窗口。在它们的下方是输出窗口。屏幕最下方是状态栏，给出当前操作或所选择命令的提示信息。

　　用 Visual C++6.0 开发应用程序主要涉及三大类型文件：文件(Files)、项目(Projects)和工作区(Workspaces)。在 Visual C++6.0 中，通常意义下开发一个 Windows 应用程序是指生成一个项目，该项目包含着一组相关的文件，如各种头文件(.h)、实现文件(.cpp)、资源文件(.rc)、图标文件(.ico)、位图文件(.bmp)等，而该项目必须在一个工作区打开。当第一次建立一个应用程序时，应选择新建一个项目，此时 Visual C++6.0 自动建立一个工作区，并把新建的项目在该工作区打开。以后要对该项目进行修改、补充、增加等工作,只要打开对应的工作区即可。

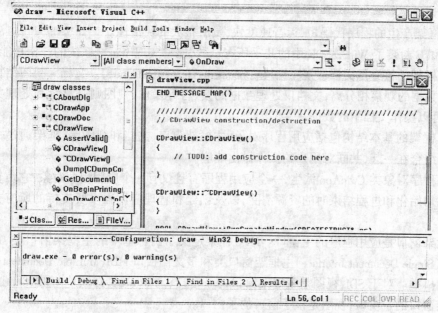

图 2.1　Visual C++6.0 操作界面

Visual C++6.0 以项目工作区(Project Worspace)的方式来组织文件、项目、项目配置,通过项目工作区窗口可以查看和访问项目中的所有元素。首次创建项目工作区时,将创建一个项目工作区目录,一个项目工作区文件、一个项目文件和一个工作区选项文件。项目工作区文件用于描述工作区及其内容,扩展名为“.dsw”。项目文件用于记录项目中各种文件的名字和位置,扩展名为“.dsp”。工作区选项文件用于存储项目工作区设置,扩展名为“.opt”。

创建或打开项目工作区时,Visual C++6.0 将在项目工作区窗口中显示与项目有关的信息。项目工作区窗口主要由 3 个面板构成,即 FileView、ResouceView 和 ClassView,分别用于显示项目中定义的 C++类、资源文件和包含在项目工作区中的文件。每个面板用于指定项目工作区中所有项目的不同视图,视图中每个文件夹可以包含其他文件夹或各种元素(如子项目、文件、资源、类和标题等)。通过项目工作区窗口可以定位到项目中的任一位置,以对其进行相应的编辑(源程序、资源等)。

编辑区窗口打开文本编辑器和资源编辑器。文本编辑器的使用与 Word 相似,可以方便地进行程序源代码的输入、编辑和修改工作。在资源编辑器中可进行各种资源的编辑工作,如编辑对话框、图标、菜单和位图等,从而直观地设计程序的用户界面。

输出窗口用于显示项目建立过程中所产生的错误信息、调试过程中的输出信息等,用它可以方便地定位到工程中的错误为止,观察到程序调试过程中的输出结果。

2.1.2　MFC 应用程序框架结构

MFC 是微软基础类库(Microsoft Foundation Class Library)的简称。基于 MFC 的应用程序框架(Application Framework)定义了程序结构的 MFC 类库中类的集合,它是 Visual C++ 编程的骨架。运用 MFC 应用程序框架具有如下优点:

(1)标准化的程序结构和用户接口。这对具有标准用户界面的 Win32 程序来说,可以极大地减轻程序员的负担,使程序员不必过多地考虑界面,而把主要精力放在程序设计上,以提高程序设计效率。

(2) 框架产生的程序代码短,运行速度快,具有很大的灵活性。

(3) MFC 封装了 Win32 SDK 中的几乎所有函数,能够实现 Win32 系统的任何功能。

MFC 框架的核心是文档－视图结构(Document-View Architecture)。文档－视图结构就是将数据和对数据的观察相分离,文档仅处理数据的读、写等操作,视图则是显示和处理数据的窗口,视图可以操作文档中的数据。

MFC 框架的基本结构包括应用程序对象、主框架窗口、文档和视图等,框架通过命令和消息将它们结合在一起,共同对用户的操作做出响应。

应用程序对象类 CwinApp 派生,一个应用程序有且仅有一个应用程序对象,它负责应用程序实例的初始化和进程结束时的资源清除,以及创建和管理应用程序所支持的所有文档模板的工作。

主框架窗口是应用程序的主窗口。MFC 框架定义了两种基本的主框架窗口类,即单文档接口 SDI(Single Document Interface)主框架窗口类和多文档接口 MDI(Multiple Document Interface)主框架窗口类。对于 SDI,视图是主框架窗口的子窗口;对于 MDI,必须从 CMDIChildWnd 派生出主框架窗口的子窗口,视图是该子窗口的子窗口。

文档类由 Cdocument 类派生,文档是一个应用程序数据元素的集合,它构成应用程序所使用的数据单元,另外,它还提供了管理和维护数据的手段。文档是一种数据源,数据源有很多种,最常见的是磁盘文件,但它不必是一个磁盘文件,文档的数据源也可以来自串行口、网络或摄像机输入信号等。

视图类从 Cview 或其子类(CeditView、CformView、CrecordView、CscrollView 等)派生,是数据的用户窗口,为用户提供了文档的可视的数据显示,它将文档的部分或全部内容显示子窗口中。视图还给用户提供了一个与文档中的数据进行交互的界面,它把用户的输入转化为对文档中数据的操作。每个文档都会有一个或多个视图显示,一个视图既可以输出到屏幕窗口中,又可以输出到打印机上。

2.2　CDC 图形程序库

若要 Visual C++6.0 开发的应用程序能够绘制图形,就要调用图形程序库。图形程序库封装在 MFC 的 CDC 类中,使用 CDC 类提供的图形函数就可以轻松地绘制图形。

2.2.1　选择绘图工具

Windows 应用程序创建输出时使用的绘图工具是画刷和画笔。应用程序可以将画笔和画刷结合起来使用,用画笔绘制线条或勾画一个封闭区域的边界,再用画刷对其内部进行填充。画笔和画刷是属于 GDI 对象中的两个绘图工具。

首次生成设备文本对象时,它有默认的画笔和画刷。默认画笔是黑色的,宽度为一个像素。默认画刷将封闭图形的内部填充成全白色。

要改变当前画刷或画笔,既可以使用库存画刷或画笔,也可以创建定制的画刷或画笔,然后将其选入设备文本对象。

1.选择库存绘图工具

要选择库存绘图工具,只需调用 CDC 成员函数 SelectStockObject 即可,函数原型为:

Virtual CGdiObject ＊SelectStockObject(int nIndex);

如果调用成功,返回指向 CGdiObject 对象的指针(实际指向的对象是 CPen 或 CBrush),否则返回 NULL。NIndex 是所要选入设备文本的库存对象代码,对于画刷和画笔,其值见表2.1。

例如,可以用以下代码选择白色画笔和深灰色画刷:

pDC － > SelectStockObject(WHITE ＿ PEN);

pDC － > SelectStockObject(DKGRAY ＿ BRUSH);

表 2.1　库存画笔和画刷的宏代码

宏代码	库存对象	宏代码	库存对象
BLACK ＿ BRUSH	黑色画刷	NULL ＿ BRUSH	空画刷(内部不填充)
DKGRAY ＿ BRUSH	深灰色画刷	WHITE ＿ BRUSH	白色画刷
GRAY ＿ BRUSH	灰色画刷	BLACK ＿ PEN	黑色画笔
HOLLOW ＿ BRUSH	透明窗口画刷	NULL ＿ PEN	空画笔(什么也不画)
LTGRAY ＿ BRUSH	浅灰色画刷	WHITE ＿ PEN	白色画笔

2.创建定制的画笔工具

在 MFC 类库中,CPen 类封装了 GDI 的画笔工具,而 CBrush 类封装了 GDI 的画刷工具。在定义画笔或画刷对象时,都要调用构造函数来创建默认的画笔或画刷。以下是在绘图时,使用画笔或画刷的主要步骤:

(1) 创建 CPen 类对象或 CBrush 类对象。

(2) 调用合适的成员函数初始化画笔或画刷。

(3) 将画笔或画刷对象选入当前设备文本对象,并保存原先的画笔或画刷对象。

(4) 调用绘图函数绘制图形。

(5) 将原先的画笔或画刷对象选入设备文本对象,以便恢复原来的状态。

可以调用 CPen 的成员函数 CreatePen 来初始化画笔,函数原型为:

BOOL CreatePen(int nPenStyle, int nWidth, COLORREF crColor);

其中,nPenStyle 为画笔风格,其值见表 2.2;nWidth 为画笔的宽度(逻辑单位);crColor 用于制定画笔的颜色。

表 2.2　画笔风格

画笔风格	含义	画笔风格	含义
PS ＿ DASH	虚线	PS ＿ INSIDEFRAME	在边界区域内实线画笔
PS ＿ DASHDOT	点划线	PS ＿ NULL	空画笔
PS ＿ DASHDOTDOT	双点划线	PS ＿ SOLID	实线
PS ＿ DOT	点线		

一旦初始化完画笔对象,就可以调用 CDC 的成员函数 SelectObject 将画笔选入设备文本对象。对于画笔,SelectObject 的原型为:

CPen ＊SelectObject(CPen ＊pPen);

其中,参数 pPen 是指向画笔对象的指针;SelectObject 返回一个指向原先已选入设备文本对象的画笔对象的指针;如果在此之前没有选择过画笔对象,则使用默认画笔。

3.创建定制的画刷工具

画刷的初始化方式主要有以下几种:

(1) 调用 CBrush 的成员函数 CreatSolidBrush 来初始化画刷,以便用纯色来填充图形的内部。函数原型为:

BOOL CreateSolidBrush(COLORREF crColor);

(2) 调用 CBrush 的成员函数 CreateHatchBrush 来初始化画刷,以便用某种影线模式来填充图形的内部。函数原型为:

BOOL CreateHatchBrush(int nIndex, COLORREF crColor);

其中,参数 nIndex 用于指定影线模式,其值见表 2.3。影线就是出现在单色背景上等间隔的填充线。crColor 用于指定画刷的颜色。

表 2.3　影线模式

阴影模式	含义	阴影模式	含义
HS _ BDIAGONAL	反斜线	HS _ FDIAGONAL	斜线
HS _ CROSS	十字线	HS _ HORIZONAL	水平线
HS _ DIAGCROSS	斜十字线	HS _ VERTICAL	竖线

(3) 调用 CBrush 的成员函数 CreatePatternBrush 来初始化画刷,以便用位图图案模式来填充图形的内部。函数原型为:

BOOL CreatePatternBrush(CBitmap * pBitmap);

其中,参数 pBitmap 是指向位图对象的指针。当使用画刷填充图形时,图形内部将用位图一个接一个地填充。

一旦初始化完画刷对象,就可以调用 CDC 的成员函数 SelectObject 将画刷选入设备文本对象。对于画刷,SelectObject 的原型为:

CBrush * SelectObject(CBrush * pBrush);

其中,参数 pBrush 是指向画刷对象的指针;SelectObject 返回一个指向原先已选入设备文本对象的画刷对象的指针。如果在此之前没有选择过画刷对象,则使用默认画刷。

4.颜色

初始化画刷和画笔时都必须指定颜色值。颜色的数据类型是 COLORREF,显示 RGB 值是一个 32 位的整数,包含红、绿、蓝 3 个颜色域,由 RGB(红、绿、蓝)的形式指定。红色颜色域在第一个字符(低字节),第二个字节是绿颜色域,第三个字节是蓝颜色域,第四个字节(高字节)必须为 0。每个域指定相应色彩的浓度,浓度值为 0 ~ 255,0 是最低强度,255 是最高强度。3 种颜色的相对强度结合起来产生实际的颜色。

指定 RGB 值既可以是手工的(如 0x00FF0000 时纯蓝),也可以用宏 RGB()来指定。RGB()的定义为:

COLORREF RGB(BYTE bred, BYTE bGreen, BYTE bBlue);

其中 RGB(255,0,0)是红色,RGB(0,255,0)是绿色,RGB(0,0,255)是蓝色,RGB(0,0,0)是黑色,RGB(255,255,255)是白色,RGB(255,0,255)是亮洋红色,可通过试验挑选最满意的颜色。

2.2.2　绘图模式与背景设置

1.绘图模式设置

绘图模式指定 Windows 如何组合画笔颜色和显示器设备上的当前颜色的方式。线的绘制除由画笔的颜色和宽度决定外,也受当前绘图模式的影响。线上每个像素的最后颜色取决于画笔颜色、当前显示设备上的颜色和绘图模式。默认绘图模式为 R2 _ COPYPEN,Windows 简单地将画笔颜色复制到显示设备上。例如,画线时,如果画笔是蓝色的,则不管当前颜色是什么,所生成的线上的每个像素的颜色都是蓝色的。可以调用 CDC 的成员函数 SetROP2 改变绘图模式,函数原型为:

int SetROP2(int nDrawMode);

参数 nDrawMode 指定所要求的绘图模式,其值见表 2.4。

其中,R2 _ NOT 称为反转模式,是实现交互式绘图中橡皮筋技术的关键。第一次画线时,为与显示颜色相反颜色的线,在任何屏幕上均可见。而第二次画同一条线时,第一次所画的线将自动被擦除并恢复为当前的显示颜色。

表 2.4　绘图模式

绘图	描　述
R2 _ BLACK	像素总为黑色
R2 _ WHITE	像素总为白色
R2 _ NOP	像素保持不变
R2 _ NOT	像素为显示颜色的反转色
R2 _ COPYPEN	默认绘图模式,像素为画笔颜色
R2 _ NOTCOPYPEN	像素为画笔颜色的反转色
R2 _ MERGEPENNOT	像素为画笔颜色与显示颜色反转色的组合
R2 _ MASKPENNOT	像素为画笔颜色与显示颜色反转色的公共颜色的组合
R2 _ MERGENOTPEN	像素为显示颜色与画笔颜色反转色的组合
R2 _ MASKNOTPEN	像素为显示颜色与画笔颜色反转色的公共颜色的组合
R2 _ MERGEPEN	像素为显示颜色与画笔颜色的组合
R2 _ NOTMERGEPEN	像素为 R2 _ MERGEPEN 颜色反转色
R2 _ MASKPEN	像素为显示颜色与画笔颜色的公共颜色的组合
R2 _ NOTMASKPEN	像素为 R2 _ MASKPEN 颜色反转色
R2 _ XORPEN	像素为画笔颜色与显示颜色的组合,但不同时为这两种颜色
R2 _ NOTXOPEN	像素为 R2 _ XORPEN 颜色反转色

2.背景颜色设置

默认时,在绘制图形或输出文本时,背景颜色是白色背景。可以使用 CDC 的成员函数 Set-BkColor 来设置新的背景颜色,函数原型为:

Virtual COLORREF SetBkColor(COLORREF crColor) ;

参数 crColor 用于指定新的背景颜色。例如,要将背景颜色设置为绿色,可用以下语句:

SetBkColor(hdc, RGB(0,255,0)) ;

3. 背景模式设置

背景模式用来控制图形的背景颜色到底是用 SetBkColor 设置的颜色,还是用当前显示设备上的颜色。SetBkMode 函数用于指定显示时采用透明方式还是不透明方式。函数原型为:

int SetBkMode(int nBkMode) ;

参数 nBkMode 指定背景模式,其值可以为 OPAQUE 或 TRANSPARENT。如果值为 OPAQUE (不透明),则图形背景为 SetBkColor 设置的当前背景颜色;如果值为 TRANSPARENT(透明),则图形背景为当前显示设备上的颜色,即 SetBkColor 函数无效。默认的背景模式为 OPAQUE。

2.2.3　图形绘制

绘图函数都要求坐标按逻辑单位给出。默认时,图形坐标系统的左上角位于坐标(0,0)处,逻辑单位为像素。

1. 设置像素(画点)

可以调用 CDC 的成员函数 SetPixel 的成员函数来设置任何指定像素的颜色(画点),函数原型为:

COLORREF SetPixel(int x, int y, COLORREF crColor) ;

COLORREF SetPixel(POINT point, COLORREF crColor) ;

像素点的位置由参数 x 和 y 或者 point 指定,crColor 指定颜色。

2. 设置当前位置

画线时,有些函数往往从当前位置开始画线。当前位置可以通过调用 CDC 的成员函数 MoveTo 来实现。MoveTo 函数原型为:

CPoint MoveTo(int x, int y) ;

CPoint MoveTo(POINT point) ;

新的当前位置由参数 x 和 y 或者 point 指定。

3. 画直线

画直线可以使用 CDC 的成员函数 LineTo 实现。LineTo 函数使用当前选择的画笔绘制直线,函数原型为:

BOOL LineTo(int x, int y) ;

BOOL LineTo(POINT point) ;

直线从当前位置开始画到参数 x 和 y 或者 point 指定的坐标为止,当前位置改为(x,y)或者 point。

还可以调用 Polyline 函数画一系列直线(折线)。函数原型为:

BOOL Polyline(LPPOINT lpPoints, int nCount) ;

lpPoints 指定包含线段顶点的 POINT 结构数组,nCount 指定数组中的点数。

4. 画弧

画弧函数用边界矩形来定义弧的大小。边界矩形是隐藏的,用于描述弧的位置和大小。画弧使用 CDC 的成员函数 Arc,函数原型为:

BOOL Arc(int x1, int y1, int x2, int y2, int x3, int y3, int x4, int y4);

BOOL Arc(LPCRECT lpRect, POINT ptStart, POINT ptEnd);

边界矩形由参数(x1,y1)和(x2,y2)或者 lpRect 定义,(x1,y1)是边界矩形的左上角坐标。(x2,y2)是边界矩形的右下角坐标。(x3,y3)或者 ptStart 是弧的起始点,(x4,y4)或者 ptEnd 是弧的终止点。

此外,画弧还可以使用 CDC 的成员函数 ArcTo,函数原型为:

BOOL ArcTo(int x1, int y1, int x2, int y2, int x3, int y3, int x4, int y4);

BOOL ArcTo(LPCRECT lpRect, POINT ptStart, POINT ptEnd);

函数 ArcTo 与 Arc 基本相同,不同处在于 ArcTo 函数将当前位置更新为弧的终止点。

5.画矩形

画矩形有两个 CDC 成员函数,即 Rectangle 和 RoundRect。这两个函数都是以当前画笔画一个矩形,然后用当前画刷自行填充。函数 Rectangle 画的是方的矩形,其角是方的;而函数 RoundRect 画的是圆角矩形。函数 Rectangle 的原型为:

BOOL Rectangle(int x1, int y1, int x2, int y2);

BOOL Rectangle(LPCRECT lpRect);

矩形区域由参数(x1,y1)和(x2,y2)或者 lpRect 指定。左上角坐标为(x1,y1),右下角坐标为(x2,y2)。

函数 RoundRect 的原型为:

BOOL RoundRect(int x1, int y1, int x2, int y2, int x3, int y3);

BOOL RoundRect (LPCRECT lpRect, POINT point);

矩形区域由参数(x1,y1)和(x2,y2)或者 lpRect 指定。左上角坐标为(x1,y1),右下角坐标为(x2,y2)。矩形的圆角由(x3,y3)或者 point 确定,x3 和 y3 分别指定圆角曲线的宽度和高度。

6.画椭圆和圆

CDC 的成员函数 Ellipse 用于画椭圆或圆,使用的是当前画笔,并用当前画刷填充。函数原型为:

BOOL Ellipse(int x1, int y1, int x2, int y2);

BOOL Ellipse(LPCRECT lpRect);

参数(x1,y1)和(x2,y2)或者 lpRect 定义的是与椭圆相切的边界矩形,矩形的左上角坐标是(x1,y1),右下角坐标是(x2,y2)。

如果要画圆,可指定正方形为外切边界矩形,此时 x2 − x1 = y2 − y1。

7.画饼图

饼图是由一条弧和从弧的两个端点到中心的连线组成的图形(扇形)。CDC 的成员函数 Pie 用于画饼图,函数原型为:

BOOL Pie(int x1, int y1, int x2, int y2, int x3, int y3, int x4, int y4);

BOOL Pie(LPCRECT lpRect, POINT ptStart, POINT ptEnd);

Pie 函数的参数与画弧函数的参数相同,其实画饼图主要是画弧,再加上两条连接中心的线即可。用当前画笔画完饼图后,可使用当前画刷填充图形。

8.画多边形

CDC 的成员函数 Polygon 用于画多边形,函数原型为:

BOOL Polygon（LPPOINT lpPoint, int nCount）;

参数 lpPoint 为多边形顶点数组地址, nCount 为数组中的顶点数。

假设有一多边形, 其顶点放在 POINT 结构数组中, 例如 point[5], 顶点数据值已初始化, 那么可以按以下方法画多边形:

Polygon（point, 5）;

9. 画样条曲线

CDC 的成员函数 PolyBezier 用于画一个或多个贝济埃样条曲线。函数原型为:

BOOL PolyBezier(const POINT * lpPoint, int nCount);

参数 lpPoints 为指向包含样条曲线的终点和控制点的 POINT 结构数组。nCount 指定 lpPoint 数组中的点数。该值必须为欲画样条曲线数量的 3 倍加 1, 如 4、7、10、13 等。因为每个贝济埃曲线需要两个控制点和一个终点, 初始的样条曲线还需要一个起点。

2.2.4　区域填充

CDC 成员函数中用于区域填充的函数有:

1. FillRect 函数

用指定画刷填充一个矩形区域, 但不画边线。函数原型为:

void FillRect(LPCRECT lpRect, CBrush * pBrush);

参数 lpRect 用于指定要填充的区域, pBrush 指定用于填充的画刷。

2. FillRgn 函数

用指定画刷填充一个任意封闭区域。函数原型为:

Void FillRgn(CRgn * pRgn, CBrush * pBrush);

参数 pRgn 用于指定要填充的区域, pBrush 指定用于填充的画刷。

3. FloodFill 函数

用当前画刷填充一个区域, 函数原型为:

BOOL FloodFill(int x, int y, COLORREF crColor);

参数(x, y)是填充开始点的坐标, crColor 是指定边界的颜色。函数 FloodFill 用当前画刷从逻辑点(x, y)开始填充某个区域, 该区域由参数 crColor 指定的边界颜色包围。如果点(x, y)的颜色为 crColor, 或者如果该点在区域外, 则返回为零。

4. InvertRect 函数

在给定的矩形区域内反显现有颜色。函数颜色为:

Void InvertRect(LPCRECT lpRect);

参数 lpRect 用于指定要反显的矩形区域。

2.3　一个 Visual C++ 绘图应用程序的实现

本节在介绍了编程的基本流程后, 详细叙述了如何利用程序生成向导来生成一个绘图应用程序的框架, 如何在应用程序中增添菜单, 以及如何在菜单的响应函数中添加绘图的代码。

2.3.1　编程的基本流程

Visual C++ 编程是一种可视化的编程方法，其基本流程如下：

(1) 生成框架。Visual C++ 中的 AppWizard 将按指定的选项生成应用程序框架和相关文件，包括包含项目的工作区文件和源文件。

(2) 设计用户界面。利用 Visual C++ 资源编辑器编辑资源文件，设计菜单、对话框、工具条、字符串、加速键、位图、图标、光标等项目资源。

(3) 连接界面和代码。利用 ClassWizard 把资源文件中定义的界面资源标识 ID(如菜单项、工具条和对话框中的控件等)在指定的源文件中映射成相应的函数模板。

(4) 添加、修改函数代码。利用 ClassWizard 可以方便地在源代码编辑器中跳转到指定的函数中进行添加或修改代码。

(5) 根据需要创建新类和编写代码。用 ClassWizard 创建新类，并生成相应的源文件。如新类是对话框类，可先用资源编辑器生成对话框模板，然后用 ClassWizard 创建对话框类代码，并与模板连接，编写新类相关的源代码。

(6) 实现文档类。在 AppWizard 生成的框架基础上设计文档数据的数据结构，在文档类中增加相应的成员变量和成员函数，实现对数据的操作和文档与数据的接口。

(7) 实现框架中标准的文件操作命令，即 Open、Save、Save As 命令。框架已完成标准的文件操作命令的所有接口，程序员要做的仅仅是编写文档类的串行化(Serialize( ))成员函数。

(8) 实现视类。框架已构造好了文档与视的关系，视能方便地访问文档中的 public 数据成员。可根据文档的需要构造一个或多个视类，通过 ClassWizard 把视的用户接口资源映射成函数模板，并编写函数代码。

(9) 如有需要，增加分割窗口(splitter window)。在 SDI 的主窗口类或 MDI 的子窗口类中添加一个 CSplitterWnd 对象，并在窗口类的 OnCreateClient 成员函数中对 CSplitterWnd 对象进行创建和初始化。如果用户分割了一个窗口，框架将给文档创建并增加附加的视对象。

(10) 建立、调试、修改应用程序。如有问题，可根据需要重复步骤(2) ~ (8)。

2.3.2　生成绘图应用程序的框架

开发绘图应用程序的第一步是使用 AppWizard(程序生成向导)来建立程序的基本框架。AppWizard 为框架的建立提供了一系列对话框及多种选项，用户可根据不同的选项生成自己所需要的应用程序框架。其具体步骤如下：

(1) 从"File"菜单选择"New"菜单项，在"New"对话框中选择"Project"选项卡，从项目类型列表框中选择 MFC AppWizard(.exe)。在"Location"文本框中，可直接输入目录名称，或者单击"…"按钮选择已有的目录。在"Project name"文本框中输入项目的名称，如 Draw，其他采用默认值，这时 OK 按钮变亮，如图 2.2 所示。

(2) 单击 OK 按钮，弹出"MFC AppWizard - Step1"对话框，如图 2.3 所示，选择 Single - document 单选按钮和"中文[中国]"选项，表示要生成以中文为用户界面的单文档(SDI)绘图程序。

(3) 点击 Next，在随后出现的几个对话框中，都点击 Next，表示采用各项的默认设置，直到出现"MFC AppWizard - Step6 of 6"对话框，如图 2.4 所示。

(4) "MFC AppWizard - Step6 of 6"对话框中的默认设置确定了类的名称及其所在文件的名

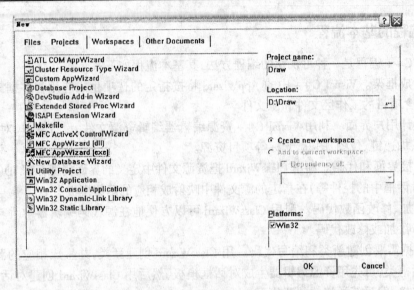

图 2.2　建立应用程序框架给出项目名称

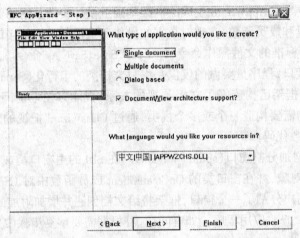

图 2.3　AppWizard 步骤 1——应用程序结构选项

称。用户可以改变 CDrawApp、CmainFrame 和 CDrawDoc 的文件名称,但不可以改变它们的基类。可以改变 CDrawView 的基类及其所在文件的名称。在 Visual C++ 中,AppWizard 允许选用 MFC 类库中的其他视图类作为应用程序视图类的基类,比如可以选用 CScrollView 类作为基类,这样生成的视图类将支持滚动功能。

　　单击 Finish 按钮,AppWizard 显示将要创建的文件清单。再单击 OK,MFC AppWizard 就自动生成绘图程序的各项源文件了。

　　AppWizard 自动生成了完整的应用程序的基本框架,可以立即点击"Build"菜单的"Execute Draw. exe"菜单项,Visual C++ 首先进行编译和链接,然后运行该应用程序,即可看到该程序是一个标准的 Win32 应用程序,如图 2.5 所示,它包含有标题、菜单栏、工具栏和状态栏,许多命令都可以操作了。当然,因为还没有给这个程序添加任何自己的代码,所以它还不能做出任何有实际意义的操作。

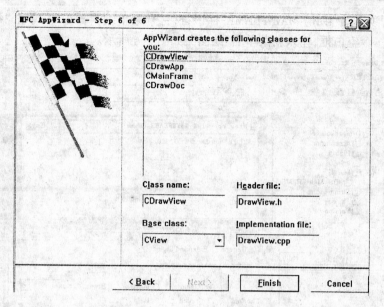

图 2.4　AppWizard 步骤 6——显示要创建的类、头文件和实现文件

图 2.5　AppWizard 自动生成了完整的应用程序的基本框架

2.3.3　在应用程序中增加菜单

菜单是资源的一种。资源作为一种界面成分,可以从中获取信息并在其中执行某种动作。Visual C++.Net 可以处理的资源有加速键(Accelerator)、位图(Bitmap)、光标(Cursor)、对话框(DialogBox)、图标(Icon)、菜单(Menu)、串表(String Table)、工具栏(Toolbar)和版本信息(Version Information)等。本小节只介绍菜单的添加。

通过菜单来绘制不同的图形,是交互式绘图的基本要求。当创建绘图程序框架时,AppWizard会自动生成标准的菜单资源 IDR_MAINFRAME,它包含了标准的 Windows 应用程序所具有的基本菜单项,我们只需为其添加自己需要的菜单即可。

1.增加菜单资源

打开资源浏览器窗口,显示程序资源。单击 Draw Resources 左边的"+",使文件夹扩展,然后双击"Menu"项下的"IDR _ MAINFRAME"标识符,打开菜单编辑器窗口,单击"帮助"菜单,按Insert键,插入一个空白框,输入新菜单名"绘图",如图2.6所示。

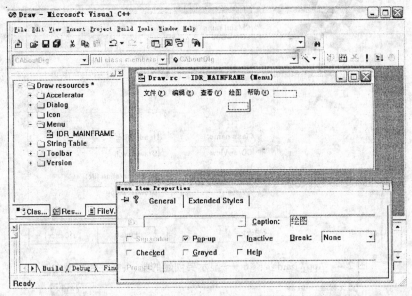

图 2.6　增加"绘图"菜单

　　双击"绘图"下方的空白框,在"绘图"菜单下增加"绘图练习"的子菜单,并给其设定一个ID值 ID _ Exercise,如图2.7所示。

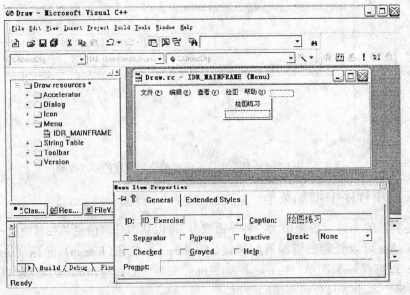

图 2.7　增加"绘图练习"子菜单

2.进行菜单命令的消息映射

　　若使系统执行对菜单的单击选择,必须把这些菜单命令消息都映射给文档类。

　　选择"View"菜单下的"ClassWizard"菜单项,在"ClassWizard"对话框中选择"Message Maps"选项卡,在"Class name"下拉列表框中选择"CDrawView"类,在"Object IDs"列表框中选择"ID _ Exercise",在"Message"列表框中选择"COMMAND",然后单击 Add Function 按钮,会出现一个对话

框,给出了默认的成员函数名称 OnExercise(如图 2.8),单击 OK 按钮,就完成了对菜单"绘图练习"的消息映射。这时在"ClassView"面板中展开 CDrawView 类,会看到多了一个函数 OnExercise。

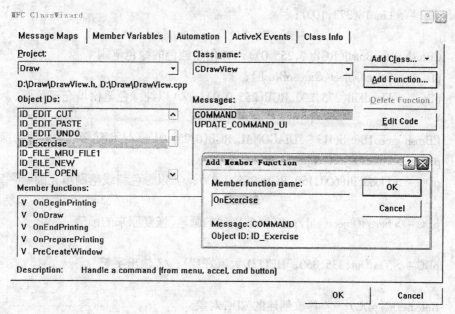

图 2.8　在"ClassWizard"对话框中添加菜单的消息映射

2.3.4　在绘图函数中添加代码

通过以上步骤,得到了与菜单对应的消息映射,就可以在函数 OnExercise 中添加代码绘制图形了。

```
void CDrawView::OnExercise()
{
    // TODO: Add your command handler code here

    CDC * pDC = GetDC(); // 得到绘图类指针
    RedrawWindow(); // 重绘窗口
    pDC - > Rectangle(50,20,700,400); // 以默认画笔画一矩形

    CPen bluepen(PS_DASH,1,RGB(0,0,255)); // 创建画虚线、线宽为 1 的蓝色画笔
    CPen * old = pDC - > SelectObject(&bluepen);
    pDC - > Ellipse(100,50,250,200); // 画圆

    CPen redpen(PS_SOLID,2,RGB(255,0,0)); // 创建画实线、线宽为 2 的红色画笔
    pDC - > SelectObject(&redpen);
    pDC - > Ellipse(500,50,650,200); // 画圆
```

```
pDC - > MoveTo(375,100); // 画一三角形
pDC - > LineTo(225,300);
pDC - > LineTo(525,300);
pDC - > LineTo(373,100);

CBrush greenBrush(RGB(0,255,0)); // 创建纯色的绿色笔刷
pDC - > SelectObject(&greenBrush);
pDC - > FloodFill(375,200,RGB(255,0,0)); // 以纯绿色笔刷填充三角形

CBrush green1Brush(HS _ FDIAGONAL,RGB(0,255,0)); // 创建影线为斜线的绿色笔刷
pDC - > SelectObject(&green1Brush);
pDC - > FloodFill(600,150,RGB(255,0,0)); // 以绿色斜线笔刷填充圆

pDC - > SelectObject(old); // 释放创建的画笔,恢复原来的画笔

pDC - > TextOut(335,350,"HELLO 大家好!"); // 输出字符

ReleaseDC(pDC); // 释放创建的 CDC 对象
}
```

由以上代码绘出的图形如图 2.9 所示。

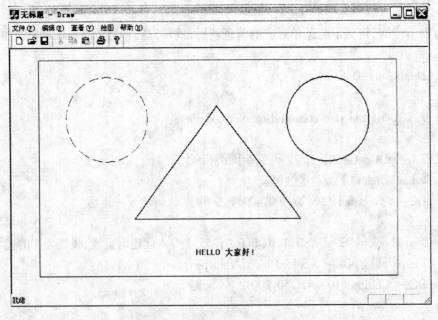

图 2.9　函数 OnExercise 绘出的图形

2.4　Turbo C 绘图功能

上面我们介绍了如何用 VC++6.0 开发图形系统。在阅读其他文献和书籍资料时,我们还会经常遇到用 Turbo C 语言编写的图形程序,因此本章也将 Turbo C 的图形功能作一介绍。

2.4.1　字符屏幕函数

若在程序中使用字符屏幕函数,必须嵌入头部包含文件 conio.h,该文件包含了字符屏幕函数原型及函数所用到的变量、类型和常量。

1. textmode( )函数

功能:确定显示字符屏幕的显示模式。

常用的几种屏显适配器为 EGA, BGA, Monochrome 等。这些屏显适配器的字符屏幕模式见表 2.5。

表 2.5　字符屏幕模式种类

宏名	等价值	分辨率
BW40	0	25×40 黑白
C40	1	25×40 彩色
BW80	2	25×80 黑白
C80	3	25×80 彩色
MONO	7	25×80 单色
LASTMODE	−1	25 行上次模式

函数 textmode( )括号中的参数必须是上表的宏名或与其对应的等价值。

2. textcolor( )函数

功能:设置字符的显示颜色。

Turbo C 可以显示 16 种字符颜色,它们的宏名和等价值见表 2.6。调用该函数时需在括号内写入颜色的宏名或等价值。该函数只影响执行函数以后的输出字符颜色。

表 2.6　16 种字符颜色的宏名及其等价值

宏名	等价值	宏名	等价值
BLACK(黑)	0	DARKGRAY(深灰)	8
BLUE(蓝)	1	LIGHTBLUE(淡蓝)	9
GREEN(绿)	2	LIGHTGREEN(淡绿)	10
CYAN(青)	3	LIGHTCYAN(淡青)	11
RED(红)	4	LIGHTRED(淡红)	12
MAGENTA(洋红)	5	LIGHTMAGENTA(淡洋红)	13
BROWN(棕)	6	YELLOW(黄)	14
LIGHTGRAY(淡灰)	7	WHITE(白)	15

3. textbackground( )函数

功能:设置字符屏幕的背景色。

背景色为表 2.6 中的前 7 种。新的字符背景色在调用本函数后才起作用。

4. gotoxy( )函数

功能:把字符光标移到坐标所指定的位置。

函数的括号内为屏幕的 x、y 坐标。x、y 的取值范围取决于屏幕的分辨率。

例如,gotoxy(3,15)就是把光标移到屏幕的第 15 行第 3 列的位置,字符从此位置开始输出。

5. clrscr( )函数

功能:清除当前字符窗口,并把光标定位在左上角(1,1)处。

6. puttext( )函数

功能:将内存中的文本拷贝到屏幕上的一个区域。

格式:puttext(int left, int top, int right, int bottom, * buf);

以左上角和右下角坐标确定输出字符窗口的区域。指针 buf 指向保存文本的内存。

2.4.2　图形函数

图形系统的有关信息和原型在头部包含文件 graphics.h 中,在使用图形函数的程序中,必须嵌入头文件 graphics.h。

当屏幕是字符模式时,左上角坐标为(1,1),而在图形状态下,左上角为(0,0)。

1. 设置绘图模式

(1) initgraph( )函数

功能:图形初始化,即将图形驱动软件装入内存,使屏幕适配器设置为图形模式。

格式:initgraph(int * driver, int * mode, char * path);

① driver 指向图形驱动器代码,其宏和等价值见表 2.7。

表 2.7　driver 宏及其等价值

宏名	等价值	宏名	等价值
DETECT	0	IBM8514	6
CGA	1	HERCMONO	7
MCGA	2	ATT400	8
EGA	3	VGA	9
EGA64	4	PC3270	10
EGAMONO	5		

当用 DETECT 时,initgraph( )自动检验当前系统屏幕硬件的类型,并选用最大分辨率的屏显模式。

② mode 为图形函数所用的屏显模式,其值必须是表 2.8 所示的图形模式值之一。

表 2.8　mode 图形模式值

图形驱动器	模式	等价值	分辨率
CGA	CGAC0	0	320 × 200
	CGAC1	1	320 × 200
	CGAC2	2	320 × 200
	CGAC3	3	320 × 200
	CGAHI	4	640 × 200
EGA	EGALO	0	640 × 200
	EGAHI	1	640 × 350
MCGA	MCGAC0	0	320 × 200
	MCGAC1	1	320 × 200
	MCGAC2	2	320 × 200
	MCGAC3	3	320 × 200
	MCGAMED	4	640 × 200
	MCGAHI	5	640 × 480
VGA	VGALO	0	640 × 200
	VGAMED	1	640 × 350
	VGAHI	2	640 × 480

③ 图形驱动软件的路径由 path 所指向的字符串给出。如果没有指定路径,就在当前工作路径上寻找。

(2) closegraph( )函数

功能:关闭图形模式。

2.设置颜色

(1) setcolor(int color)函数

功能:设置绘图颜色为 color 所指定的颜色,color 的值见表 2.6。

(2) setbkcolor(int color)函数

功能:设置图形的背景色为 color 所指定的颜色,color 的值见表 2.6。

3.绘制图形

(1)要 putpixel( )函数

格式:putpixel(int x, int y, int color);

在指定位置(x,y)处用颜色 color 画一个点。

(2) line( )函数

格式:line(int x1,int y1,int x2,int y2);

用当前画线颜色从(x1,y1)到(x2,y2)画一条线,当前位置不变。

(3) lineto( )函数

格式:lineto(int x, int y);

用当前画线颜色从当前位置到点(x,y)画一条线,并把当前位置定位在(x,y)处。

(4) linerel( )函数

格式:linerel(int Δx, int Δy);

用相对坐标(Δx, Δy)从当前位置画一条线,并把当前位置移到新的位置。

(5) moveto( )函数

格式:moveto(int x, int y);

把当前位置移到指定的(x,y)位置上。

(6) moverel( )函数

格式:moverel(int Δx, int Δy);

使当前位置移动一个相对坐标(Δx,Δy)。

(7) rectangle( )函数

格式:rectangle(int x1, int y1, int x2, int y2);

用当前颜色画出由左上角(x1,y1)和右下角(x2,y2)所定义的矩形。

例 2.1　画一黄色矩形和一绿色三角形,背景为蓝色。

```
# include < graphics. h >
main( )
{
    int driver,mode;
    driver = DETECT;
    mode = 0;
    initgraph(&driver,&mode,"c: \\ tc");
    setbkcolor(BLUE);
    setcolor(YELLOW);
    rectangle(50,50,500,420);
    setcolor(GREEN);
    line(100,100,300,100);
    moveto(100,100);
    lineto(200,200);
    lineto(300,100);
    getch( );
    closegraph( );
}
```

(8) drawpoly( )函数

格式:drawpoly(int numpoints, int * points);

画折线段,顶点数为 numpoints,指针 * points 指向存放顶点坐标的位置。

例 2.2　画一个由数组 poly 定义的折线段。

```
# include < graphics. h >
main( )
{
```

```
int driver, mode;
int poly[ ] = {10,200,100,50,200,50,290,200};
driver = DETECT;
mode = 0;
initgraph(&driver, &mode, " ");
setbkcolor(1);
setcolor(14);
drawpoly(4, poly);
getch();
closegraph();
}
```

当数组中第一点的坐标与最后一点的坐标相同时,画出的折线段为闭合的多边形。

(9) arc( )函数

格式:arc(int x, int y, int start, int end, int radius);

以 radius 为半径,以(x,y)为圆心,从 start 角到 end 角(用度表示)画一圆弧。该函数是逆时针画弧,弧线的颜色取决于当前画线颜色。

(10) circle( )函数

格式:circle(int x, int y, int radius);

以 radius 为半径,以(x,y)为圆心画圆。

(11) ellipse( )函数

格式:ellipse(int x, int y, int start, int end, int xradius, int yradius);

以当前画线颜色画一椭圆弧,(x,y)为中心,xradius 和 yradius 为半轴长,start 和 end 为起始角和终止角(用度表示)。

4.填充

(1) setfillstyle( )函数

格式:setfillstyle(int pattern, int color);

设置填充样式和颜色。填充模式 pattern 的值见表 2.9。

表 2.9　填充模式 pattern 的值

值	含义	值	含义
0	用背景色填充	7	用网格线填充
1	填实	8	用斜网格线填充
2	用线"－"填充	9	用间隔点填充
3	用斜线"//"填充	10	用稀疏点填充
4	用粗斜线"//"填充	11	用密集点填充
5	用反斜线"\\"填充	12	用用户自定义的模式填充
6	用粗反斜线"\\"填充		

（2）floodfill( )函数

格式：floodfill(int x, int y, int border);

以(x,y)为种子点，在边界色为 border 的区域内填充。

例 2.3 在边界色为黄色的矩形内填充红色的密集点。

```
# include < graphics.h >
main( )
{
    int driver,mode;
    driver = DETECT;
    mode = 0;
    initgraph(&driver,&mode,"c: \\ tc");
    setbkcolor(BLUE);
    setcolor(14);
    rectangle(50,50,500,420);
    setfillstyle(11,4);
    floodfill(100,100,14);
    getch( );
    closegraph( );
}
```

（3）fillellipse( )函数

格式：fillellipse(int x, int y, int xradius, int yradius);

以当前画线颜色画椭圆，并以当前填充方式填充椭圆。

（4）bar( )函数

格式：bar(int left, int top, int right, int bottom);

画一矩形条，由当前填充模式和颜色填充。(left, top)为左上角,(right, bottom)为右下角。该函数不画出矩形外轮廓。

（5）bar3d( )函数

格式：bar3d(int left, int top, int right, int bottom, int depth, int topflag);

画一三维矩形条，以当前画线颜色画轮廓线，并以当前填充方式填充。depth 为三维深度，topflag 为三维顶标记，当 topflag 为 0 时，不放三维顶，当 topflag 不为 0 时，放一个三维顶。

5.确定画线方式

setlinestyle( )函数

格式：setlinestyle(int linestyle, unsigned pattern, int thickness);

此函数的功能为设置画线方式。

（1）linestyle 存放画线线型，其值见表 2.10。

（2）pattern 为用户自定义的画线格式，是 16 位模式，每一位等于 1 个像素，如果哪个位被设置，则该像素为打开状态，否则为关闭状态。

只有当 linestyle = 4 时，pattern 才起作用，不起作用时仍须有一值。

表 2.10　linestyle 宏名及其等价值

宏名	等价值	含义
SOLID_LINE	0	实线
DOTTED_LINE	1	虚线
CENTER_LINE	2	点划线
DASHED_LINE	3	长虚线
USERBIT_LINE	4	用户自定义线型

（3）thickness 为线的宽度,其值见表 2.11。

表 2.11　thickness 宏名及其等价值

宏名	等价值	含义
NORM_WIDTH	1	1 个像素宽
THICK_WIDTH	3	3 个像素宽

6.输出字符

在绘图模式下输出字符,必须要嵌入头文件 stdio.h。

（1）settextstyle( )函数

格式：settextstyle(int font, int direction, int size)；

设置字体样式。

① font 为字体,其值见表 2.12。

表 2.12　font 值

字体	值	含义
DEFAULT_FONT	0	8×8 点阵
TRIPLES_FONT	1	三倍笔画
SMALL_FONT	2	小号笔画字体
SANS_SERIF	3	无衬线笔画
GOTHIC_FONT	4	黑体笔画

② direction 确定字符显示方向,其值可以为 HORIZ_DIR (0)水平方向或 VERT_DIR (1)竖直方向。

③ size 为字符大小的系数,其值为 0~10。

（2）outtext( )函数

格式：outtext(char ＊ str)；

在图形模式下,在当前位置输出字符, ＊ str 为要输出的字符串或其指针。

（3）outtextxy( )函数；

格式：outtextxy(int x, int y, char ＊ str)；

在(x,y)处输出字符。

如：outtextxy(100,250,"good morning")；

第3章 基本图形的生成算法

光栅图形显示器是由离散的单元(像素)为显示单位的,即无论什么样的图形都是由离散的点近似地组成,因此图形输出的质量除了与图形输出设备的精度(分辨率)有关外,还与离散点组合方案的科学性和先进性有关。本章要讨论的就是如何选择最佳的组合方式来使离散点逼近理想线条,使显示效果最佳。

3.1 直线图形的生成算法

直线是构成图形的基本元素,无论要绘制不同线宽的直线还是要绘制不同颜色和线型的直线,都是以单像素宽的直线的生成算法为基础的。常用的直线生成算法有逐点比较法、数值微分(DDA)算法、中点画线法和 Bresenham 算法。

3.1.1 逐点比较法

逐点比较法就是在绘图过程中绘图笔每走一步就与理想直线进行偏差比较,决定下一步的走向,从而逼近理想直线,如图 3.1 所示。画笔的走向规定如图 3.2 所示,把直线的起点设在坐标系的原点,根据画笔当前所在的不同象限的位置,决定它下一步的走向。

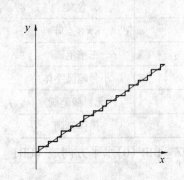

图 3.1　逐点法的直线走步组合

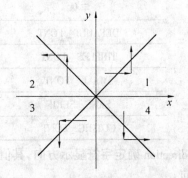

图 3.2　画笔走向规定

逐点法的执行步骤如下。

1. 偏差计算

以所画直线的斜率作为偏差计算的原始参数,计算画笔在当前位置上与理想直线之间的偏差。

假设理想直线在第一象限,直线上一点为 $Q(x_Q, y_Q)$,画笔当前位置为 $P(x_P, y_P)$,如图3.3所示,则第一象限的偏差值为

$$\Delta = \tan \beta - \tan \alpha = y_P/x_P - y_Q/x_Q = (x_Q \cdot y_P - x_P \cdot y_Q)/(x_P \cdot x_Q)$$

2. 确定画笔走步

$\Delta < 0$ 时, 画笔当前位置在直线的下方, 应向 $+y$ 方向走一步(一个像素), 如图 3.4(a) 所示;

$\Delta \geqslant 0$ 时, 画笔当前位置在直线的上方, 应向 $+x$ 方向走一步, 如图 3.4(b) 所示。

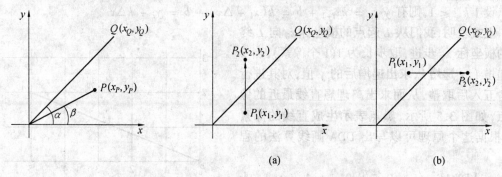

图 3.3　偏差计算示意图　　　　图 3.4　确定画笔走步

因为 $x_P \cdot x_Q > 0$, 所以判断 Δ 的正负只需判断 $F = x_Q \cdot y_P - x_P \cdot y_Q$ 的正负即可。

如图 3.4(a) 所示, 画笔在 P_1 点时, $F_1 = x_Q \cdot y_1 - x_1 \cdot y_Q < 0$, 应向 $+y$ 方向走一步, 到达 P_2 点, 则

$$x_2 = x_1, \quad y_2 = y_1 + 1$$

P_2 处的偏差为

$$F_2 = x_Q \cdot y_2 - x_2 \cdot y_Q = x_Q \cdot y_1 - x_1 \cdot y_Q + x_Q = F_1 + x_Q$$

同理, 如图 3.4(b) 所示, 画笔在 P_1 点时, $F_1 = x_Q \cdot y_1 - x_1 \cdot y_Q \geqslant 0$, 应向 $+x$ 方向走一步, 到达 P_2, 则

$$x_2 = x_1 + 1, \quad y_2 = y_1$$

P_2 处的偏差为

$$F_2 = x_Q \cdot y_2 - x_2 \cdot y_Q = x_Q \cdot y_1 - x_1 \cdot y_Q - y_Q = F_1 - y_Q$$

我们设画笔的起点在直线的起点上, 此时 $F_1 = 0$, 则第一象限的直线有以下规律:

当 $F_i < 0$ 时, 向 $+y$ 走一步, 下一点的偏差为 $F_{i+1} = F_i + x_Q$

当 $F_i \geqslant 0$ 时, 向 $+x$ 走一步, 下一点的偏差为 $F_{i+1} = F_i - y_Q$

其他象限直线的偏差计算和画笔走向以此类推。

3. 终点判断

这一步骤的目的是判断画笔的当前位置是否是理想直线的终点。设置一个计数器, 记下画笔应走的总步数

$$N = \Delta x / S + \Delta y / S$$

式中　　Δx —— 直线段在 x 方向的增量($\Delta x = |x_Q|$);

　　　　Δy —— 直线段在 y 方向的增量($\Delta y = |y_Q|$);

　　　　S —— 绘图机的步长。

终点判断条件为 $N = (|x_Q| + |y_Q|)/S$

任何方向走一步后, $N = N - 1$, 直到 $N = 0$, 到达终点。

3.1.2　数值微分(DDA) 算法

DDA(Digital Differential Analyzer) 算法就是根据直线的微分方程来计算 Δx 和 Δy, 从而找

到最靠近理想直线的像素。其算法的基本原理是：

设直线段的起始点为 $P_0(x_0, y_0)$，直线段的终点为 $P_1(x_1, y_1)$，且端点的坐标均为整数，则

直线段 $L(P_0, P_1)$ 的斜率为 $k = \dfrac{y_1 - y_0}{x_1 - x_0} = \dfrac{\Delta y}{\Delta x}$。

设 $|k| \leqslant 1$，则有 $y_{i+1} = kx_{i+1} + b = k(x_i + \Delta x) + b = y_i + k\Delta x$

上式表明，我们从 L 起点的横坐标 x_0 向 L 终点的横坐标 x_1 步进，取步长为 1（1 个像素），当 x 每递增 1，y 递增 k，求出递增后的 y 值，对其进行四舍五入后取整，从而求出离理想直线最近的像素点，如图 3.5 所示，黑点表示生成直线的像素点。根据这个原理可以写出 DDA 画线算法的程序。

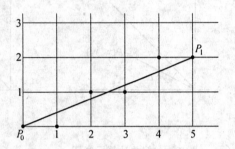

图 3.5　DDA 算法生成直线

```
void DDAline(int x0, int y0, int x1, int y1, int color)
{ int x;
  float dx, dy, y, k;
  dx = x1 – x0; dy = y1 – y0;
  k = dy/dx; y = y0;
  for(x = x0; x < = x1; x + + )
  { putpixel(x, int(y + 0.5), color);
    y = y + k;
  }
}
```

当 $|k| > 1$ 时，则需把 x 与 y 的地位互换，y 每增加 1，x 相应增加 $1/k$。

3.1.3　中点画线法

假设直线的斜率 k 在 $0 \sim 1$ 之间，直线的起点为 (x_0, y_0)，直线的终点为 (x_1, y_1)，则直线的方程为

$$F(x, y) = ax + by + c = 0$$

其中，$a = y_0 - y_1$，$b = x_1 - x_0$，$c = x_0 y_1 - x_1 y_0$。

对于直线上的点，$F(x, y) = 0$；对于直线上方的点，$F(x, y) > 0$；对于直线下方的点，$F(x, y) < 0$。若直线在 x 方向增加 1 个单位，则在 y 方向上的增量只能在 $0 \sim 1$ 之间。

如图 3.6 所示，设当前像素点为 $P(x_P, y_P)$，则下一个与直线最近的像素点只能是 $P_1(x_P + 1, y_P)$ 或 $P_2(x_P + 1, y_P + 1)$。若 M 为 P_1 和 P_2 的中点 $(x_P + 1, y_P + 0.5)$，Q 为理想直线与 $x = x_P + 1$ 垂线的交点，当 M 点在 Q 的下方时，则取 P_2 为下一个像素点；当 M 点在 Q 的上方时，则取 P_1 为下一个像素点。

欲判断中点 M 在 Q 的上方还是下方，只要把 M 代入 $F(x, y)$，并判断它的符号即可。为此，我们构造判别式

$$d = F(M) = F(x_P + 1, y_P + 0.5) = a(x_P + 1) + b(y_P + 0.5) + c$$

当 $d < 0$ 时，M 在直线下方，取 P_2 为下一个像素点；

当 $d > 0$ 时，M 在直线上方，取 P_1 为下一个像素点；

当 $d = 0$ 时，选 P_1 或 P_2 均可，约定取 P_1 为下一个像素点。

由于 d 是 x_P、y_P 的线性函数，可采用增量计算以提高运算效率。

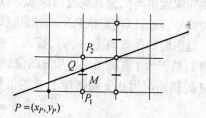

图 3.6 中点画线法示意图

若当前像素处于 $d \geqslant 0$ 情况，则取正右方像素 $P_1(x_P + 1, y_P)$，要判断下一个像素位置，应计算：

$$d_1 = F(x_P + 2, y_P + 0.5) = a(x_P + 2) + b(y_P + 0.5) + c = d + a$$

增量为 a。

若 $d < 0$，则取右上方像素 $P_2(x_P + 1, y_P + 1)$，要判断下一个像素位置，应计算：

$$d_2 = F(x_P + 2, y_P + 1.5) = a(x_P + 2) + b(y_P + 1.5) + c = d + a + b$$

增量为 $a + b$。

画线的第一个像素点从 (x_0, y_0) 开始，故 d 的初始值为

$$d_0 = F(x_0 + 1, y_0 + 0.5) = F(x_0, y_0) + a + 0.5b$$

因为 $F(x_0, y_0) = 0$，所以 $d_0 = a + 0.5b$。

由于我们只用 d 的正负符号作为判断条件，而且 d 的增量都是整数，只是初始值包含小数，因此在实际运算中可用 $2d$ 代替 d 来摆脱小数。

中点画线法的程序如下：

```
void Midpointline(int x0,int y0,int x1,int y1,int color)
{ int a,b,d1,d2,d,x,y;
  a = y0 - y1;b = x1 - x0;d = 2 * a + b;
  d1 = 2 * a;d2 = 2 * (a + b);
  x = x0;y = y0;
  putpixel(x,y,color);
  while(x < x1)
  { if(d < 0){x ++;y ++;d += d2;}
    else { x ++;d += d1;}
    putpixel(x,y,color);
  }
}
```

当直线斜率 k 在 $0 \sim 1$ 区间以外时，计算方法以此类推。

3.1.4 Bresenham 算法

在直线的生成算法中，Bresenham 算法是最有效、应用最广泛的算法之一。

假定直线的起点和终点坐标都为整数值，直线的斜率 k 在 $0 \sim 1$ 之间。过各行各列像素中心构造一组虚拟网格线，按直线从起点到终点的顺序计算直线与各垂直网格线的交点，从而确

定该列像素中与此交点最近的像素点。可采用增量计算,使得对于每一列,只要检查一个误差项的符号,就可以确定该列所求像素,从而提高算法效率。

设当前的像素点为(x,y),那么下一个像素点的x坐标必为$x+1$,而y坐标或者不变,或者递增1。是否增1取决于误差项d的值,如图3.7所示。由于直线的起始点在像素点上,因而误差项d的初始值为0。x每增加1,d的值相应递增直线的斜率值,即

$$d = d + k \quad (k = \Delta y/\Delta x)$$

当$d \geqslant 1$时,就把d减去1,这样保证d值始终在0~1之间。

当$d > 0.5$时,应取右上方像素点$(x+1,y+1)$;当$d < 0.5$时,应取正右方像素点$(x+1,y)$;当$d = 0$时,约定取右上方像素点$(x+1,y+1)$。

为了判断方便,令$e = d - 0.5$,则当$e \geqslant 0$时,下一个像素的y坐标增加1;当$e < 0$时,下一个像素的y坐标不增加。e的初始值为-0.5。

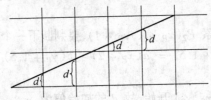

图3.7　Bresenham算法示意图

Bresenham算法的程序如下:

```
void Bresenhamline(int x0,int y0,int x1,int y1,int color)
{ int x,y,dx,dy;
  float k,e;
  dx = x1 - x0; dy = y1 - y0;k = dy/dx;
  e = - 0.5;x = x0;y = y0;
  for(i = 0;i < = dx;i ++)
  { putpixel(x,y,color);
    x = x + 1;e = e + k;
    if(e > = 0)
    {y ++;e = e - 1;}
  }
}
```

上述Bresenham算法在计算直线斜率与误差项时用到小数与除法。可以改用整数以避免除法。由于算法中只用到误差项的正负符号,因此可把误差项替换成:$2*e*dx$。

改进的Bresenham算法的程序如下:

```
void InterBresenhamline(int x0,int y0,int x1,int y1,int color)
{ int x,y,dx,dy,e;
  dx = x1 - x0; dy = y1 - y0;e = - dx;
  x = x0;y = y0;
  for(i = 0;i < = dx;i ++)
  { putpixel(x,y,color);
```

```
    x = x + 1;e = e + 2 * dy;
    if(e > = 0)
    {y + +;e = e - 2 * dx;}
    }
}
```

3.2　圆弧图形的生成算法

　　圆也是构成图形的基本元素,常用的单像素宽圆的生成算法有中点画圆法和 Bresenham 画圆算法。

3.2.1　中点画圆法

　　设圆的半径为 R,圆的中心在坐标原点。我们只讨论图 3.8 中从 A 到 B 的圆弧生成算法,画笔顺时针行走逼近该圆弧。圆的其他部分可通过一系列反射变换得到,如图 3.8 所示。

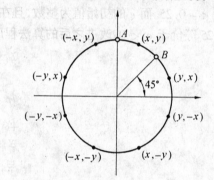

图 3.8　中点画圆法的圆弧段及其他部分圆弧的
　　　　反射变换

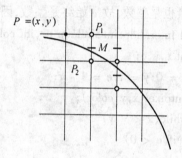

图 3.9　中点画圆法

　　我们构造函数 $F(x,y) = x^2 + y^2 - R^2$,对于圆上的点,有 $F(x,y) = 0$,对于圆外的点有 $F(x,y) > 0$,对于圆内的点有 $F(x,y) < 0$。与中点画线法一样,假定画笔所在当前像素点为 $P(x_P,y_P)$,则下一个与圆弧最近的像素点只能是 $P_1(x_P+1,y_P)$ 或 $P_2(x_P+1,y_P-1)$,如图3.9 所示,引入 P_1 和 P_2 的中点 $M(x_P+1,y_P-0.5)$,当 M 点在圆内时,应取 $P_1(x_P+1,y_P)$ 为下一个像素点,否则应取 $P_2(x_P+1,y_P-1)$ 为下一个像素点。构造判别式为

$$d = F(M) = F(x_P+1,y_P-0.5) = (x_P+1)^2 + (y_P-0.5)^2 - R^2$$

若 $d < 0$,则应取 P_1 为下一个像素点,而且在下一像素的判别式为

$$d' = F(x_P+2,y_P-0.5) = (x_P+2)^2 + (y_P-0.5)^2 - R^2 = d + 2x_P + 3$$

若 $d \geq 0$,则应取 P_2 为下一个像素点,而且在下一像素的判别式为

$$d' = F(x_P+2,y_P-1.5) = (x_P+2)^2 + (y_P-1.5)^2 - R^2 = d + 2(x_P - y_P) + 5$$

由于第一个像素是 $(0,R)$,因而 d 的初始值为

$$d_0 = F(1,R-0.5) = 1.25 - R$$

于是可得中点画圆法的程序:

```
void MidpointCircle(int r, int color)
{ int x,y;
  float d;
  x = 0;y = r;d = 1.25 - r;
  putpixel(x,y,color);
  while(x < = y)
  { if(d < 0)
      { d + = 2 * x + 3;x + + ;}
    else
      { d + = 2 * (x - y) + 5;x + + ;y - - ;}
    putpixel(x,y,color);
  }
}
```

　　在上述算法中,判别式 d 使用了浮点数,影响了算法的效率。为了摆脱浮点数,令 $e = d - 0.25$,则 e 的初始值为 $1 - r$。判别式 $d < 0$ 对应于 $e < -0.25$。而 e 的初始值为整数,且在运算中的增量也是整数,故 e 始终是整数,因而 $e < -0.25$ 等价于 $e < 0$。改进之后的算法程序为:

```
void InterMidpointCircle(int r, int color)
{ int x,y,e;
  x = 0;y = r;e = 1 - r;
  putpixel(x,y,color);
  while(x < = y)
  { if(e < 0)
      { e + = 2 * x + 3;x + + ;}
    else
      { e + = 2 * (x - y) + 5;x + + ;y - - ;}
    putpixel(x,y,color);
  }
}
```

3.2.2　Bresenham 画圆算法

　　Bresenham 画圆算法是最有效的圆弧算法之一,其算法原理如下:

　　设圆心在坐标原点,圆的半径为 R,画笔的起点为 $(0,R)$,画四分之一顺圆,如图 3.10(a) 所示。假定当前像素点为 (x,y),则下一个像素点有三种选择,分别是右方像素点 $H(x + 1, y)$,右下方像素点 $D(x + 1, y - 1)$,下方像素点 $V(x, y - 1)$,如图 3.10(b) 所示。

　　这些候选像素点与理想圆弧的关系有以下五种:

　　(1) H、D、V 全在圆外;

　　(2) H、D 在圆外,V 在圆内;

　　(3) D 在圆上,H 在圆外,V 在圆内;

　　(4) H 在圆外,D、V 在圆内;

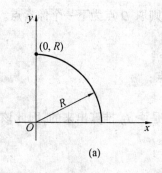
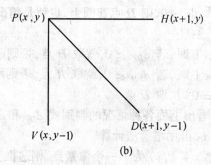

图 3.10　Bresenham 画圆算法示意图

(5) H、D、V 全在圆内。

H、D、V 三个像素点到圆心的距离平方与半径平方之差分别为

$$d_H = (x + 1)^2 + y^2 - R^2$$
$$d_D = (x + 1)^2 + (y - 1)^2 - R^2$$
$$d_V = x^2 + (y - 1)^2 - R^2$$

① 如果 $d_D > 0$，则 D 点在圆外，只能是(1)、(2) 情况，即最佳逼近圆弧的像素点只能是 D 或 V。为了确定 D 和 V 哪个更接近于圆弧，令

$$d_{DV} = |d_D| - |d_V| = |(x + 1)^2 + (y - 1)^2 - R^2| - |x^2 + (y - 1)^2 - R^2|$$

若 $d_{DV} < 0$，应取 D 点为下一个像素点，若 $d_{DV} > 0$，取 V 点，若 $d_{DV} = 0$，取两点都可，约定取 D 点。

对于情况(2)，D 点在圆外，V 点在圆内，所以 $d_D \geq 0$，$d_V < 0$，因此

$$d_{DV} = d_D + d_V = (x + 1)^2 + (y - 1)^2 - R^2 + x^2 + (y - 1)^2 - R^2 =$$
$$2d_D - 2x - 1$$

故可根据 $2d_D - 2x - 1$ 的符号，判断应取 D 或 V。

对于情况(1)，D、V 点都在圆外，应取 V 为下一像素点。这时，$d_D > 0$，$d_V > 0$，所以

$$2d_D - 2x - 1 = d_D + d_V > 0$$

可见，在 $d_D > 0$ 的情况下，若 $2d_D - 2x - 1 \leq 0$，就取 D 为下一像素点，否则取 V 点。

② 如果 $d_D < 0$，则 D 点在圆内，只能是(4)、(5) 情况，即最佳逼近圆弧的像素点只能是 H 点或 D 点。同样，为了确定 H 点和 D 点哪个更接近于圆弧，令

$$d_{HD} = |d_H| - |d_D| = |(x + 1)^2 + y^2 - R^2| - |(x + 1)^2 + (y - 1)^2 - R^2|$$

若 $d_{HD} < 0$，应取 H 点为下一个像素点，若 $d_{HD} > 0$，取 D 点，若 $d_{HD} = 0$，取两点都可，约定取 H 点。

对于情况(4)，H 点在圆外，D 点在圆内，因而 $d_H \geq 0$，$d_D < 0$，所以

$$d_{HD} = d_H + d_D = (x + 1)^2 + y^2 - R^2 + (x + 1)^2 + (y - 1)^2 - R^2 =$$
$$2d_D + 2y - 1$$

故可根据 $2d_D + 2y - 1$ 的符号，判断应取 H 点或 D 点。

对于情况(5)，H 点和 D 点都在圆内，应取 H 点为下一像素点，这时，$d_H < 0$，$d_D < 0$，所以

$$2d_D + 2y - 1 = d_H + d_D < 0$$

可见，在 $d_D < 0$ 的情况下，若 $2d_D + 2y - 1 \leq 0$，就取 H 点为下一个像素点，否则取 D 点。

③ 如果 $d_D = 0$,则 D 点在圆上,也就是情况(3),则取 D 点为下一个像素点。

综上所述:

当 $d_D > 0$ 时,若 $d_{DV} \leqslant 0$,就取 D 点,否则取 V 点;

当 $d_D < 0$ 时,若 $d_{HD} \leqslant 0$,就取 H 点,否则取 D 点;

当 $d_D = 0$ 时,取 D 点。

我们可看出上面各种情况的判别式 d_{DV} 和 d_{HD} 都是由 d_D 推算出来的,因此该算法的关键在于求 d_D。d_D 可用增量法计算。

若取 $H(x+1, y)$ 为下一个像素点,则递推公式

$$d_D' = [(x+1)+1]^2 + (y-1)^2 - R^2 = d_D + 2(x+1) + 1$$

若取 $D(x+1, y-1)$ 为下一个像素点,则递推公式

$$d_D' = [(x+1)+1]^2 + [(y-1)-1]^2 - R^2 = d_D + 2(x+1) - 2(y-1) + 2$$

若取 $V(x, y-1)$ 为下一个像素点,则递推公式

$$d_D' = (x+1)^2 + [(y-1)-1]^2 - R^2 = d_D - 2(y-1) + 1$$

Bresenham 画圆算法的程序如下:

```
void BresenhamCircle(int r, int color)
{ int x, y, delta, delta1, delta2, direction;
  x = 0; y = r;
  delta = 2 * (1 - r);
  while(y > = 0)
    { putpixel(x, y, color);
      If(delta < 0)
        { delta1 = 2 * (delta + y) - 1;
          If(delta1 < = 0)direction = 1;
          else direction = 2;
        }
      else if(delta > 0)
        { delta2 = 2 * (delta - x) - 1;
          If(delta2 < = 0)direction = 2;
          else direction = 3;
        }
      else direction = 2;
      switch(direction)
        { case 1:x ++;
                 delta += 2 * x + 1;
                 break;
          case 2:x ++;
                 y -- ;
                 delta += 2 * (x - y + 1);
                 break;
```

```
        case 3: y -- ;
                delta + = ( - 2 * y + 1);
                break;
            }
        }
    }
```

3.3　区域填充

区域填充就是给出一个多边形边界,对多边形边界范围的所有像素单元赋予指定的颜色。多边形可分为三种:凸多边形、凹多边形、含内环多边形,如图 3.11 所示。凸多边形是指任意两顶点间的连线均在多边形内;凹多边形是指任意两顶点的连线有不在多边形内的部分。含内环多边形是指多边形内再套有多边形,多边形内的多边形也叫内环,内环之间不能相交。

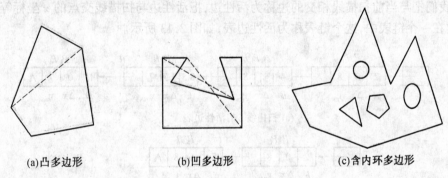

(a)凸多边形　　　　　(b)凹多边形　　　　　(c)含内环多边形

图 3.11　多边形的分类

区域填充的算法可分两大类:

(1) 区域填充的扫描线算法(Scan-Line Filling)

这类算法建立在区域多边形边界的矢量形式数据之上,可用于程序填充,也可用于交互填充。

(2) 种子填充算法(Seed Filling)

这类算法建立在区域多边形边界的图像形式数据之上,并还需提供多边形边界内一点的坐标。该方法多用于人机交互填充。

3.3.1　多边形区域填充的扫描线算法

扫描线算法就是按照扫描线顺序计算扫描线与多边形的相交区间,再用要求的颜色显示这些区间的像素。对于每条扫描线执行如下四个步骤:

(1) 求交:计算扫描线与多边形各边的交点;

(2) 排序:将求得的交点按 x 值递增顺序排序;

(3) 交点配对:第一个与第二个,第三个与第四个等,每对交点之间的区段为扫描线与多边形的相交区间。

(4) 着色:把相交区间内的像素置成多边形颜色,把相交区间外的像素置成背景色。

如图 3.12 所示,扫描线 6 与多边形的边界交于四点 A、B、C、D,将这四点按 x 值排序后的顺序为 2、4、8、11,相交区间为[2,4]、[8,11]。

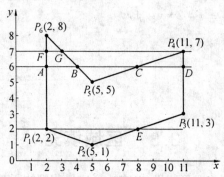

图 3.12　多边形区域填充的扫描线算法

由于扫描线算法的关键在于计算每条扫描线与多边形各边的交点,直接用直线方程求交点的方法效率较低。为了提高效率,在处理一条扫描线时,仅对与它相交的多边形的边进行求交运算。我们把与当前扫描线相交的边称为活性边,把活性边与扫描线交点的 x 坐标等活性边信息存放在一个链表中,这个链表称为活性边表,如图 3.13 所示。

(a) 扫描线 6 的活性边表

(b) 扫描线 7 的活性边表

图 3.13　图 3.12 中扫描线 6 和扫描线 7 的活性边表

由于多边形的边以及扫描线都具有连贯性,可使用增量法根据当前扫描线的活性边表来导出下一条扫描线的活性边表,而不必为下一条扫描线从头开始构造活性边表。

设边的直线方程为

$$ax + by + c = 0$$

若当前扫描线与边的交点为(x_i, y_i),则下一条扫描线 $y = y_{i+1}$ 时,有

$$x = \frac{-by_{i+1} - c}{a} = \frac{-b(y_i + 1) - c}{a} = x_i - \frac{b}{a}$$

令 $\Delta x = x_{i+1} - x_i = -b/a$,可看出,$\Delta x$ 为常数,这表明,若已知某一条边与当前扫描线的交点为(x_i, y_i),则它与下一条扫描线的交点为$(x_i + \Delta x, y_i + 1)$,只与增量 Δx 有关。另外,当边与下一条扫描线不相交时,应及时把它从活性边表中删除,该边的 y_{max} 是决定是否被删除的判别条件。因而活性边表的结点中至少应为对应边保存如下内容:

(1) x:当前扫描线与边的交点;

(2) Δx:从当前扫描线到下一条扫描线之间的 x 增量;

(3) y_{max}:边所交的最高扫描线号。

图 3.13 中,从扫描线 6 的活性边表导出扫描线 7 的活性边表,由于 P_3P_4 边、P_4P_5 边不再与

扫描线 7 相交,因而先把扫描线 6 的活性边表中 P_3P_4、P_4P_5 两个结点从表中删除,然后把 P_5P_6、P_6P_1 两个结点的 x 域中的值增加 Δx,就可以得到扫描线 7 的活性边表。

为了方便活性边表的建立与更新,我们为每一扫描线建立一个新边表,存放在该扫描线第一次出现的边。也就是说,若某边的较低端点为 y_{min},则该边就放在扫描线 y_{min} 的新边表中。新边表的每个结点存放对应边的初始信息,如该扫描线与该边的初始交点 x(即较低端点的 x 值)、x 的增量 Δx、该边的最大 y 值 y_{max}。图 3.14 为图 3.12 中各扫描线的新边表。

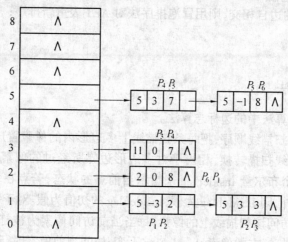

图 3.14   图 3.12 中各扫描线的新边表

在扫描线算法中,有两个问题需要特殊处理:

1. 扫描线与多边形顶点相交时,交点的确定

当扫描线与多边形顶点相交时,交点可看作零个、一个或两个。具体实现时,只需检查顶点的两条边的另外两个端点的 y 值。

(1) 顶点的两条边的另外两个端点的 y 值都小于该顶点的 y 值,则交点数为 0,不填充;

(2) 顶点的两条边的另外两个端点中,有一个端点的 y 值大于该顶点的 y 值,则交点数为 1;

(3) 顶点的两条边的另外两个端点的 y 值都大于该顶点的 y 值,则交点数为 2,填充该点。

图 3.12 中,P_6、P_4 点交点数为 0,不填充;P_1、P_3 点交点数为 1;P_2、P_5 点交点数为 2,填充。

2. 多边形区域边界上像素的取舍

若对多边形区域边界上的点都填充,填充的面积就被扩大了,因此规定:落在右、上边界的像素不予填充,而落在左、下边界上的像素予以填充,即对扫描线与多边形的相交区间取左闭右开。

综上所述,多边形区域填充的扫描线算法描述如下:

```
PolygonFill(polydef,color)
  Int color;
  多边形定义 polydef;
{ for(各条扫描线 i)
    { 初始化新边表表头指针 NET[i];
      把 ymin = i 的边放进新边表 NET[i];
    }
  y = 最低扫描线号;
```

初始化活性边表 AET 为空；

for(各条扫描线 i)

把新边表 NET[i] 中的边结点用插入排序法插入 AET 表,使之按 x 坐标递增顺序排列；

遍历 AET 表,把配对交点之间的区间(左闭右开)上的各像素(x,y)用 putpixel(x,y,color) 改写像素颜色值；

遍历 AET 表,把 $y_{max} = i + 1$ 的结点从 AET 表中删除,并把 $y_{max} > i + 1$ 的结点的 x 值递 Δx；

若允许多边形的边自相交,则用冒泡排序法对 AET 表重新排序；

}

}

3.3.2　边填充算法

下面介绍边填充算法中的边标志算法。

边标志算法是按扫描线顺序,把每条扫描线上多边形内的像素置成多边形色。首先,对多边形的每条边进行直线扫描转换,相当于对多边形边界所经过的像素打上标志,然后进行填充。在填充时设置一个布尔量 InsideFlag 来指示当前点的状态,若点在多边形内,则 InsideFlag 为真;若点在多边形外,则 InsideFlag 为假,InsideFlag 的初值为假。对于每条与多边形相交的扫描线,从左到右逐个访问该扫描线上的像素,每当当前访问像素为被打上边标志的点时,就把 InsideFlag 取反,对未打标志的像素,InsideFlag 不变。访问当前像素时,若 InsideFlag 为真,说明该像素在多边形内,则把该像素置为填充颜色,否则置为背景色。

边标志算法如下:

void edgemark _ fill(polydef,color)

int color;

多边形定义 polydef;

对多边形 polydef 每条边进行直线扫描转换；

InsideFlag = FALSE;

for(每条与多边形 polydef 相交的扫描线 y)

for(扫描线上每个像素 x)

if(像素 x 被打上边标志)InsideFlag = !(InsideFlag);

if(InsideFlag! = FALSE)putpixel(x,y,color);

else putpixel(x,y,background);

}

}

由于边标志算法不必建立维护边表以及对它进行排序,所以更适合硬件的实现,边标志算法的执行速度比有序边表算法快一至两个数量级。

3.3.3　种子填充算法

种子填充算法是从多边形内部一个已知像素点(种子点)出发,找到区域内的所有像素,并把这些像素置成指定颜色。该算法要求区域是连通且闭合的,因为只有在连通的区域中才能将种子点的颜色扩展到区域内其他点,区域若不闭合就会将颜色填充到区域外部。区域可分为

4 向连通区域和 8 向连通区域。4 向连通区域指的是从区域上一点出发,可通过上、下、左、右四个方向的移动组合,再不越出区域的前提下,到达区域内的任意像素。8 向连通指从区域内的一个像素出发,可通过上、下、左、右、左上、右上、左下、右下八个方向的移动组合来达到。在此我们只讨论 4 向连通区域的填充。

在种子填充算法中,假设区域边界上所有像素均具有某个特定颜色值,区域内部所有像素均不取这一特定颜色值,而边界外的像素可具有与边界相同的颜色值。算法原理如下:

种子像素入栈,当栈非空时执行如下三步操作:

(1) 栈顶像素出栈;

(2) 将出栈像素置成多边形颜色;

(3) 按左、上、右、下顺序检查与出栈像素相邻的四个像素,若其中某个像素不在边界且未置成多边形颜色,则把该像素入栈。

上述算法为递归算法,该算法需多次递归,费时,费内存,效率不高。为了提高效率,可采用种子填充的扫描线算法,该算法的原理是,当给定种子点 (x,y) 时,首先填充种子点所在扫描线上的位于给定区域的一个区段,然后确定与这一区段相连通的上、下两条扫描线上位于给定区域内的区段,并依次保存下来。反复这个过程,直到填充结束。

种子填充的扫描线算法可由下列四个步骤实现:

(1) 栈顶像素出栈;

(2) 沿扫描线对出栈像素的左右像素进行填充,直至遇到边界像素为止,也就是对包含出栈像素的整个区间进行填充;

(3) 上述区间内最左和最右的像素分别记为 xl 和 xr;

(4) 在区间 $[xl,xr]$ 中检查与当前扫描线相邻的上下两条扫描线上的像素点是否为边界像素或已填充像素,若存在非边界、非填充的像素,则把每一区间的最右像素作为种子点压入堆栈。

种子填充的扫描线算法描述如下:

```
typedef struct{                 // 记录种子点
    int x;
    int y;
} Seed;
void ScanLineFill4(int x,int y,COLORREF oldcolor, COLORREF newcolor)
{ int xl,xr,i;
    bool spanNeedFill;
    Seed pt;
    setstackempty();
    pt.x = x; pt.y = y;
    stackpush(pt);                 // 将前面生成的区段压入堆栈
    while(!isstackempty())
{ pt = stackpop();
    y = pt.y;
    x = pt.x;
```

```
    while(getpixel(x,y) = = oldcolor)        // 向右填充
    { drawpixel(x,y,newcolor);
      x ++;
    }
   xr = x - 1;
    x = pt.x - 1;
  while(getpixel(x,y) = = oldcolor)          // 向左填充
    {drawpixel(x,y,newcolor);
      x --;
    }
   x1 = x + 1;
   // 处理上面一条扫描线
   x = x1;
   y = y + 1;
   while(x < xr)
   { spanNeedFill = FALSE;
     while(getpixel(x,y) = = oldcolor)
     {spanNeedFill = TRUE;
       x ++;
    }
    if(spanNeedFill)
    { pt.x = x - 1; pt.y = y;
      stackpush(pt);
      spanNeedFill = FALSE;
    }
    while(getpixel(x,y)! = oldcolor&&x < xr) x ++;
  }                                           //End of while(x < xr)
                                              // 处理下面一条扫描线,代码与处理上面一条
                                              //   扫描线类似
   x = x1;
   y = y - 2;
   while(x < xr)
   {…
   }                                          //End of while(x < xr)
  }                                           //End of while(!isstackempty())
}
```

3.4　反走样

3.4.1　光栅图形的走样现象

在光栅显示器上显示图形时,虽然线段、多边形边界等图形信号是连续的,但表示图形的却是一个个离散的像素,这就使得连续的线段变成了阶梯形状,这种失真现象称为走样(aliasing)。

光栅图形的走样现象除了会产生阶梯形状(如图 3.15)外,还有图形的细节失真、狭小图形遗失等现象。如图 3.16 所示,当许多细长矩形的短边小于一个像素尺寸时,由于仅当像素中心被这些矩形覆盖时像素才被显示,故造成了显示图形失真,图形的许多细节都丢失了。

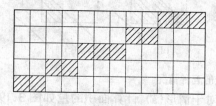

(a)线段呈阶梯形

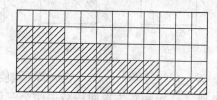

(b)多边形边界呈阶梯形

图 3.15　连续图形信号的走样

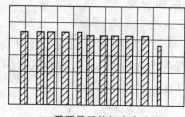

(a)需要显示的细小多边形

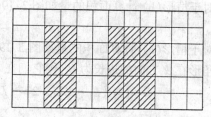

(b)显示结果

图 3.16　细节失真

走样现象也会使动态图形产生闪烁,当小于一个像素宽的狭小图形运动时,处于某一不覆盖像素中心的位置时就不会被显示,这样就会使图形在运动中有时被显示有时不被显示,从而产生一明一暗的闪烁。

用于减少或消除这种走样现象的技术称为反走样(antialiasing)。常用的反走样方法主要有区域采样、加权区域采样和提高分辨率等。

3.4.2　区域采样

区域采样方法是对像素采用盒式滤波器进行前置滤波后再取样,以决定像素的显示灰度值。假定每个像素是一个具有一定面积的小区域,将线段看成具有一定宽度的狭长矩形,如图 3.17 所示。当直线通过某像素时,可以求出两者相交区域的面积,根据这个面积的大小确定该像素的亮度值。设一线段的斜率为 $m(0 \leqslant m \leqslant 1)$,线段的宽度为一个像素单位,则线段与像素相交有五种情况,如图 3.18 所示,阴影部分为线段与像素相交区域。

如图 3.18 所示,像素是长度为 1 的正方形。在计算阴影区面积时,(a)与(e)类似,(b)与

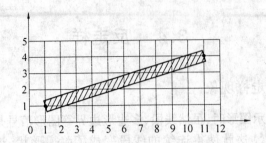

图 3.17　有宽度的线段

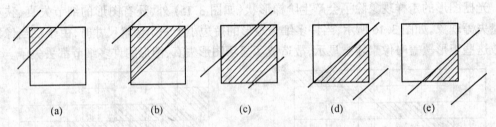

图 3.18　线段与像素相交的五种情况

(d) 类似,(c) 可用正方形面积减去两个三角形面积。对于情形(a),计算面积的量如图 3.19(a) 所示,线段与像素相交的面积为

$$L \cdot mL/2 = mL^2/2$$

对于情形(b) 计算面积的量如图 3.19(b) 所示,阴影区面积为

$$[L + (L - m)]/2 = L - m/2$$

对于情形(c),计算面积的量如图 3.19(c) 所示,左上角三角形在 x 方向的边长为 L_1,右下角三角形在 x 方向的边长为 L_2,则它们在 y 方向的边长分别为 mL_1 和 mL_2,阴影区面积为

$$1 - (L_1 \cdot mL_1)/2 - (L_2 \cdot mL_2)/2 = 1 - m(L_1^2 + L_2^2)/2$$

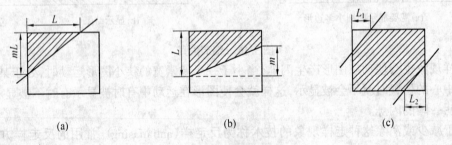

图 3.19　用于计算面积的量

以上几种情况所求得的面积都是介于 0 ~ 1 之间的正数。用它乘以像素的最大灰度值,再取整,可得像素的显示灰度值。

采用盒式滤波器的区域采样方法,将位于原相邻阶梯之间的像素置为过渡颜色或灰度,使得颜色或灰度过渡自然,变化柔和。阶梯被淡化后,线形就显得平直了。但盒式滤波器有两个缺点,一是无论上述区域与理想直线距离多远,各区域中相同的面积将产生相同的灰度值,这仍会导致锯齿效应;二是直线上沿理想直线方向的相邻两个像素,有时会有较大的灰度差。

3.4.3　加权区域采样

为了克服区域采样方法的两个缺点,可采用加权区域采样的方法,使相交区域对像素亮度的贡献与该区域与像素中心的距离相关。当线段经过该像素时,该像素的亮度 F 是在两者相交区域 A 上对滤波器(函数 ω)进行积分的值。滤波器函数 ω 可以取高斯滤波器。

$$\omega(x,y) = \frac{1}{\sqrt{2\pi}\sigma} e^{\frac{x^2+y^2}{2\sigma^2}}$$

$$F = \int_A \omega(x,y)\mathrm{d}A$$

求积分的运算量是很大的,为此可采用离散计算方法。首先将像素均匀分割成 n 个子像素,则每个像素的面积为 $1/n$。计算每个子像素对原像素的贡献,并保存在一张二维的加权表中,然后求出所有重心落于线段内的子像素,最后计算所有这些子像素对原像素亮度贡献之和 $\sum\limits_{i\in\Omega}\omega_i$ 的值。该值乘以像素的最大灰度值作为该像素的显示灰度值。例如:将屏幕划分为 $n = 3\times3$ 个子像素,加权表可以取作

$$\begin{bmatrix} \omega_1 & \omega_2 & \omega_3 \\ \omega_4 & \omega_5 & \omega_6 \\ \omega_7 & \omega_8 & \omega_9 \end{bmatrix} = \frac{1}{16}\begin{bmatrix} 1 & 2 & 1 \\ 2 & 4 & 2 \\ 1 & 2 & 1 \end{bmatrix}$$

3.4.4　提高分辨率

高分辨率显示器相对于低分辨率显示器来说,其显示质量好,直线的阶梯形不明显,图形更加光滑。提高分辨率可有两种方法:

(1) 采用硬件,即采用高分辨率光栅显示器。但这种方法花费的代价大,而且它也只能减轻并不能消除光滑线段的锯齿问题。

(2) 采用软件,即采用高分辨率计算,低分辨率显示。这种方法花费代价小,也容易实现。高分辨率计算是指将低分辨率的图像显示像素划分为许多子像素,按通常的算法计算出各个子像素的颜色值或灰度值;低分辨率显示是指将一个像素内的各个子像素的颜色值或灰度值的平均值作为显示该像素的颜色值或灰度值。求平均值时可取算术平均,也可取加权平均。这种提高分辨率的反走样方法的优点是:能在非反走样算法的基础上(高分辨率计算)进行反走样的工作(低分辨率显示),故很受欢迎。

3.5　图形裁剪

在用计算机处理图形时,经常需要将指定区域的某一部分图形显示在屏幕上。确定图形在指定区域内的部分使其保留,并删掉区域外的部分,这个过程称为裁剪。裁剪问题是计算机图形学的基本问题之一。裁剪多是相对于窗口进行的。窗口可以是多边形或包含曲线的边界,一般情况下,把窗口定义为矩形,由上、下、左、右四条边围成,其左上角点为 (XL,YT),右下角点为 (XR,YB)。裁剪的实质就是决定图形中哪些点、线段、多边形等落在窗口内,如图 3.20 所示。

3.5.1　线段的裁剪

对于一条任意的直线段,它与窗口之间的关系会有以下几种情况:完全位于窗口外;完全

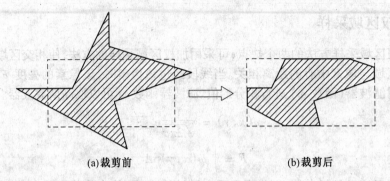

(a)裁剪前　　　　　　　　　　　(b)裁剪后

图 3.20　多边形裁剪示例

位于窗口内;有一部分在窗口内,其余部分在窗口外。若直线段有一部分位于窗口内或完全位于窗口内,则这段可见线段必有两个可见端点。为了画出窗口内的可见线段,只需确定它的两个可见端点即可。

直线的裁剪方法是复杂图形裁剪的基础,因为复杂曲线是可以通过折线段来逼近的。直线的裁剪方法有很多,常用的方法有三种:Cohen-Sutherland 裁剪算法、中点分割裁剪算法和梁友栋 – Barskey 算法。

1. Cohen-Sutherland 裁剪算法

Cohen-Sutherland 裁剪算法的基本思想是:对于每条线段 P_1P_2 分三种情况处理:

(1) 若 P_1P_2 完全在窗口内,则显示该线段 P_1P_2,简称"取"之;

(2) 若 P_1P_2 明显在窗口外,则丢弃该线段,简称为"弃"之;

(3) 若线段既不满足"取"的条件,也不满足"弃"的条件,则在线段与边界的交点处将线段分为两段,其中一段必完全在窗口外,可弃之,然后对另一段重复上述操作。

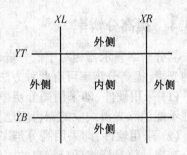

图 3.21　显示窗口

Cohen-Sutherland 裁剪算法的基本思想可由以下的具体步骤来实现:

设定一个显示窗口,如图 3.21 所示,窗口边界的四条线为 $x = XL$、$x = XR$、$y = YT$、$y = YB$,四条边界在窗口的一侧为内侧,相反的一侧为外侧。用四个数组 $L[\,]$、$R[\,]$、$T[\,]$、$B[\,]$ 对应四条边界,来判别线段的端点是否在窗口内侧,若数组的值为 0,则端点在窗口内侧,数组的值为 1 时,端点在窗口外侧。

设线段的一个端点为 (x_1, y_1),若:

$x_1 \geqslant XL$,则 $L[1] = 0$,$x_1 < XL$,则 $L[1] = 1$;

$x_1 \leqslant XR$,则 $R[1] = 0$,$x_1 > XR$,则 $R[1] = 1$;

$y_1 \leqslant YT$,则 $T[1] = 0$,$y_1 > YT$,则 $T[1] = 1$;

$y_1 \geqslant YB$,则 $B[1] = 0$,$y_1 < YB$,则 $B[1] = 1$。

根据上述规定,判别线段与窗口边界的关系。

(1) 整根线段位于窗口内,如图 3.22(a)所示,则

$$L[1] = 0, R[1] = 0, T[1] = 0, B[1] = 0$$
$$L[2] = 0, R[2] = 0, T[2] = 0, B[2] = 0$$

即当 $L[1] + R[1] + T[1] + B[1] = 0$,且 $L[2] + R[2] + T[2] + B[2] = 0$ 时,整根线段位于窗口内,应全部画出。

（2）整根线段位于窗口外,如图 3.22(b) 所示,则会出现下列情况之一:

$L[1] \cdot L[2] = 1$,两端点位于左边界之左;

$R[1] \cdot R[2] = 1$,两端点位于右边界之右;

$T[1] \cdot T[2] = 1$,两端点位于上边界之上;

$B[1] \cdot B[2] = 1$,两端点位于下边界之下。

即 $L[1] \cdot L[2] + R[1] \cdot R[2] + T[1] \cdot T[2] + B[1] \cdot B[2] \neq 0$ 时,整根线段不画出。

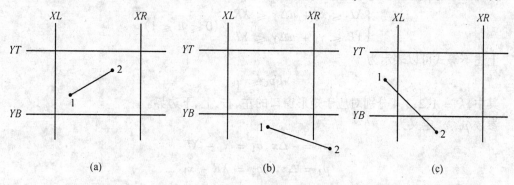

图 3.22　判断线段与窗口边界的关系

（3）线段的一部分或两部分位于窗口外时, 如图 3.22(c) 所示,需要求出线段与窗口边界的交点,以便画出窗口内的线段。显然,只有当 $L[i] = 1$ 时,才需求出线段与边界 L 的交点;当 $R[i] = 1$ 时,才需求出线段与边界 R 的交点,以此类推。

如图 3.23 所示,设 $L[1] = 1$,求交点的算式为

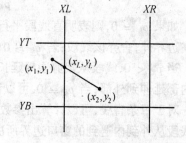

图 3.23　求线段与边界 L 的交点

$$\frac{x_2 - x_1}{XL - x_1} = \frac{y_2 - y_1}{y_L - y_1}$$

所以 $y_L = (y_2 - y_1) * (XL - x_1)/(x_2 - x_1) + y_1$。

以 (XL, y_L) 为直线的新端点,画出窗口内的线段。

2. 中点分割裁剪算法

中点分割裁剪算法与 Cohen-Sutherland 裁剪算法一样,首先对线段的端点是否在窗口内侧进行判断,并将线段与窗口的关系分为三种情况:完全在、完全不在和线段与窗口相交。对前两种情况进行与 Cohen-Sutherland 裁剪算法一样的处理,对于第三种情况,则用中点分割法求出线段与窗口的交点。如图 3.24 所示,从 P_0 点出发找出距 P_0 最近的可见点 A,从 P_1 点出发找出距 P_1 最近的可见点 B,两个可见点之间的连线即为线段 P_0P_1 的可见部分。从 P_0 点出发找出距 P_0 最近的可见点采用中点分割方法:先求出 P_0P_1 的中点 P_m,若 P_0P_m 不是显然不可见的,并且 P_0P_1 在窗口中有可见部分,则距 P_0 最近的可见点一定落在 P_0P_m 上,所以用 P_0P_m 代替 P_0P_1;否则用 P_mP_1 代替 P_0P_1。再对新的 P_0P_1 求中点 P_m,重复上述过程,直到的 P_mP_1 长度小

于给定的控制常数为止,这时 P_m 收敛丁交点。由丁该算法的主要计算过程只用到加法和除 2 运算,所以特别适合硬件实现,同时也适合于并行计算。

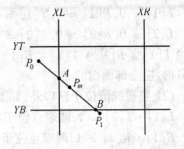

图 3.24　中点分割裁剪算法

3. 梁友栋 – Barskey 算法

梁友栋和 Barskey 提出了更快的参数化裁剪算法。设直线段的两个端点坐标分别为 (x_1, y_1) 和 (x_2, y_2),其参数方程为

$$\begin{cases} x = x_1 + u\Delta x \\ y = y_1 + u\Delta y \end{cases} \quad (0 \leqslant u \leqslant 1)$$

其中,$\Delta x = x_2 - x_1$,$\Delta y = y_2 - y_1$。由于矩形窗口内的点满足

$$\begin{cases} XL \leqslant x_1 + u\Delta x \leqslant XR \\ YB \leqslant y_1 + u\Delta y \leqslant YT \end{cases} \quad (0 \leqslant u \leqslant 1)$$

上述不等式可以表示为

$$Up_k \leqslant q_k$$

其中,$k = 1, 2, 3, 4$ 分别对应于矩形窗口的左、右、上、下边界。

参数 p_k、q_k 定义为

$$p_1 = -\Delta x, \quad q_1 = x_1 - XL$$
$$p_2 = \Delta x, \quad q_2 = XR - x_1$$
$$p_3 = -\Delta y, \quad q_3 = y_1 - YB$$
$$p_4 = \Delta y, \quad q_4 = YT - y_1$$

如果 $p_k = 0$,则表明直线段平行于矩形窗口边界之一;若还满足 $q_k < 0$,则表明直线段完全在边界外,舍弃该线段;若 $q_k \geqslant 0$,则该线段平行于裁剪边界并且在窗口内。

当 $p_k < 0$,线段从裁剪边界延长线的外部延伸到内部;当 $p_k > 0$,线段从裁剪边界延长线的内部延伸到外部;当 $p_k \neq 0$,可以计算出线段与边界的延长线的交点的 u 值:$u = q_k / p_k$。

对于每条直线,可以计算出参数 u_1 和 u_2,它们定义了在裁剪窗口内的线段部分。u_1 的值由线段从外到内遇到的窗口边界所决定($p < 0$)。对于这些边界计算 $r_k = q_k / p_k$。u_1 取 0 和各个 r_k 值之中的最大值。u_2 的值由线段从内到外遇到的窗口边界所决定($p > 0$)。对于这些边界计算 $r_k = q_k / p_k$。u_2 取 1 和各个 r_k 值之中的最小值。如果 $u_1 > u_2$,则线段完全落在裁剪窗口之外,被舍弃。否则裁剪线段由参数 u 的两个值 u_1 和 u_2 计算出来。

梁友栋 – Barskey 算法的伪 C 代码表述如下:

```
int Liang – Barskey(x1, y1, x2, y2, xL, yB, xR, yT, ul, uu);
float x1, y1, x2, y2, xL, yB, xR, yT, ul, uu;
float * ul, * uu;
{ int k;
  float r, u1, u2, dx, dy, p[4], q[4];
  u1 = 0.0; u2 = 1.0;
  dx = x2 - x1; dy = y2 – y1;
  p[0] = – dx; p[1] = dx; p[2] = – dy; p[3] = dy;
```

q[0] = x1 − xL; q[1] = xR − x1; q[2] = y1 − yB; q[3] = yT − y1;
for(k = 0; k < 4; k ++)
    { if (fab(p[k]) < 1.0e − 6)
      if(q[k] > = 0.0) continue;
      else return(0);
    else {r = q[k]/p[k];
      if(p[k] < 0.0)
       if(r < u2) u2 = r;
      else if(r > u1) u1 = r;
      }
    If(u1 > u2) return (0);
    }
* u1 = u1;
* u2 = u2;
}

3.5.2　多边形的裁剪

平面多边形是由若干直线段围成的平面封闭图形,因此多边形裁剪后所得到的结果还应当是一个多边形,即是一个封闭图形,如图 3.25 所示。多边形裁剪不能用直线段裁剪的方法,因为那样会得到一系列不连接的直线段。通常采用的方法是 Sutherland-Hodgeman 裁剪算法,也称为逐边多边形裁剪法。其基本思想是,一次用窗口的一条边裁剪多边形,依次进行。

算法的输入为多边形的顶点序列,如:$P_1P_2P_3P_4$(图 3.26)。

算法的输出也是一个顶点序列,如:$I_1P_2P_3I_2$(图 3.26)。

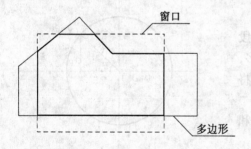

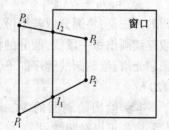

图 3.25　多边形裁剪　　　　　　　　图 3.26　算法的输入输出

窗口的一条边及其延长线把平面分成两部分,一部分为可见一侧,另一部分为不可见一侧。裁剪步骤(以窗口的左边界为裁剪边为例):

(1) 依序考虑多边形各边的两端点 S、P,他们与裁剪边的位置关系只有四种,如图 3.27 所示。

(2) 每条线段的两端点 S、P 与裁剪边比较后,输出 0 到 2 个顶点,如图 3.28 所示。

(3) 得到一个顶点序列后,将此作为下一条裁剪边处理过程的输入,直到窗口的四条边处理完毕。

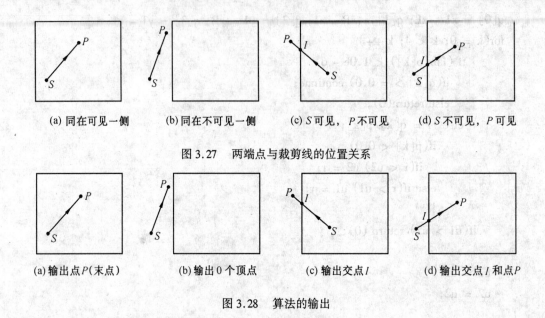

(a) 同在可见一侧　　(b) 同在不可见一侧　　(c) S 可见，P 不可见　　(d) S 不可见，P 可见

图 3.27　两端点与裁剪线的位置关系

(a) 输出点 P(末点)　　(b) 输出 0 个顶点　　(c) 输出交点 I　　(d) 输出交点 I 和点 P

图 3.28　算法的输出

3.6　平面图形的绘制

在计算机图形学中，平面图形的绘制是最基本的内容。掌握了一些简单的平面图形的绘制方法，有助于理解和拓展复杂图形的绘制方法。下面介绍几种平面图形的绘制方法。

3.6.1　圆的绘制

设圆的半径为 r，圆心坐标为 (x_0, y_0)，如图 3.29 所示，则圆的方程为

$$x = x_0 + r \cdot \cos \theta$$
$$y = y_0 + r \cdot \sin \theta$$

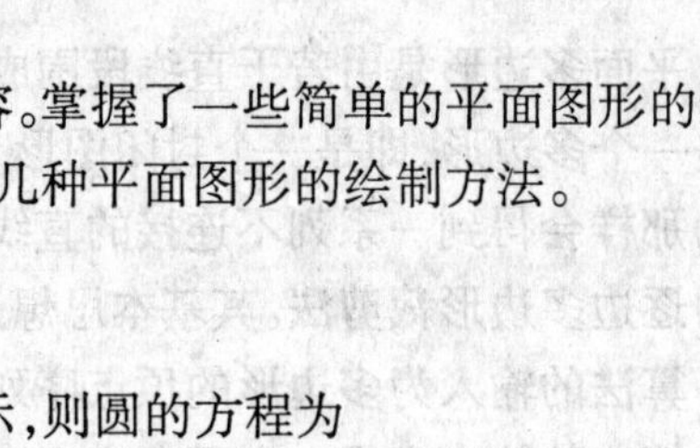

绘制圆的方法是：将圆分成若干份，以直线段代替圆弧段连续画出每一段线。圆分的份数越多，画出来的圆越光滑。绘制圆的程序如下，程序中将圆分成了 120 份。

例 3.1　本例给出绘制圆的 VC ++ 程序和 Turbo C 程序，读者可以对照学习。

VC ++ 程序：

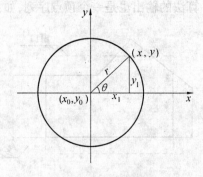

图 3.29　圆的绘制

```
void CDrawView::OnCircle()
{
    // TODO: Add your command handler code here
    CDC * pDC = GetDC();
    float t = 2 * 3.1416/120;
    float q, x1, y1;
    int x0 = 300, y0 = 200, r = 100, i;
```

```
    CPen bluepen(PS _ SOLID,1,RGB(0,0,255));
    pDC - > SelectObject(&bluepen);
for(i = 0;i < = 120;i ++)
{
    q = t * i;
    x1 = r * cos(q) + x0;
    y1 = r * sin(q) + y0;
    if(i = = 0) pDC - > MoveTo(x1,y1);
    pDC - > LineTo(x1,y1);
}
}
```

Turbo C 程序:

```
# include < graphics.h >
# include < math.h >
main( )
{
    int driver,mode;
    float t = 2 * 3.1416/120;
    float q,x,y;
    int x0 = 300,y0 = 200,r = 100,i;
    driver = DETECT;
    mode = 0;
    initgraph(&driver,&mode," ");
    setbkcolor(1);
    setcolor(14);

    for(i = 0;i < = 120;i ++)
    {
        q = t * i;
        x = r * cos(q) + x0;
        y = r * sin(q) + y0;
        if(i = = 0) moveto(x,y);
        lineto(x,y);
    }
getch( );
closegraph( );
}
```

注意:程序中用到了三角函数,因此必须嵌入头文件 < math.h >。

3.6.2　利用圆绘制的图形

1. 正多边形的绘制

在绘制圆的程序中,若将圆分成需要的份数,如 6 份或 8 份,就会得到正六边形或正八边形。将例 3.1 中的语句做如下改动,每次运行程序时输入多边形的边数 n,就会得到所需要的多边形。

```
gotoxy(30,5);
printf("n =");
scanf("%d", &n);
t = 2 * 3.1416/n;
for(i = 0; i < = n; i ++)
  {
    q = t * i;
    x = r * cos(q) + x0;
    y = r * sin(q) + y0;
    if(i = = 0) moveto(x,y);
    lineto(x,y);
  }
```

2. 五角星的绘制

在绘制圆的程序中,将圆分成五等份,得到的坐标位置存入数组中。将数组表示的坐标点按如下顺序连线,就会得到五角星的图案(图 3.30):

$$0 - 2 - 4 - 1 - 3 - 0$$

例 3.2　绘制五角星(VC ++ 程序)。

```
void CDrawView::OnFivestar()
  {
    // TODO: Add your command handler code here
    CDC * pDC = GetDC();
    float t = 2 * 3.1416/5;
    float q,x[5],y[5];
    int x0 = 300,y0 = 200,r = 100,i;
    for (i = 0;i < = 4;i ++)
    {
      q = t * i - 3.1416/2;
      x[i] = r * cos(q) + x0;
      y[i] = r * sin(q) + y0;
    }
    CPen bluepen(PS _ SOLID,2,RGB(0,0,255));
    pDC - > SelectObject(&bluepen);
```

图 3.30　五角星的绘制

```
pDC -> MoveTo(x[0],y[0]);
pDC -> LineTo(x[2],y[2]);
pDC -> LineTo(x[4],y[4]);
pDC -> LineTo(x[1],y[1]);
pDC -> LineTo(x[3],y[3]);
pDC -> LineTo(x[0],y[0]);
}
```

3.6.3　三角函数曲线的绘制

本节以正弦曲线为例说明三角函数曲线的绘制方法。

如图 3.31 所示,正弦曲线一个周期长为 L,将 L 分成 N 个步段,相应的 q 绕圆转动的角度 360° 也被分成 N 份。每个步段 x 方向长为 L/N,对应的角度为 $2n/N$,得到的轨迹即为正弦曲线。第 i 步时:

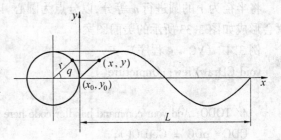

图 3.31　正弦曲线的绘制

$$x = (L/N) * i + x_0$$
$$y = r * \sin(i * 2n/N) + y_0$$

步段分得越多,曲线就越光滑。

3.6.4　几个艺术图案的绘制

1. 图案一

将圆分成 N 等份,把每个等分点与其他的等分点相连,就会得到一金刚石图案。例 3.3 为将圆分成 8 等份的金刚石图案绘制程序,绘出的图形如图 3.32 所示。

例 3.3　(VC ++ 程序):

```
void CDrawView::OnDiamong()
{
    // TODO: Add your command handler code here
    CDC * pDC = GetDC();
    double x[8],y[8];
    int i,j;
    double t = 2 * 3.1416/8;
    int x0 = 300,y0 = 200,r = 100;
    for(i = 0;i < 8;i ++)
    {
        x[i] = x0 + r * cos(i * t);
        y[i] = y0 + r * sin(i * t);
    }
    for(i = 0;i < 7;i ++)
```

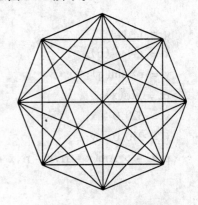

图 3.32　例 3.3 所绘的图案

```
}
    for(j = i;j < 8;j++)
      {
        pDC -> MoveTo(x[i],y[i]);
        pDC -> LineTo(x[j],y[j]);
      }
  }
}
```

2. 图案二

将半径为 r 的圆进行 n 等分,以分点为圆心,以分点距定圆垂直直径的距离为半径画圆,就会形成如图 3.33 所示的美丽图案。

例 3.4 （VC++ 程序）:

```
void CDrawView::Onpicture()
{
  // TODO: Add your command handler code here
  CDC * pDC = GetDC();
  RedrawWindow();
  CPen redpen(PS_SOLID,1,RGB(255,0,0));
  CPen * old = pDC -> SelectObject(&redpen);
  pDC -> Ellipse(240,130,400,290);//圆
  double t = 2.0 * 3.1416/60;
  double q,x,y,rr;
  int i,r = 80;
  for(i = 0;i < 60;i++)
    {
      q = i * t;
      x = r * cos(q);
      y = r * sin(q);
      rr = abs(x);
      x = 320.0 + x;
      y = 210.0 - y;
      pDC -> Arc(x - rr,y - rr,x + rr,y + rr,x + rr,y,x + rr,y);
    }
}
```

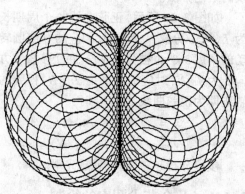

图 3.33　例 3.4 所绘的图案

第4章　图形变换的矩阵方法

图形的输入与输出通常要通过一些变换,如把图形平移到某一位置,或改变图形的大小和形状,或利用已有的图形生成复杂图形,这种图形处理过程称为图形变换。

图形变换是计算机图形学的基本内容之一。按照图形的类型,图形变换可分为图形几何变换(二维、三维图形基本变换)、图形投影变换、窗口视区变换等。按照变换的性质来分,图形变换可有平移、旋转、比例、反射、错切等图形基本几何变换,正投影变换、轴测投影变换和透视投影变换等。

图形的几何信息最终是由图形中每个点的位置坐标来确定的,因此对图形的变换也可归结为对点的变换,图形的变换可以通过与之对应的矩阵线性变换来实现。无论在二维平面内或三维空间中,均可对已定义的几何图形连续进行多次几何变换,以得到新的所需要的图形。这时只需将相应的多个变换矩阵连乘后,形成组合变换矩阵,再作用于几何图形即可。在计算机图形学中,广泛采用齐次坐标技术来进行图形变换,即在 $n+1$ 维空间中,讨论 n 维向量的变换,再经规范化过程在 n 维空间中观察其变换结果。由于图形变换可以转化为表示图形点集的向量或矩阵与某一变换矩阵的相乘,可以很快得到变换后的图形,为计算机图形的动态显示提供了可能性。

4.1　图形变换基础

图形变换中需要大量用到矢量、矩阵、齐次坐标和求解线性方程组的有关内容。本节简要介绍这些内容。

4.1.1　矢量运算

矢量是一有向线段,具有方向和大小两个参数。设有两个矢量 $V_1(x_1, y_1, z_1)$ 和 $V_2(x_2, y_2, z_2)$,则存在以下几种矢量运算:

(1) 矢量的长度

$$|V_1| = (x_1 * x_1 + y_1 * y_1 + z_1 * z_1)^{1/2}$$

(2) 数乘矢量

$$\alpha V_1 = (\alpha x_1, \alpha y_1, \alpha z_1)$$

(3) 两个矢量之和(图 4.1)

$$V_1 + V_2 = (x_1, y_1, z_1) + (x_2, y_2, z_2) = (x_1 + x_2, y_1 + y_2, z_1 + z_2)$$

(4) 两个矢量的点积(图 4.2)

$$V_1 \cdot V_2 = |V_1||V_2|\cos\theta = x_1 * x_2 + y_1 * y_2 + z_1 * z_2$$

式中　θ—— 两向量之间的夹角。

点积满足交换律和分配律

$$V_1 \cdot V_2 = V_2 \cdot V_1$$

$$V_1 \cdot (V_2 + V_3) = V_1 \cdot V_2 + V_1 \cdot V_3$$

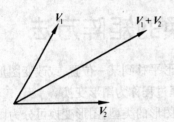

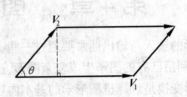

图 4.1　两矢量的和　　　　　　　　　图 4.2　两矢量的点积

(5) 两个矢量的叉积(图 4.3)

$$V_1 \times V_2 = \begin{vmatrix} i & j & k \\ x_1 & y_1 & z_1 \\ x_2 & y_2 & z_2 \end{vmatrix} = (y_1 z_2 - y_2 z_1, z_1 x_2 - z_2 x_1, x_1 y_2 - x_2 y_1)$$

两矢量叉积的方向符合右手螺旋法则,如图 4.3 所示。

叉积满足反交换律和分配律

$$V_1 \times V_2 = - V_2 \times V_1$$

$$V_1 \times (V_2 + V_3) = V_1 \times V_2 + V_1 \times V_3$$

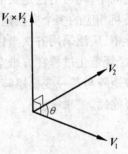

图 4.3　两矢量的叉积

4.1.2　矩阵运算

设有一个 m 行 n 列的矩阵 A

$$A_{m \times n} = \begin{bmatrix} a_{11} & a_{12} & \cdots & a_{1n} \\ a_{21} & a_{22} & \cdots & a_{2n} \\ \vdots & \vdots & & \vdots \\ a_{m1} & a_{m2} & \cdots & a_{mn} \end{bmatrix}$$

其中,$(a_{i1}, a_{i2}, \cdots, a_{in})$ 被称为第 i 个行向量,$(a_{1j}, a_{2j}, \cdots, a_{mj})$ 被称为第 j 个列向量。

1. 矩阵的加法运算

设两个矩阵 A 和 B 都是 m 行 n 列,把它们对应位置的元素相加得到的矩阵叫做 A 与 B 的和,记作 $A + B$,即

$$A + B = \begin{bmatrix} a_{11} + b_{11} & a_{12} + b_{12} & \cdots & a_{1n} + b_{1n} \\ a_{21} + b_{21} & a_{22} + b_{22} & \cdots & a_{2n} + b_{2n} \\ \vdots & \vdots & & \vdots \\ a_{m1} + b_{m1} & a_{m2} + b_{m2} & \cdots & a_{mn} + b_{mn} \end{bmatrix}$$

两个矩阵只有在其行数和列数都相同时才能相加。

2. 数乘矩阵

用数 k 乘矩阵 A 的每一个元素而得的矩阵叫做数 k 与矩阵 A 之积,记作 kA。

$$kA = \begin{bmatrix} ka_{11} & ka_{12} & \cdots & ka_{1n} \\ ka_{21} & ka_{22} & \cdots & ka_{2n} \\ \vdots & \vdots & & \vdots \\ ka_{m1} & ka_{m2} & \cdots & ka_{mn} \end{bmatrix}$$

3. 矩阵的乘法运算

只有当前面一个矩阵的列数等于后面一个矩阵的行数时, 两个矩阵才可以相乘。

$$C_{m \times n} = A_{m \times p} \cdot B_{p \times n}$$

矩阵 C 中的每一个元素　　　　$c_{ij} = \sum_{k=1}^{p} a_{ik}b_{kj}$

下面用一个简单的例子来说明矩阵的乘法运算, 设 A 为 2×3 的矩阵, B 为 3×2 的矩阵, 则两矩阵的乘积为一个 2×2 的矩阵

$$C = A \cdot B = \begin{bmatrix} a_{11} & a_{12} & a_{13} \\ a_{21} & a_{22} & a_{23} \end{bmatrix} \begin{bmatrix} b_{11} & b_{12} \\ b_{21} & b_{22} \\ b_{31} & b_{32} \end{bmatrix} =$$

$$\begin{bmatrix} a_{11}b_{11} + a_{12}b_{21} + a_{13}b_{31} & a_{11}b_{12} + a_{12}b_{22} + a_{13}b_{32} \\ a_{21}b_{11} + a_{22}b_{21} + a_{23}b_{31} & a_{21}b_{12} + a_{22}b_{22} + a_{23}b_{32} \end{bmatrix}$$

4. 单位矩阵

对于一个 $n \times n$ 的矩阵, 如果它的对角线上的各个元素均为 1, 其余元素都为 0, 则该矩阵称为单位矩阵, 记为 I_n。

$$I_n = \begin{bmatrix} 1 & 0 & \cdots & 0 \\ 0 & 1 & \cdots & 0 \\ \vdots & \vdots & & \vdots \\ 0 & 0 & \cdots & 1 \end{bmatrix}$$

对于任意 $m \times n$ 的矩阵恒有

$$A_{m \times n} \cdot I_n = A_{m \times n}$$

$$I_m \cdot A_{m \times n} = A_{m \times n}$$

5. 矩阵的转置

交换一个矩阵 $A_{m \times n}$ 的所有行列元素, 那么所得到的 $n \times m$ 的矩阵被称为原有矩阵的转置矩阵, 记作 A^T, 即

$$A^T = \begin{bmatrix} a_{11} & a_{21} & \cdots & a_{m1} \\ a_{12} & a_{22} & \cdots & a_{m2} \\ \vdots & \vdots & & \vdots \\ a_{1n} & a_{2n} & \cdots & a_{mn} \end{bmatrix}$$

显然, $(A^T)^T = A$, $(A + B)^T = (A^T + B^T)$, $(kA)^T = kA^T$。
但是, $(A \cdot B)^T = B^T \cdot A^T$。

6. 矩阵的逆

对于一个 $n \times n$ 的方阵 A, 若存在一个 $n \times n$ 的方阵 B, 使得 $AB = BA = I_n$, 则称 B 是 A

的逆,记作 $B = A^{-1}$,A 则被称为非奇异矩阵。

矩阵的逆是相互的,A 同样也可记作 $A = B^{-1}$,B 也是一个非奇异矩阵。

任何非奇异矩阵有且只有一个逆矩阵。

7.矩阵运算的基本性质

(1) 矩阵加法适合交换律与结合律

$$A + B = B + A$$
$$A + (B + C) = (A + B) + C$$

(2) 数乘矩阵适合分配律与结合律

$$k(A + B) = kA + kB$$
$$k(A \cdot B) = (k \cdot A) \cdot B = A \cdot (kB)$$

(3) 矩阵乘法适合结合律

$$A \cdot (B \cdot C) = (A \cdot B) \cdot C$$

(4) 矩阵乘法对加法适合分配律

$$(A + B)C = AC + BC$$
$$C(A + B) = CA + CB$$

(5) 矩阵的乘法不适合交换律

$$A \cdot B \neq B \cdot A$$

4.1.3　齐次坐标

所谓齐次坐标,就是将一个原本是 n 维的向量用一个 $n + 1$ 维向量来表示。例如,向量$(x_1, x_2, \cdots, x_n)$ 的齐次坐标表示为$(hx_1, hx_2, \cdots, hx_n, h)$,其中 h 是一个不为 0 的实数。显然,一个向量的非齐次坐标表示$(x_1, x_2, \cdots, x_n)$ 有 n 个分量,且是唯一确定的,但一个向量的齐次坐标表示却不是唯一的,齐次坐标中的 h 取不同值时表示的都是同一个点,比如齐次坐标$(8, 4, 2)$、$(4, 2, 1)$ 表示的都是二维点$(4, 2)$。当齐次坐标中的 h 值为 1 时,齐次坐标$(x_1, x_2, \cdots, x_n, 1)$ 被称为向量$(x_1, x_2, \cdots, x_n)$ 的规范化齐次坐标。

引进齐次坐标的目的是:

(1) 齐次坐标提供了用矩阵运算把二维、三维甚至高维空间中的一个点集从一个坐标系变换到另一个坐标系的有效方法。后面的二维平面图形的几何变换就说明了这一点。平面图形的比例、反射、错切、旋转等各种变换,变换中心均在原点,这些对原点施加的变换均保持原点不变。如果要求图形进行平移,或要求图形绕任意点作旋转、比例等变换,并且用统一的形式(矩阵) 表示以上各种变换,就需要引入齐次坐标,利用齐次坐标矩阵来处理,才能实现上述要求。

(2) 齐次坐标可以表示无穷远的点。$n + 1$ 维的齐次坐标中如果 $h = 0$,实际上就表示了 n 维 空间的一个无穷远点。对于齐次坐标(a, b, h),保持 a、b 不变,h 趋向 0 的过程就表示了点(x, y) 沿直线 $ax + by = 0$ 逐渐走向无穷远处的过程。

4.1.4　线性方程组的求解

对于一个有 n 个变量的方程组

$$a_{11}x_1 + a_{12}x_2 + \cdots + a_{1n}x_n = b_1$$

$$a_{21}x_1 + a_{22}x_2 + \cdots + a_{2n}x_n = b_2$$
$$\vdots$$
$$a_{n1}x_1 + a_{n2}x_2 + \cdots + a_{nn}x_n = b_n$$

可将其表示为矩阵形式

$$AX = B$$

式中 A——系数矩阵。

该方程有唯一解的条件是 A 是非奇异矩阵,则方程组的解为

$$X = A^{-1}B$$

4.2 二维图形变换

4.2.1 比例变换

比例变换用于对图形进行放大或缩小,如图 4.4 所示。

设 x 方向和 y 方向的比例系数分别为 a 和 d,变换前的坐标为 (x, y),变换后的坐标为 (x', y'),则经比例变换后

$$[x'\ y'\ 1] = [x\ y\ 1]\begin{bmatrix} a & 0 & 0 \\ 0 & d & 0 \\ 0 & 0 & 1 \end{bmatrix}$$

即 $\begin{cases} x' = ax \\ y' = dy \end{cases}$ $(a > 0, d > 0)$

当 $a < 1, d < 1$ 时,为缩小,反之为放大。

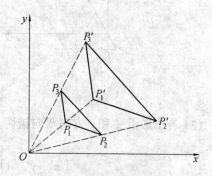

图 4.4 比例变换

4.2.2 平移变换

设图形沿 x 方向平移 t,沿 y 方向平移 m,如图 4.5 所示,则平移变换后

$$[x'\ y'\ 1] = [x\ y\ 1]\begin{bmatrix} 1 & 0 & 0 \\ 0 & 1 & 0 \\ t & m & 1 \end{bmatrix}$$

即 $\begin{cases} x' = x + t \\ y' = y + m \end{cases}$

4.2.3 错切变换

平面图形的错切变换是指变换后的平面图形沿 x 或 y 方向产生错切,如图 4.6 所示。

(1) 若图形沿 x 方向错切,如图 4.6(a) 所示,错切系数为 c,则错切变换后

$$[x'\ y'\ 1] = [x\ y\ 1]\begin{bmatrix} 1 & 0 & 0 \\ c & 1 & 0 \\ 0 & 0 & 1 \end{bmatrix}$$

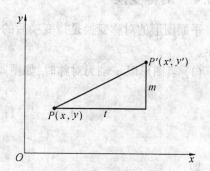

图 4.5 平移交换

即
$$\begin{cases} x' = x + cy \\ y' = y \end{cases}$$

原图形中的 P_1、P_2、P_3、P_4 点错切变换后移动到了 P'_1、P'_2、P'_3、P'_4 的位置。

(2) 若图形沿 y 方向错切,如图 4.6(b) 所示,错切系数为 b,则错切变换后

$$[\begin{matrix} x' & y' & 1 \end{matrix}] = [\begin{matrix} x & y & 1 \end{matrix}] \begin{bmatrix} 1 & b & 0 \\ 0 & 1 & 0 \\ 0 & 0 & 1 \end{bmatrix}$$

即
$$\begin{cases} x' = x \\ y' = y + bx \end{cases}$$

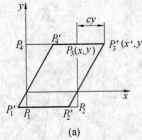
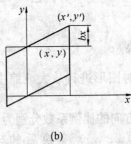

(a)　　　　　　　　　(b)

图 4.6　错切变换

(3) 若图形沿 x 和 y 方向双向错切,则错切变换后

$$[\begin{matrix} x' & y' & 1 \end{matrix}] = [\begin{matrix} x & y & 1 \end{matrix}] \begin{bmatrix} 1 & b & 0 \\ c & 1 & 0 \\ 0 & 0 & 1 \end{bmatrix}$$

即
$$\begin{cases} x' = x + cy \\ y' = y + bx \end{cases}$$

4.2.4　对称变换

平面图形的对称变换是指变换后的平面图形对称于 x 轴或 y 轴或某个特定的轴,如图 4.7 所示。

(1) 当图形以 y 轴为对称时,如图 4.7(a) 所示,对称变换为

$$[\begin{matrix} x' & y' & 1 \end{matrix}] = [\begin{matrix} x & y & 1 \end{matrix}] \begin{bmatrix} -1 & 0 & 0 \\ 0 & 1 & 0 \\ 0 & 0 & 1 \end{bmatrix}$$

即
$$\begin{cases} x' = -x \\ y' = y \end{cases}$$

(2) 当图形以 x 轴为对称时,如图 4.7(b) 所示,对称变换为

$$[\begin{matrix} x' & y' & 1 \end{matrix}] = [\begin{matrix} x & y & 1 \end{matrix}] \begin{bmatrix} 1 & 0 & 0 \\ 0 & -1 & 0 \\ 0 & 0 & 1 \end{bmatrix}$$

即
$$\begin{cases} x' = x \\ y' = -y \end{cases}$$

(3) 当图形以 $y = x$ 线为对称时,如图 4.7(c) 所示,对称变换为

$$[x' \quad y' \quad 1] = [x \quad y \quad 1] \begin{bmatrix} 0 & 1 & 0 \\ 1 & 0 & 0 \\ 0 & 0 & 1 \end{bmatrix}$$

即　　　　　　　　　　　　$\begin{cases} x' = y \\ y' = x \end{cases}$

(4) 当图形以 $y = -x$ 线为对称时,如图 4.7(d) 所示,对称变换为

$$[x' \quad y' \quad 1] = [x \quad y \quad 1] \begin{bmatrix} 0 & -1 & 0 \\ -1 & 0 & 0 \\ 0 & 0 & 1 \end{bmatrix}$$

即　　　　　　　　　　　　$\begin{cases} x' = -y \\ y' = -x \end{cases}$

(5) 当图形以原点为对称时,如图 4.7(e) 所示,对称变换为

$$[x' \quad y' \quad 1] = [x \quad y \quad 1] \begin{bmatrix} -1 & 0 & 0 \\ 0 & -1 & 0 \\ 0 & 0 & 1 \end{bmatrix}$$

即　　　　　　　　　　　　$\begin{cases} x' = -x \\ y' = -y \end{cases}$

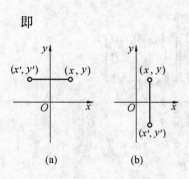
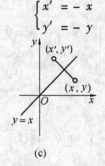
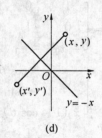
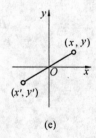

(a)　　　　　(b)　　　　　(c)　　　　　(d)　　　　　(e)

图 4.7　对称变换

4.2.5　旋转变换

平面图形的旋转变换是指图形绕坐标原点旋转任意角度 θ,并且规定逆时针方向旋转时 θ 取正值,顺时针方向旋转时 θ 取负值。

如图 4.8 所示,图形上的一点 (x, y) 以原点为中心逆时针转 θ 角,旋转之后的位置为 (x', y'),则旋转之后的坐标为

$$x' = d\cos(\theta + \alpha) = d(\cos\theta\cos\alpha - \sin\theta\sin\alpha) = x\cos\theta - y\sin\theta$$

$$y' = d\sin(\theta + \alpha) = d(\sin\theta\cos\alpha + \cos\theta\sin\alpha) = x\sin\theta + y\cos\theta$$

将上式写成矩阵的形式即为

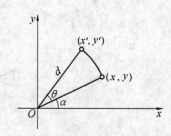

图 4.8　旋转变换

$$[x' \quad y' \quad 1] = [x \quad y \quad 1] \begin{bmatrix} \cos\theta & \sin\theta & 0 \\ -\sin\theta & \cos\theta & 0 \\ 0 & 0 & 1 \end{bmatrix}$$

即
$$\begin{cases} x' = x \cdot \cos\theta - y \cdot \sin\theta \\ y' = x \cdot \sin\theta + y \cdot \cos\theta \end{cases}$$

4.2.6　组合变换

前面介绍的几种变换都是只用一个变换矩阵形式来实现的,通常把它们叫做基本变换。但是,有些变换仅用一种基本变换是不能实现的,必须由两种或多种基本变换组合才能实现。这种由几个基本变换组成的变换称为组合变换或称为矩阵变换的级联,相应的变换矩阵称为组合变换矩阵。组合变换矩阵是由几个基本变换矩阵依次相乘得到的。

比如,前面介绍的旋转变换,图形是以原点为中心旋转的。若使图形以任意一点(x_0, y_0)为中心旋转,则需三个基本变换的组合:

(1) 平移变换,将(x_0, y_0)平移到原点;

(2) 绕原点的旋转变换;

(3) 再将(x_0, y_0)平移回去。

设这个组合变换矩阵为 $\boldsymbol{B}$,则

$$\boldsymbol{B} = \begin{bmatrix} 1 & 0 & 0 \\ 0 & 1 & 0 \\ -x_0 & -y_0 & 1 \end{bmatrix} \begin{bmatrix} \cos\theta & \sin\theta & 0 \\ -\sin\theta & \cos\theta & 0 \\ 0 & 0 & 1 \end{bmatrix} \begin{bmatrix} 1 & 0 & 0 \\ 0 & 1 & 0 \\ x_0 & y_0 & 1 \end{bmatrix} =$$

$$\begin{bmatrix} \cos\theta & \sin\theta & 0 \\ -\sin\theta & \cos\theta & 0 \\ x_0(1-\cos\theta)+y_0\sin\theta & y_0(1-\cos\theta)-x_0\sin\theta & 1 \end{bmatrix}$$

$$[x' \quad y' \quad 1] = [x \quad y \quad 1] \boldsymbol{B}$$

即
$$\begin{cases} x' = x\cos\theta - y\sin\theta + x_0(1-\cos\theta) + y_0\sin\theta \\ y' = x\sin\theta + y\cos\theta + y_0(1-\cos\theta) - x_0\sin\theta \end{cases}$$

例4.1　如图4.9所示,编写程序绘制出一个三角形绕屏幕一点$(300,200)$旋转八个位置。

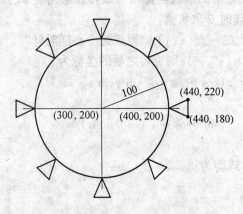

图4.9　绕任意一点旋转的组合变换

VC 程序：

```
void CMyView::OnXuanzhuan()
{
    // TODO: Add your command handler code here
    CDC * pDC = GetDC();// 调用画笔
    RedrawWindow();

    int x0 = 300,y0 = 200;
    int x01 = 400,y01 = 200;
    int x02 = 440,y02 = 180;
    int x03 = 440,y03 = 220;
    float x1,y1,x2,y2,x3,y3,q;
    int n1 = 8,n2 = 120,i,x,y,r = 100;
    float t;

    t = 2 * 3.1416/n1;

    for(i = 0;i < 8;i ++)
    {
        CPen yellowpen(PS_SOLID,1,RGB(255,255,0));// 创建画笔
        pDC -> SelectObject(&yellowpen);


        q = t * i;
        x1 = x01 * cos(q) - y01 * sin(q) + x0 * (1 - cos(q)) + y0 * sin(q);
        y1 = x01 * sin(q) + y01 * cos(q) + y0 * (1 - cos(q)) - x0 * sin(q);
        x2 = x02 * cos(q) - y02 * sin(q) + x0 * (1 - cos(q)) + y0 * sin(q);
        y2 = x02 * sin(q) + y02 * cos(q) + y0 * (1 - cos(q)) - x0 * sin(q);
        x3 = x03 * cos(q) - y03 * sin(q) + x0 * (1 - cos(q)) + y0 * sin(q);
        y3 = x03 * sin(q) + y03 * cos(q) + y0 * (1 - cos(q)) - x0 * sin(q);
        pDC -> MoveTo(x1,y1);
        pDC -> LineTo(x2,y2);
        pDC -> LineTo(x3,y3);
        pDC -> LineTo(x1,y1)
    }

    t = 2 * 3.1416/n2;
for(i = 0;i <= 120;i ++)        // 开始画圆
{
    CPen redpen(PS_SOLID,1,RGB(255,0,0));// 创建红色画笔
    pDC -> SelectObject(&redpen);
```

```
q = t * i;
x = r * cos(q) + x0;
y = r * sin(q) + y0;
if(i = = 0)
pDC - > MoveTo(x,y);
pDC - > LineTo(x,y);
}
}
```

4.3　三维图形变换

一个三维图形按照某种规律变成另一个三维图形,叫做三维图形变换。

4.3.1　平移变换

设图形沿 x 方向平移 l,沿 y 方向平移 m,沿 z 方向平移 n,变换前的坐标为 (x,y,z),变换后的坐标为 (x',y',z'),变换矩阵为 T,则

$$T = \begin{bmatrix} 1 & 0 & 0 & 0 \\ 0 & 1 & 0 & 0 \\ 0 & 0 & 1 & 0 \\ l & m & n & 1 \end{bmatrix}$$

平移变换后　　　　　$[x' \ y' \ z' \ 1] = [x \ y \ z \ 1] \cdot T$

即　　　　　　　　$\begin{cases} x' = x + l \\ y' = y + m \\ z' = z + n \end{cases}$

4.3.2　比例变换

设 x 方向、y 方向和 z 方向的比例系数分别为 s_x、s_y 和 s_z,变换前的坐标为 (x,y,z),变换后的坐标为 (x',y',z'),变换矩阵为 T,则

$$T = \begin{bmatrix} s_x & 0 & 0 & 0 \\ 0 & s_y & 0 & 0 \\ 0 & 0 & s_z & 0 \\ 0 & 0 & 0 & 1 \end{bmatrix}$$

平移变换后　　　　　$[x' \ y' \ z' \ 1] = [x \ y \ z \ 1] \cdot T$

即　　　　　　　　$\begin{cases} x' = s_x \cdot x \\ y' = s_y \cdot y \\ z' = s_z \cdot z \end{cases}$

4.3.3　对称变换

三维图形作对称变换是以坐标平面为基准,采用右手坐标系。

以 yOz 面、xOz 面、xOy 面为基准的对称变换矩阵依次为

$$
\begin{bmatrix} -1 & 0 & 0 & 0 \\ 0 & 1 & 0 & 0 \\ 0 & 0 & 1 & 0 \\ 0 & 0 & 0 & 1 \end{bmatrix}
\begin{bmatrix} 1 & 0 & 0 & 0 \\ 0 & -1 & 0 & 0 \\ 0 & 0 & 1 & 0 \\ 0 & 0 & 0 & 1 \end{bmatrix}
\begin{bmatrix} 1 & 0 & 0 & 0 \\ 0 & 1 & 0 & 0 \\ 0 & 0 & -1 & 0 \\ 0 & 0 & 0 & 1 \end{bmatrix}
$$

4.3.4　旋转变换

三维物体的旋转是指绕坐标轴的旋转,旋转的方向按右手法则来确定,即右手大拇指指向轴的正向,其余四指所指的方向为旋转的正向,如图 4.10 所示。

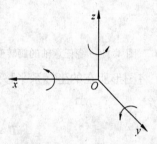

图 4.10　三维旋转变换

1.绕 z 轴旋转 θ 角

其旋转变换矩阵 T_z 为

$$
T_z = \begin{bmatrix} \cos\theta & \sin\theta & 0 & 0 \\ -\sin\theta & \cos\theta & 0 & 0 \\ 0 & 0 & 1 & 0 \\ 0 & 0 & 0 & 1 \end{bmatrix}
$$

变换后　　　　　　　$[x' \quad y' \quad z' \quad 1] = [x \quad y \quad z \quad 1] \cdot T_z$

2.绕 y 轴旋转 θ 角

其旋转变换矩阵 T_y 为

$$
T_y = \begin{bmatrix} \cos\theta & 0 & -\sin\theta & 0 \\ 0 & 1 & 0 & 0 \\ \sin\theta & 0 & \cos\theta & 0 \\ 0 & 0 & 0 & 1 \end{bmatrix}
$$

变换后　　　　　　　$[x' \quad y' \quad z' \quad 1] = [x \quad y \quad z \quad 1] \cdot T_y$

3.绕 x 轴旋转 θ 角

其旋转变换矩阵 T_x 为

$$
T_x = \begin{bmatrix} 1 & 0 & 0 & 0 \\ 0 & \cos\theta & \sin\theta & 0 \\ 0 & -\sin\theta & \cos\theta & 0 \\ 0 & 0 & 0 & 1 \end{bmatrix}
$$

变换后　　　　　　　$[x' \quad y' \quad z' \quad 1] = [x \quad y \quad z \quad 1] \cdot T_x$

4.绕任意轴的旋转变换

如图4.11所示,我们推导空间点 P 绕任意旋转轴 QQ' 旋转的变换矩阵。QQ' 为一般位置直线,Q 点坐标为 $Q(x_Q, y_Q, z_Q)$,QQ' 的方向余弦为 $[a, b, c]$。设空间有一点 $P(x, y, z)$ 绕 QQ' 轴旋转 θ 角到 $P'(x', y', z')$,则

$$[x'\ \ y'\ \ z'\ \ 1] = [x\ \ y\ \ z\ \ 1] \cdot RAX$$

RAX 为7个矩阵的组合。首先将 QQ' 通过平移、旋转使其与 z 轴重合,如图4.12所示;然后将点绕 z 轴旋转;最后再将 QQ' 通过旋转、平移变换回到原位置。通过7个基本变换的组合,可以实现一空间点绕任意轴旋转。

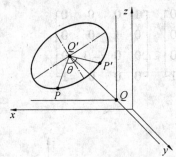

图4.11　绕任意轴的旋转变换　　　　图4.12　将 QQ' 轴旋转到与 z 轴重合

(1) 将图形所在的坐标系平移到以 (x_Q, y_Q, z_Q) 为原点的新坐标系中。平移矩阵 T 为

$$T = \begin{bmatrix} 1 & 0 & 0 & 0 \\ 0 & 1 & 0 & 0 \\ 0 & 0 & 1 & 0 \\ -x_Q & -y_Q & -z_Q & 1 \end{bmatrix}$$

(2) 在新坐标系下,令 QQ' 轴绕 x 轴旋转 α 角,与 xOz 面重合。如图4.12所示,以 QQ' 的方向余弦 $[a,b,c]$ 为边长作一长方体,其对角线为单位长度的 QQ',QQ' 所在的长方体对角面绕 x 轴旋转 α 角,旋转到 $123Q$ 的位置,12的长度即对角面的长度为 v,$2Q$ 即为旋转后的 QQ'。则其变换矩阵 R_1 为

$$R_1 = \begin{bmatrix} 1 & 0 & 0 & 0 \\ 0 & \dfrac{c}{v} & \dfrac{b}{v} & 0 \\ 0 & -\dfrac{b}{v} & \dfrac{c}{v} & 0 \\ 0 & 0 & 0 & 1 \end{bmatrix}$$

式中,$v = (b^2 + c^2)^{1/2}, \cos\alpha = c/v, \sin\alpha = b/v$。

(3) 再令 QQ'(即 $2Q$)轴绕 y 轴旋转 β 角,如图4.12所示,与 z 轴重合。其变换矩阵 R_2 为

$$R_2 = \begin{bmatrix} v & 0 & a & 0 \\ 0 & 1 & 0 & 0 \\ -a & 0 & v & 0 \\ 0 & 0 & 0 & 1 \end{bmatrix}$$

式中,$\cos\beta = v, \sin\beta = -a$。

(4) 在新坐标系下,将点 P 绕 z 轴旋转 θ 角,其变换矩阵 R_Q 为

$$R_Q = \begin{bmatrix} \cos\theta & \sin\theta & 0 & 0 \\ -\sin\theta & \cos\theta & 0 & 0 \\ 0 & 0 & 1 & 0 \\ 0 & 0 & 0 & 1 \end{bmatrix}$$

（5）执行第三步的逆变换 R_2^{-1}

$$R_2^{-1} = \begin{bmatrix} v & 0 & -a & 0 \\ 0 & 1 & 0 & 0 \\ a & 0 & v & 0 \\ 0 & 0 & 0 & 1 \end{bmatrix}$$

（6）执行第二步的逆变换 R_1^{-1}

$$R_1^{-1} = \begin{bmatrix} 1 & 0 & 0 & 0 \\ 0 & c/v & -b/v & 0 \\ 0 & b/v & c/v & 0 \\ 0 & 0 & 0 & 1 \end{bmatrix}$$

（7）执行第一步的逆变换 T^{-1}

$$T^{-1} = \begin{bmatrix} 1 & 0 & 0 & 0 \\ 0 & 1 & 0 & 0 \\ 0 & 0 & 1 & 0 \\ x_Q & y_Q & z_Q & 1 \end{bmatrix}$$

则 $RAX = T \cdot R_1 \cdot R_2 \cdot R_Q \cdot R_2^{-1} \cdot R_1^{-1} \cdot T^{-1}$。

4.4　三维图形的投影、透视变换

现实世界中的物体通常是在三维坐标系中表述的，为了将其在二维的计算机屏幕或图纸上显示出来，必须对其进行投影变换。投影变换是将三维的空间图形在二维输出设备上显示的不可缺少的技术之一。

根据投影中心与投影平面之间的距离不同，投影可分为平行投影和中心投影两大类。平行投影的投影中心与投影面之间的距离为无穷远，而对于透视投影，这个距离则是有限的。

投影的具体分类如下：

```
                                              ┌ 三面投影图
                        ┌ 正平行投影 ┌ 多面视图 ┤
                        │          │         └ 剖视图
                        │          │         ┌ 正等测
            ┌ 平行投影 ┤          └ 正轴测图 ┤ 正二测
            │          │                    └ 正三测
投影 ┤          └ 斜平行投影(斜轴测图) ┌ 斜等测
            │                          └ 斜二测
            │                    ┌ 一点透视
            └ 中心投影(透视投影) ┤ 二点透视
                                └ 三点透视
```

4.4.1　三面投影图

三面投影图即把物体向正立面、侧立面、水平面三个投影面投影得到（图 4.13）。三面投影图可以这样形成：将三维立体向三个投影面作正投影，每个投影面的投影只反映物体两个方向的坐标,另一个方向的坐标为零。为了满足工程图需要,再将三个投影面展开成一个平面,形成三面投影图。

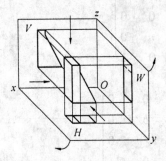 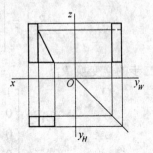

图 4.13   三面投影图

1. 正视图

也称为主视图、立面图、正面投影图。

形成:把物体向正立面(xOz 面)投影而得到。

进行坐标的矩阵变换时,只需把形体上各点的 y 坐标消去,即让 $y = 0$

$$[x' \quad y' \quad z' \quad 1] = [x \quad y \quad z \quad 1] \begin{bmatrix} 1 & 0 & 0 & 0 \\ 0 & 0 & 0 & 0 \\ 0 & 0 & 1 & 0 \\ 0 & 0 & 0 & 1 \end{bmatrix}$$

即

$$\begin{cases} x' = x \\ y' = 0 \\ z' = z \end{cases}$$

在实际屏幕显示中,还要考虑坐标轴的方向。设屏幕上的坐标为 (p_x, p_y),屏幕上中心一点的坐标为 (x_0, y_0),则

$$\begin{cases} p_x = x_0 - x' = x_0 - x \\ p_y = y_0 - z' = y_0 - z \end{cases}$$

2. 俯视图

也称为平面图、水平投影图。

形成:把物体向水平面(xOy 面)投影而得到。

首先消去物体上各点的 z 坐标,然后绕 x 轴反向旋转 $90°$,为使其与主视图有个距离,再向下(z 轴负向)移动一个距离 VH,其变换矩阵 T_H 为

$$T_H = \begin{bmatrix} 1 & 0 & 0 & 0 \\ 0 & 1 & 0 & 0 \\ 0 & 0 & 0 & 0 \\ 0 & 0 & 0 & 1 \end{bmatrix} \begin{bmatrix} 1 & 0 & 0 & 0 \\ 0 & \cos 90° & -\sin 90° & 0 \\ 0 & \sin 90° & \cos 90° & 0 \\ 0 & 0 & 0 & 1 \end{bmatrix} \begin{bmatrix} 1 & 0 & 0 & 0 \\ 0 & 1 & 0 & 0 \\ 0 & 0 & 1 & 0 \\ 0 & 0 & -VH & 1 \end{bmatrix} = \begin{bmatrix} 1 & 0 & 0 & 0 \\ 0 & 0 & -1 & 0 \\ 0 & 0 & 0 & 0 \\ 0 & 0 & -VH & 1 \end{bmatrix}$$

$$[x' \quad y' \quad z' \quad 1] = [x \quad y \quad z \quad 1] T_H$$

即

$$\begin{cases} x' = x \\ y' = 0 \\ z' = -(y + VH) \end{cases}$$

显示坐标为

$$\begin{cases} p_x = x_0 - x' = x_0 - x \\ p_y = y_0 - z' = y_0 + y + VH \end{cases}$$

3.左视图

也称为侧视图、侧面投影图。

形成:把物体向侧立面(yOz 面)投影而得到。

首先消去物体上各点的 x 坐标,然后绕 z 轴正向旋转 $90°$,再向右移动一个距离 VW,其变换矩阵 T_W 为

$$T_W = \begin{bmatrix} 0 & 0 & 0 & 0 \\ 0 & 1 & 0 & 0 \\ 0 & 0 & 1 & 0 \\ 0 & 0 & 0 & 1 \end{bmatrix} \begin{bmatrix} \cos 90° & \sin 90° & 0 & 0 \\ -\sin 90° & \cos 90° & 0 & 0 \\ 0 & 0 & 1 & 0 \\ 0 & 0 & 0 & 1 \end{bmatrix} \begin{bmatrix} 1 & 0 & 0 & 0 \\ 0 & 1 & 0 & 0 \\ 0 & 0 & 1 & 0 \\ -VW & 0 & 0 & 1 \end{bmatrix} = \begin{bmatrix} 0 & 0 & 0 & 0 \\ -1 & 0 & 0 & 0 \\ 0 & 0 & 1 & 0 \\ -VW & 0 & 0 & 1 \end{bmatrix}$$

$$[x' \quad y' \quad z' \quad 1] = [x \quad y \quad z \quad 1] T_W$$

即

$$\begin{cases} x' = -(y + VW) \\ y' = 0 \\ z' = z \end{cases}$$

显示坐标为

$$\begin{cases} p_x = x_0 - x' = x_0 + y + VW \\ p_y = y_0 - z' = y_0 - z \end{cases}$$

例 4.2　画一个如图 4.14 所示四棱台的三面投影图。程序中,数组 ld[ ] 所表示的点号为绘制四棱台的连线顺序。数组 tl[ ] 为抬笔或画线的标记,与数组 ld[ ] 所表示的点号相对应,当 tl[i] = 0 时,为抬笔 MoveTo(x,y);当 tl[i] = 1 时,为画线 LineTo(x,y)。

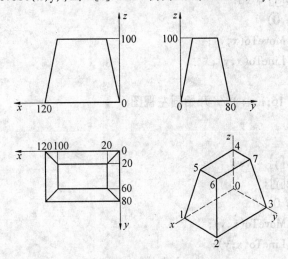

图 4.14　四棱台

void CTouyingView::OnTouying( )

{

　　// TODO: Add your command handler code here

```
CDC * pDC = GetDC();
int dx[8] = {0,120,120,0,20,100,100,20};
int dy[8] = {0,0,80,80,20,20,60,60};
int dz[8] = {0,0,0,0,100,100,100,100};
int ld[16] = {0,1,2,3,0,4,5,6,7,4,3,7,2,6,1,5};
int tl[16] = {0,1,1,1,1,1,1,1,1,1,1,0,1,0,1,0,1};
int i,j,vh = 100,vw = 150,x,y,x0 = 300,y0 = 200;
CPen redpen(PS_SOLID,2,RGB(255,0,0));// 创建画笔
pDC -> SelectObject(&redpen);
for(i = 0;i < 16;i ++) // 开始画正视图
{
    j = ld[i];
    x = x0 - dx[j];
    y = y0 - dz[j];
    if(tl[i] == 0)
      pDC -> MoveTo(x,y);
      pDC -> LineTo(x,y);
}
for(i = 0;i < 16;i ++) // 开始画俯视图
{
    j = ld[i];
    x = x0 - dx[j];
    y = y0 + dy[j] + vh;
    if(tl[i] == 0)
      pDC -> MoveTo(x,y);
      pDC -> LineTo(x,y);
}
for(i = 0;i < 16;i ++) // 开始画左视图
{
    j = ld[i];
    x = x0 + dy[j] + vw;
    y = y0 - dz[j];
    if(tl[i] == 0)
      pDC -> MoveTo(x,y);
      pDC -> LineTo(x,y);
}
}
```

4.4.2　正轴测投影图

正轴测投影是指三维立体相对空间某些轴旋转变换后,向投影面垂直投影生成的平面图

形,这种图形的立体感强,因而有广泛的应用。当三维立体的三个坐标轴旋转到与投影面的夹角相等时,所生成的正轴测投影图称为正等测投影图。

正轴测投影图的形成可看作是,物体先绕 z 轴正向旋转 γ 角,再绕 x 轴反向旋转 α 角,最后向 V 面正投影而得到。其变换矩阵 T 为

$$
T = \begin{bmatrix} \cos\gamma & \sin\gamma & 0 & 0 \\ -\sin\gamma & \cos\gamma & 0 & 0 \\ 0 & 0 & 1 & 0 \\ 0 & 0 & 0 & 1 \end{bmatrix} \begin{bmatrix} 1 & 0 & 0 & 0 \\ 0 & \cos\alpha & -\sin\alpha & 0 \\ 0 & \sin\alpha & \cos\alpha & 0 \\ 0 & 0 & 0 & 1 \end{bmatrix} \begin{bmatrix} 1 & 0 & 0 & 0 \\ 0 & 0 & 0 & 0 \\ 0 & 0 & 1 & 0 \\ 0 & 0 & 0 & 1 \end{bmatrix} =
$$

$$
\begin{bmatrix} \cos\gamma & 0 & -\sin\gamma\sin\alpha & 0 \\ -\sin\gamma & 0 & -\cos\gamma\sin\alpha & 0 \\ 0 & 0 & \cos\alpha & 0 \\ 0 & 0 & 0 & 1 \end{bmatrix}
$$

设变换前的坐标为 (x, y, z),变换后的坐标为 (x', y', z'),则

$$
[x' \quad y' \quad z' \quad 1] = [x \quad y \quad z \quad 1]T
$$

即
$$
\begin{cases} x' = x\cos\gamma - y\sin\gamma \\ y' = 0 \\ z' = -x\sin\gamma\sin\alpha - y\cos\gamma\sin\alpha + z\cos\alpha \end{cases}
$$

① 当 $\gamma = 45°$、$\alpha = 35.2644°$ 时,得到的正轴测图为正等测图,其变换矩阵为

$$
T = \begin{bmatrix} 0.7071 & 0 & -0.4082 & 0 \\ -0.7071 & 0 & -0.4082 & 0 \\ 0 & 0 & 0.8165 & 0 \\ 0 & 0 & 0 & 1 \end{bmatrix}
$$

$$
[x' \quad y' \quad z' \quad 1] = [x \quad y \quad z \quad 1]T
$$

正等测图的三个轴向变化率均相等,三个轴间角均为 $120°$。

② 当 $\gamma = 20.70°$、$\alpha = 19.47°$ 时,得到的正轴测图为正二测图,其变换矩阵为

$$
T = \begin{bmatrix} 0.9354 & 0 & -0.1178 & 0 \\ -0.3535 & 0 & -0.3117 & 0 \\ 0 & 0 & 0.9428 & 0 \\ 0 & 0 & 0 & 1 \end{bmatrix}
$$

$$
[x' \quad y' \quad z' \quad 1] = [x \quad y \quad z \quad 1]T
$$

正二测图有两个轴向变化率是相等的。

六面体的正等测投影图和正二测投影图如图 4.15 所示。

4.4.3　透视投影图

透视图是用中心投影的方法得到的投影图,如图 4.16 所示,由于它和人眼观察景物的原理十分相似,所以比平行投影更富有立体感和真实感,用照相机拍得的照片以及画家画的写生画都是透视投影图的代表。

1.基本术语

(1)基面 H:地平面,相当于 H 面。

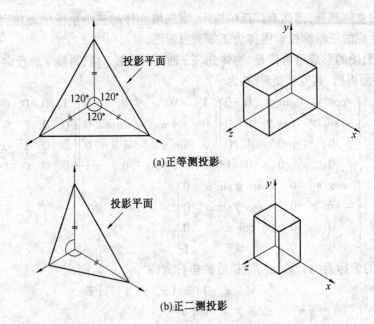

(a)正等测投影

(b)正二测投影

图 4.15　六面体的正轴测投影图

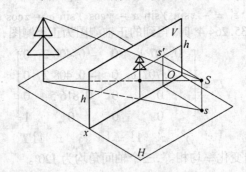

图 4.16　透视图

(2) 画面 V:垂直于基面的面,相当于 V 面。

(3) 基线 OX:画面与基面的交线。

(4) 视点 S:人眼的位置,即投影中心。

(5) 心点 s':视点 S 在画面上的正投影。

(6) 视平线 hh:在画面上过心点与基线平行的线。

(7) 灭点 F:空间直线上无穷远点的透视,即过视点作该直线的平行线与画面的交点。基面平行线的灭点必在视平线上。

(8) 视距 d:视点 S 与心点 s' 的距离。

透视图的特点是:近大远小;互相平行的直线(不平行于画面) 交于一点。

2.透视图的分类

一组平行于轴线的平行线,其灭点称为主灭点。根据主灭点的个数,透视图可分为如下三种(图 4.17):

(1) 一点透视

也称为平行透视,主灭点有一个。这时画面平行于物体的一个坐标面。

（2）两点透视

也称为成角透视，主灭点有两个。这时画面平行于物体的一个坐标轴。

（3）三点透视

也称为斜透视，主灭点有三个。画面与三个坐标轴都不平行。

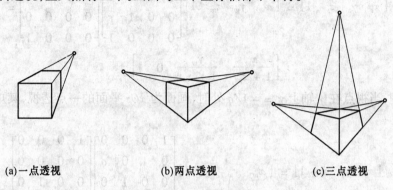

（a）一点透视　　　　　　　（b）两点透视　　　　　　　（c）三点透视

图 4.17　透视图的分类

3. 一点透视

如图 4.18 所示，设视点 P_0 在 z 轴上，画面 S 平行 xOy 平面，Q_w 点的透视为 Q_s，由相似三角形可得

$$\frac{x_s}{x_w} = \frac{z_2 - z_1}{z_2 - z_w}$$

即

$$x_s = \frac{z_2 - z_1}{z_2 - z_w} \cdot x_w$$

同理

$$y_s = \frac{z_2 - z_1}{z_2 - z_w} \cdot y_w$$

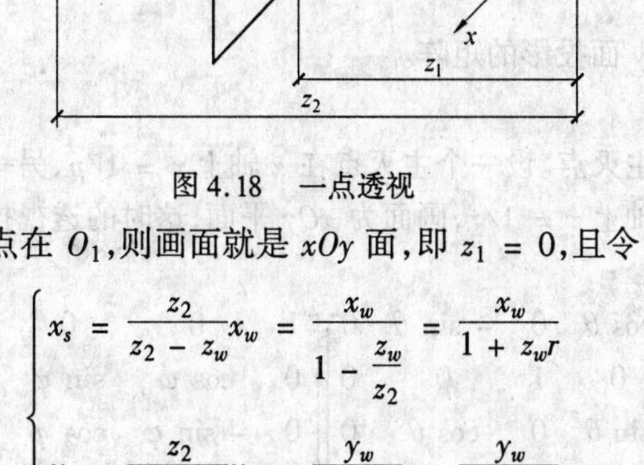

图 4.18　一点透视

若令用户坐标系的原点在 O_1，则画面就是 xOy 面，即 $z_1 = 0$，且令 $r = -1/z_2$，则

$$\begin{cases} x_s = \dfrac{z_2}{z_2 - z_w} x_w = \dfrac{x_w}{1 - \dfrac{z_w}{z_2}} = \dfrac{x_w}{1 + z_w r} \\[4mm] y_s = \dfrac{z_2}{z_2 - z_w} y_w = \dfrac{y_w}{1 - \dfrac{z_w}{z_2}} = \dfrac{y_w}{1 + z_w r} \end{cases}$$

由此可得：

(1) 当视点在 z 轴上 $z = -1/r$ 处时，画面为 xOy 平面的一点透视，其矩阵变换方程为

$$[x_s \quad y_s \quad z_s \quad 1] = [x_w \quad y_w \quad z_w \quad 1] \begin{bmatrix} 1 & 0 & 0 & 0 \\ 0 & 1 & 0 & 0 \\ 0 & 0 & 1 & r \\ 0 & 0 & 0 & 1 \end{bmatrix} \begin{bmatrix} 1 & 0 & 0 & 0 \\ 0 & 1 & 0 & 0 \\ 0 & 0 & 0 & 0 \\ 0 & 0 & 0 & 1 \end{bmatrix} =$$

$$\left[\frac{x_w}{1 + z_w r} \quad \frac{y_w}{1 + z_w r} \quad 0 \quad 1 \right]$$

(2) 同理，当视点在 y 轴上 $y = -1/q$ 处时，画面为 xOz 平面的一点透视，其矩阵变换方程为

$$[x_s \quad y_s \quad z_s \quad 1] = [x_w \quad y_w \quad z_w \quad 1] \begin{bmatrix} 1 & 0 & 0 & 0 \\ 0 & 1 & 0 & q \\ 0 & 0 & 1 & 0 \\ 0 & 0 & 0 & 1 \end{bmatrix} \begin{bmatrix} 1 & 0 & 0 & 0 \\ 0 & 0 & 0 & 0 \\ 0 & 0 & 1 & 0 \\ 0 & 0 & 0 & 1 \end{bmatrix}$$

(3) 同理，当视点在 x 轴上 $x = -1/p$ 处时，画面为 yOz 平面的一点透视，其矩阵变换方程为

$$[x_s \quad y_s \quad z_s \quad 1] = [x_w \quad y_w \quad z_w \quad 1] \begin{bmatrix} 1 & 0 & 0 & p \\ 0 & 1 & 0 & 0 \\ 0 & 0 & 1 & 0 \\ 0 & 0 & 0 & 1 \end{bmatrix} \begin{bmatrix} 0 & 0 & 0 & 0 \\ 0 & 1 & 0 & 0 \\ 0 & 0 & 1 & 0 \\ 0 & 0 & 0 & 1 \end{bmatrix}$$

4. 两点透视

两点透视有两个主灭点。设一个主灭点在 x 轴上 $x = 1/p$，另一主灭点在 z 轴上 $z = 1/r$，画面为 xOy 平面，这时的透视投影变换矩阵 $\boldsymbol{T}$ 为

$$\boldsymbol{T} = \boldsymbol{T}_1 \cdot \boldsymbol{T}_2 \cdot \boldsymbol{T}_3 = \begin{bmatrix} 1 & 0 & 0 & p \\ 0 & 1 & 0 & 0 \\ 0 & 0 & 1 & r \\ 0 & 0 & 0 & 1 \end{bmatrix} \begin{bmatrix} \cos\theta & 0 & -\sin\theta & 0 \\ 0 & 1 & 0 & 0 \\ \sin\theta & 0 & \cos\theta & 0 \\ 0 & 0 & 0 & 1 \end{bmatrix} \begin{bmatrix} 1 & 0 & 0 & 0 \\ 0 & 1 & 0 & 0 \\ 0 & 0 & 0 & 0 \\ 0 & 0 & 0 & 1 \end{bmatrix}$$

式中　$\boldsymbol{T}_2$——物体绕 y 轴旋转的矩阵，它使物体的 y 轴平行于画面，使其坐标面与画面成 θ 角；

　　　$\boldsymbol{T}_3$——向 xOy 面投影的矩阵。

5. 三点透视

三点透视有三个主灭点。设一个主灭点在 x 轴上 $x = 1/p$，另一主灭点在 y 轴上 $y = 1/q$，还有一个主灭点在 z 轴上 $z = 1/r$，画面为 xOy 平面，这时的透视投影变换矩阵 $\boldsymbol{T}$ 为

$$\boldsymbol{T} = \boldsymbol{T}_1 \cdot \boldsymbol{T}_2 \cdot \boldsymbol{T}_3 \cdot \boldsymbol{T}_4 =$$

$$\begin{bmatrix} 1 & 0 & 0 & p \\ 0 & 1 & 0 & q \\ 0 & 0 & 1 & r \\ 0 & 0 & 0 & 1 \end{bmatrix} \begin{bmatrix} \cos\theta & 0 & -\sin\theta & 0 \\ 0 & 1 & 0 & 0 \\ \sin\theta & 0 & \cos\theta & 0 \\ 0 & 0 & 0 & 1 \end{bmatrix} \begin{bmatrix} 1 & 0 & 0 & 0 \\ 0 & \cos\varphi & \sin\varphi & 0 \\ 0 & -\sin\varphi & \cos\varphi & 0 \\ 0 & 0 & 0 & 1 \end{bmatrix} \begin{bmatrix} 1 & 0 & 0 & 0 \\ 0 & 1 & 0 & 0 \\ 0 & 0 & 0 & 0 \\ 0 & 0 & 0 & 1 \end{bmatrix}$$

式中　$\boldsymbol{T}_2$——物体绕 y 轴旋转 θ 角的矩阵；

T_3——物体绕 x 轴旋转 φ 角的矩阵；

T_4——向 xOy 面投影的矩阵。

4.5　窗口、视见区及其变换

我们需要输出图形的窗口区往往与屏幕上的视见区不一样大小,为了在视见区正确地显示指定区域的图形,必须进行从窗口到视见区的变换。

1. 窗口

用户域是程序员用来定义设计图的实数域。为了输出图形的需要,有时需把用户域中指定的任意区域输出到屏幕中,这个指定的区域叫做窗口。窗口可以用四条边界(即四个坐标值)来确定。

2. 视见区

视见区是定义在屏幕上的。任何小于或等于屏幕的区域都可称为视见区。视见区要把窗口的内容显示出来。

3. 窗口与视见区的变换

窗口是定义在自然坐标系(世界坐标系)里,而视见区则定义在设备坐标系(屏幕坐标系)中。若窗口区中的内容要在视见区中显示出来,需通过坐标变换,即把用户坐标系下各点坐标值转换成设备坐标系下的坐标值。

如图 4.19 所示,窗口由对顶点 (w_1, w_3) 和 (w_2, w_4) 确定,视见区由对顶点 (v_1, v_3) 和 (v_2, v_4) 确定。从窗口 W 到视见区 V 可通过下面三个变换得到:

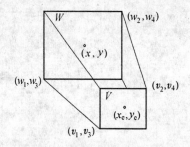

图 4.19　窗口与视见区的变换

(1) 将窗口平移,使其左下角到达原点,这个过程的变换矩阵为

$$T_1 = \begin{bmatrix} 1 & 0 & 0 \\ 0 & 1 & 0 \\ -w_1 & -w_3 & 1 \end{bmatrix}$$

(2) 对平移后的窗口按比例系数 $(v_2 - v_1)/(w_2 - w_1)$、$(v_4 - v_3)/(w_4 - w_3)$ 作比例变换,于是窗口变成和视见区一样大。这个过程的变换矩阵为

$$T_2 = \begin{bmatrix} \dfrac{v_2 - v_1}{w_2 - w_1} & 0 & 0 \\ 0 & \dfrac{v_4 - v_3}{w_4 - w_3} & 0 \\ 0 & 0 & 1 \end{bmatrix}$$

(3) 将比例变换后的窗口平移到视见区位置,其变换矩阵为

$$T_3 = \begin{bmatrix} 1 & 0 & 0 \\ 0 & 1 & 0 \\ v_1 & v_3 & 1 \end{bmatrix}$$

从窗口一点(x, y)到视见区内一点(x_e, y_e)的变换方程为

$$[\, x_e \quad y_e \quad 1\,] = [\, x \quad y \quad 1\,] \cdot T_1 \cdot T_2 \cdot T_3$$

所以从窗口到视见区的变换公式为

$$\begin{cases} x_e = x \cdot \dfrac{v_2 - v_1}{w_2 - w_1} - w_1 \cdot \dfrac{v_2 - v_1}{w_2 - w_1} + v_1 \\[3mm] y_e = y \cdot \dfrac{v_4 - v_3}{w_4 - w_3} - w_3 \cdot \dfrac{v_4 - v_3}{w_4 - w_3} + v_3 \end{cases}$$

在实际屏幕显示中,可取$y'_e = y_{max} - y_e$,y_{max}为屏幕的最大y值。

第 5 章　工程上常用的曲线曲面

日常生活中随处可见曲线曲面的例子,飞机、汽车、轮船等具有复杂外形物体表面的描述更是工程中必须要解决的问题,因此研究曲线和曲面是计算机图形学的重要任务之一。

对于曲线曲面的研究最早是由于生产实践的需要而提出的。1963 年,美国波音(Boeing)飞机公司的佛格森(Ferguson)最早引入参数三次曲线,将曲线、曲面表示成参数矢量函数形式,构造了组合曲线和由四角点的位置矢量、两个方向的切矢定义的佛格森双三次曲面片。1964年,美国麻省理工学院(MIT)的孔斯(Coons)用封闭曲线的四条边界定义一张曲面——Coons双三次曲面片。1971 年,法国雷诺(Renault)汽车公司的贝塞尔(Bezier)发表了一种由控制多边形定义曲线和曲面的方法。1972 年,德布尔(de Boor)给出了 B 样条的标准计算方法。1974 年,美国通用汽车公司的戈登(Gorden)和里森费尔德(Riesenfeld)将 B 样条理论用于形状描述,提出了 B 样条曲线和曲面。1975 年,美国锡拉丘兹(Syracuse)大学的佛斯普里尔(Versprill)提出了有理 B 样条方法。20 世纪 80 年代后期,皮格尔(Piegl)和蒂勒(Tiller)将有理 B 样条发展成非均匀有理 B 样条方法,并已成为当前自由曲线和曲面描述的最广为流行的数学方法。

曲线曲面的描述方法归纳起来可分为两大类:

(1) 规则曲线、曲面的绘制,即已知曲线或曲面的方程,从而绘制出曲线或曲面,如圆和球面、椭圆和椭球面、抛物线和抛物面、双曲线和双曲面、正弦余弦曲线、概率分布曲线和曲面、摆线螺线等曲线曲面的绘制。

(2) 由离散点来近似地决定曲线和曲面,即曲线和曲面的拟合,这类曲线曲面称为不规则曲线曲面,它们一般采用分段的多项式参数方程来表示,由此形成光滑连续的曲线和曲面,称为样条曲线或样条曲面。常见的样条曲线和曲面有 Hermite 样条曲线和曲面、Bezier 样条曲线和曲面、B 样条曲线和曲面。

本章将对以上两类曲线和曲面的表示形式分别加以介绍。

5.1　曲线曲面的基本理论

无论是规则曲线曲面还是不规则曲线曲面,当曲线或曲面的数学表达方法确定后,剩下的问题就是如何把这些曲线或曲面绘制出来。绘制曲线的直接方法是将曲线分成很多短直线段来逼近曲线,分的点越多,直线段越短,连成的曲线越接近理想曲线。同样,曲面是通过许多多边形平面片来逼近的,常用的多边形是三角形和四边形。因此,用怎样的数学形式来表达曲线和曲面是至关重要的。

5.1.1　规则曲线和曲面的坐标表示法

一般曲线和曲面常用直角坐标、极坐标或参数方程表示,其中,因参数方程绘制曲线和曲面比较方便,所以是最常用的表示方法。实际上绘制任何曲线,都要将曲线用参数方程形式表示,这样才能得到曲线上点的 x、y 坐标计算式,计算出点的坐标值,调用画线函数或画点函数绘出曲线上的点并连线,从而得到一条曲线。

1.直角坐标表示

曲线的直角坐标表示有显式 $y = f(x)$ 和隐式 $f(x,y) = 0$ 之分。如 $y = \sin(x)$ 是显式表示,而 $x^2 + y^2 = 1$ 是隐式表示。无论是哪种表示,在绘制曲线时都要将其转换成参数坐标表示,即

$$x = x(t)$$
$$y = y(t)$$

这样就可以算出每点的坐标值并绘制图形了。下面讨论如何将曲线的直角坐标显式和隐式两种表示转换成参数坐标表示。

(1) 显式

对于显式表示 $y = f(x)$ 的曲线转换成参数坐标表示,是非常容易的,即

$$x = x$$
$$y = f(x)$$

这里将式子里的 x 看成参数变量,便可得到曲线的参数坐标表示。如正弦曲线的直角坐标显式表示 $y = \sin(x)$,其参数坐标表达式为

$$x = x$$
$$y = \sin(x)$$

将式子中的 x 当作参数变量,给定一个参数变量 x 值,就可求得正弦曲线上一个点的 x 和 y 坐标,从而一步一步地绘出正弦曲线。

(2) 隐式

一般的隐式曲线方程 $f(x,y) = 0$ 要转换成参数坐标表示是比较困难的,有些隐式曲线方程至今未找到参数坐标的表示法,所以无法用计算机来绘制它,如

$$4x^4 - 3x^3 + 2y^2 - y - x^2(a + x)/(a - x) = 0 \quad (a > 0)$$

但常用的重要曲线基本上都能用参数坐标表示。例如星形线直角坐标表示式为

$$x^{2/3} + y^{2/3} = R^{2/3} \quad (R \text{ 为正常数})$$

可以写成参数坐标表示式

$$x = R\cos^3\theta$$
$$y = R\sin^3\theta \quad (0 \leqslant \theta \leqslant 2\pi)$$

从而可以用计算机绘出其曲线图。

2.极坐标表示

曲线的极坐标表达式为

$$\rho = \rho(\theta)$$

将极坐标表示转换成直角坐标表示

$$x = \rho\cos\theta$$
$$y = \rho\sin\theta$$

将此曲线转换成以 θ 为参数的参数坐标表示式

$$x = \rho(\theta)\cos\theta$$
$$y = \rho(\theta)\sin\theta$$

例如,重要曲线阿基米得螺线的极坐标表示式为

$$\rho = \alpha\theta \quad (\rho \text{ 为正常数})$$

转换成参数坐标表达式为

$$x = \rho\cos\theta = \alpha\theta\cos\theta$$
$$y = \rho\sin\theta = \alpha\theta\sin\theta$$

3.参数坐标表示

曲线的参数坐标表示一般为

$$x = x(t)$$
$$y = y(t)$$

如弹道曲线的参数表达式为

$$x = V_0 t\cos\alpha$$
$$y = V_0 t\sin\alpha - gr^2/2 \quad (0 \leqslant t \leqslant 2V_0\sin\alpha/g)$$

式中　V_0, α, g—— 均为常数;

　　　t—— 参数变量。

若给定一个参数变量 t 值,就可求得弹道曲线上一个点的 x 和 y 坐标值,若给出一系列参数变量 t 值,就可求得弹道曲线上一系列点的 x 和 y 坐标值,进而用绘图函数绘出这一系列点,获得一条弹道曲线。

对于某一参数曲线,不可能也没必要去研究参数变量 t 从 $-\infty \sim +\infty$ 的整条曲线,而往往只对其中的某一段感兴趣。通常经过对参变量 t 的规格化变换,使 t 在 $[0,1]$ 闭区间内变化,写成 $t \in [0,1]$,对此区间内的参数曲线进行研究。

4.参数曲线或曲面的优点

在曲线、曲面的表示上,参数方程比显式、隐式方程有更多的优越性,主要表现在:

(1) 可以满足几何不变性的要求。

(2) 有更大的自由度来控制曲线、曲面的形状。如一条二维三次曲线的显式表示为

$$y = ax^3 + bx^2 + cx + d$$

只有 4 个系数控制曲线的形状。而二维三次曲线的参数表达式为

$$P(t) = \begin{bmatrix} a_1 t^3 + a_2 t^2 + a_3 t + a_4 \\ b_1 t^3 + b_2 t^2 + b_3 t + b_4 \end{bmatrix}, t \in [0,1]$$

有 8 个系数可用来控制此曲线的形状。

(3) 对非参数方程表示的曲线、曲面进行变换,必须对曲线、曲面上的每个型值点进行几何变换;而参数表示的曲线、曲面可对其参数方程直接进行几何变换。

(4) 便于处理斜率为无穷大的情形,不会因此而中断计算。

(5) 由于坐标点各分量的表示是分离的,从而便于把低维空间中曲线、曲面扩展到高维空间中去。

(6) 规格化的参数变量 $t \in [0,1]$,使得界定曲线、曲面的范围十分简单。

(7) 易于用矢量和矩阵运算,从而大大简化了计算。

基于上述这些优点本章后面都将用参数表达式来讨论曲线和曲面问题。

5.1.2　参数样条曲线和曲面的常用术语

在工程设计中,一般多采用低次的参数样条曲线和曲面。这是因为高次参数样条曲线或曲面计算费时,其数学模型难于建立且性能不稳定,即任何一点的几何信息的变化都有可能引起曲线或曲面形状复杂的变化。因此,在实际工作中常采用二次或三次参数样条曲线或曲面,如:

二次参数样条曲线或曲面:$P(t) = A_0 + A_1 t + A_2 t^2$;

三次参数样条曲线或曲面:$P(t) = A_0 + A_1 t + A_2 t^2 + A_3 t^3$。

1. 型值点和控制点

所谓型值点是指通过测量或计算得到的曲线或曲面上少量描述曲线或曲面几何形状的数据点。由于型值点的数量有限,不足以充分描述曲线或曲面的形状,因此通常是在求得一些型值点后,采用一定的数学方法,建立曲线或曲面的数学模型,从而再根据数学模型去获得曲线或曲面上每一点的几何信息。

所谓控制点,是指用来控制或调整曲线或曲面形状的特殊点,曲线或曲面本身不通过该控制点。

2. 切线、法线和曲率

当曲线上的点 Q 趋于点 M 时,割线 $\overline{MQ}$ 的极限位置称为曲线在点 M 处的切线,如图 5.1 所示。若参数曲线上任一点的坐标为 $p(t) = (x(t), y(t), z(t))$,则该点的切线方程即为参数曲线在该点处的一阶导函数,即 $p'(t) = (x'(t), y'(t), z'(t))$。

法线就是垂直切线方向且通过该点的直线。

曲线上两点 M 和 Q 的切线的夹角 δ 与弧长 $\overset{\frown}{MQ}$ 之比,当 Q 趋于 M 时的极限,即

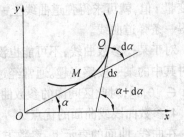

图 5.1　曲线的曲率

$$k \equiv \lim \frac{\delta}{MQ} = \frac{\mathrm{d}\alpha}{\mathrm{d}s}$$

称为曲线在 M 点的曲率,如图 5.1 所示。曲率也是切线的方向角对于弧长的转动率,其值为曲线在 M 处的二阶导数。

3. 插值、逼近和拟合

(1) 插值

插值是函数拟合的一个数学方法,插值方法要求建立的曲线或曲面数学模型严格通过已知的每一个型值点。常用的插值方法有线性插值和抛物线插值两种。

① 线性插值。给定函数 $f(x)$ 在两个不同点 x_1 和 x_2 处的值,$y_1 = f(x_1)$,$y_2 = f(x_2)$,要求用一线性函数 $y = \varphi(x) = ax + b$,近似地替代 $y = (x)$。选择适当的系数,使得 $\varphi(x_1) = y_1$,$\varphi(x_2) = y_2$,则称 $\varphi(x)$ 为 $f(x)$ 的线性插值函数

$$\varphi(x) = y_1 + \frac{y_2 - y_1}{x_2 - x_1}(x - x_1)$$

② 抛物线插值。抛物线插值又称为二次插值。若已知 $f(x)$ 在三个互异点 x_1、x_2、x_3 处的函数值为 y_1、y_2、y_3,要求构造一个函数 $\varphi(x) = ax^2 + bx + c$,使 $\varphi(x)$ 在节点 x_i 处与 $f(x)$ 在 x_i

处的值相等。由此可构造 $\varphi(x_i) = f(x_i) = y_i (i = 1,2,3)$ 的线性方程组,求解 a、b、c 后,即得到插值函数 $\varphi(x)$。

（2）逼近

用逼近的方法建立的曲线或曲面数学模型只是近似地接近已知的型值点。这些型值点既可能是存在着不同误差的实验数据,也可能是设计者提供的构造曲线的轮廓线用的控制点,无论哪种情况,对其进行精确插值都没有必要,只要能在某种意义上最佳逼近这些型值点即可。常用的逼近方法有最小二乘法和统计回归分析法等。

（3）拟合

拟合是指在曲线曲面的设计过程中,利用插值或逼近的方法使所生成的曲线曲面达到某些设计要求,如在设计允许的范围内靠近给定的型值点或控制点序列,使所生成的曲线曲面光滑光顺。

4. 参数连续性和几何连续性

为保证分段参数曲线从一段平滑过渡到另一段,可以在连接点处要求各种参数连续性条件。

0 阶参数连续性,记作 C^0 连续,是指曲线相连,即第一个曲线段的终点与第二个曲线段的起点相同。一阶参数连续性,记作 C^1 连续性,指代表两个相邻曲线段的方程在相交点处有相同的一阶导数(切线)。二阶参数连续性,记作 C^2 连续性,是指两个曲线段在交点处有相同的一阶和二阶导数。

连接两个相邻曲线段的另一个方法是指定几何连续性条件。这种情况下,只需两曲线段在相交处的参数导数成比例而不是相等。

0 阶几何连续性,记作 G^0 连续性,与 0 阶参数连续性相同,即两个曲线段必在公共点处有相同的坐标。一阶几何连续性,记作 G^1 连续性,指一阶导数在两个相邻段的交点处成比例但不一定相等。二阶几何连续性,记为 G^2 连续性,指两个曲线段在相交处其一阶和二阶导数均成比例。G^2 连续性下,两个曲线段在交点处的曲率相等。

在实际的曲线造型应用中,应适当地选择曲线段间的连续性,使造型物体既能保证其光滑性的要求,又能保证其美观性的要求。

5.2　规则曲线的绘制

规则曲线的机内表示通常用参数法。

5.2.1　渐开线

渐开线的形成:与基圆相切的直线 AB 绕圆作绕滚动时,端点 B 的轨迹即为渐开线,如图 5.2 所示。

渐开线的参数方程为

$$\begin{cases} x = x_0 + R \cdot \cos\alpha + R \cdot \alpha \cdot \sin\alpha \\ y = y_0 + R \cdot \sin\alpha - R \cdot \alpha \cdot \cos\alpha \end{cases}$$

5.2.2　平摆线

平摆线的形成：一个圆沿着一定直线作纯滚动时，圆上一定点在平面上运动的轨迹即为平摆线，如图 5.3 所示。

平摆线的参数方程为

$$\begin{cases} x = x_0 + R(\alpha - \sin \alpha) \\ y = y_0 + R(1 - \cos \alpha) \end{cases}$$

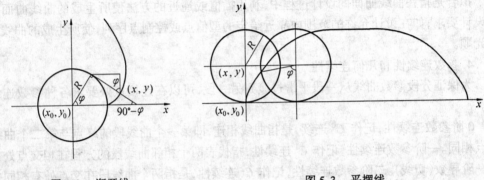

图 5.2　渐开线　　　　　　　　　　　图 5.3　平摆线

5.2.3　外摆线

外摆线的形成：一个圆与导弧成外切并作纯滚动时所得的摆线即为外摆线，图 5.4 为 $r_1 = 120$、$r_2 = 30$ 时所得的外摆线。

外摆线的参数方程为

$$\begin{cases} x = (r_1 + r_2) \cdot \cos \alpha - r_2 \cdot \cos[\alpha \cdot (r_1 + r_2)/r_2] \\ y = (r_1 + r_2) \cdot \sin \alpha + r_2 \cdot \sin[\alpha \cdot (r_1 + r_2)/r_2] \end{cases}$$

5.2.4　内摆线

内摆线的形成：一个圆与导弧成内切并作纯滚动时所得的摆线即为内摆线，如图 5.5 所示。

内摆线的参数方程为

$$\begin{cases} x = (r_1 - r_2) \cdot \cos \alpha + r_2 \cdot \cos[\alpha \cdot (r_1 - r_2)/r_2] \\ y = (r_1 - r_2) \cdot \sin \alpha + r_2 \cdot \sin[\alpha \cdot (r_1 - r_2)/r_2] \end{cases}$$

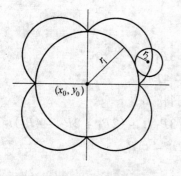

图 5.4　外摆线

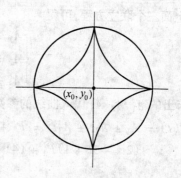

图 5.5　内摆线

5.3　二次插值样条曲线

在拟合生成样条曲线的众多方法中,利用插值方法生成二次样条曲线是较为常用的方法。

5.3.1　二次插值样条曲线的数学表达式

二次插值样条曲线是采用抛物线插值方法来生成二次样条曲线,即使所生成的抛物线通过不在同一直线上的三个点 P_1、P_2、P_3,如图 5.6 所示。

将该抛物线用参数方程来表示

$$P(t) = A_1 + A_2 t + A_3 t^2 \quad (0 \le t \le 1)$$

只需确定式中的三个系数 A_1、A_2、A_3,就可确定该曲线的表达式,继而画出该曲线图形。要确定这三个系数,必须要有三个独立条件,比如这三个独立条件如下:

(1) 曲线段以 P_1 点为起点,即当参变量 $t = 0$ 时,曲线过 P_1 点;

(2) 曲线段以 P_3 点为终点,即当参变量 $t = 1$ 时,曲线过 P_3 点;

(3) 当参变量 $t = 0.5$ 时,曲线过 P_2 点,且切矢量等于 $P_3 - P_1$。

这样的三个条件可构造出如图 5.7 所示的二次曲线。

图 5.7 中,A 点为 $P_1 P_3$ 的中点,$AP_2 = P_2 Q$,曲线在 P_1 点处与 $P_1 Q$ 相切,在 P_3 点处与 $Q P_3$ 相切,曲线在 P_2 点处的切矢 $\boldsymbol{P}_2'$ 与 $P_1 P_3$ 平行。根据以上条件可列出 3 个方程:

$$\begin{cases} t = 0 : P(0) = A_1 = P_1 \\ t = 1 : P(1) = A_1 + A_2 + A_3 = P_3 \\ t = 0.5 : P(0.5) = A_1 + 0.5 A_2 + 0.25 A_3 = P_2 \end{cases}$$

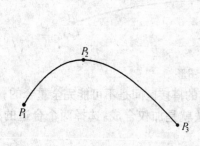

图 5.6　过三点的二次曲线

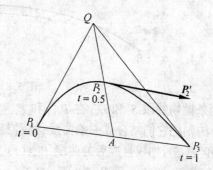

图 5.7　由三个点定义的二次曲线

解上面三个联立方程,可得

$$\begin{cases} A_1 = P_1 \\ A_2 = 4P_2 - P_3 - 3P_1 \\ A_3 = 2P_1 + 2P_3 - 4P_2 \end{cases}$$

把求出的 A_1、A_2、A_3 代入曲线的参数表达式中,可得

$$P(t) = A_1 + A_2 t + A_3 t^2 = P_1 + (4P_2 - P_3 - 3P_1)t + (2P_1 + 2P_3 - 4P_2)t^2 =$$
$$(2t^2 - 3t + 1)P_1 + (4t - 4t^2)P_2 + (2t^2 - t)P_3 \tag{5.1}$$
$$(0 \leqslant t \leqslant 1)$$

上式改写成矩阵的形式

$$P(t) = \begin{bmatrix} t^2 & t & 1 \end{bmatrix} \begin{bmatrix} 2 & -4 & 2 \\ -3 & 4 & -1 \\ 1 & 0 & 0 \end{bmatrix} \begin{bmatrix} P_1 \\ P_2 \\ P_3 \end{bmatrix} \tag{5.2}$$

将上式点向量的形式改写为坐标分量形式,则上式为

$$\begin{bmatrix} x(t) & y(t) \end{bmatrix} = \begin{bmatrix} t^2 & t & 1 \end{bmatrix} \begin{bmatrix} 2 & -4 & 2 \\ -3 & 4 & -1 \\ 1 & 0 & 0 \end{bmatrix} \begin{bmatrix} x_1 & y_1 \\ x_2 & y_2 \\ x_3 & y_3 \end{bmatrix} \tag{5.3}$$

由式(5.3)便可计算出通过 $P_1(x_1,y_1)$、$P_2(x_2,y_2)$、$P_3(x_3,y_3)$ 三点的二次曲线当 t 由 0 变到 1 时的每一点坐标,从而绘出图形。

5.3.2　二次插值样条曲线的加权合成

若样条曲线通过 n 个型值点 $P_i(i = 1,2,\cdots,n)$,按式(5.2)只能求出相邻 3 点的一段抛物线,对于 n 个型值点,可作出 $n - 2$ 条抛物线段。在这 $n - 2$ 条抛物线段中,第 i 条抛物线段为经过 P_i、P_{i+1} 和 P_{i+2} 3 个点的曲线段,其表达式为

$$S_i(t_i) = (2t_i^2 - 3t_i + 1)P_i + (4t_i - 4t_i^2)P_{i+1} + (2t_i^2 - t_i)P_{i+2} \quad (0 \leqslant t_i \leqslant 1) \tag{5.4}$$

同理,第 $i + 1$ 条抛物线段为经过 P_{i+1}、P_{i+2} 和 P_{i+3} 3 个点的曲线段,其表达式为

$$S_{i+1}(t_{i+1}) = (2t_{i+1}^2 - 3t_{i+1} + 1)P_{i+1} + (4t_{i+1} - 4t_{i+1}^2)P_{i+2} + (2t_{i+1}^2 - t_{i+1})P_{i+3} \quad (0 \leqslant t_{i+1} \leqslant 1) \tag{5.5}$$

经过 P_i、P_{i+1}、P_{i+2} 和 P_{i+3} 4 个点的两条抛物线段 $S_i(t_i)$ 和 $S_{i+1}(t_{i+1})$ 的图形如图 5.8 所示。

图 5.8　S_i 和 S_{i+1} 图形

两条抛物线段 S_i 和 S_{i+1} 在 P_{i+1} 和 P_{i+2} 两点之间的搭接区间是不可能完全重合的,必须按照一个法则把它们结合成一条曲线,这种结合的办法就是加权合成。选择两个合适的权函数 $f(T)$ 和 $g(T)$,加权合成后的曲线 $P_{i+1}(t)$ 为

$$P_{i+1}(t) = f(T) \cdot S_i(t_i) + g(T) \cdot S_{i+1}(t_{i+1}) \tag{5.6}$$

令权函数 $f(T)$ 和 $g(T)$ 为简单的一次函数,且它们之间存在有互补性,即

$$f(T) = 1 - T, \quad g(T) = T \quad (0 \leqslant T \leqslant 1)$$

则式(5.6)可写为

$$P_{i+1}(t) = (1 - T) \cdot S_i(t_i) + T \cdot S_{i+1}(t_{i+1}) \tag{5.7}$$

上式包含了 3 个参变量 T、t_i、t_{i+1},须将这 3 个参变量加以统一。

对于曲线段 $S_i(t_i)$ 的参变量 t_i,由于是曲线的后半段与下一段曲线段搭接,即从 P_{i+1} 到 P_{i+2} 之间的区间,所以 t_i 的取值范围应为 $0.5 \leqslant t_i \leqslant 1$。

同理,对于曲线段 $S_{i+1}(t_{i+1})$,搭接段为前半段,即点 P_{i+1} 到 P_{i+2} 之间的区间,其参变量 t_{i+1} 的取值范围应为 $0 \leqslant t_{i+1} \leqslant 0.5$。

对于权函数 $f(T)$ 和 $g(T)$,其变量 T 的取值范围定为 $0 \leqslant T \leqslant 1$。

这样,就可将式(5.7)中的3个参变量 T、t_i、t_{i+1} 统一为只含有 t 的形式。令 t 的取值范围为 $0 \leqslant t \leqslant 0.5$,则3个参变量可统一为

$$T = 2t$$
$$t_i = 0.5 + t \quad (0 \leqslant t \leqslant 0.5)$$
$$t_{i+1} = t$$

于是式(5.7)可改写为

$$P_{i+1}(t) = (1 - 2t) \cdot S_i(t + 0.5) + 2t \cdot S_{i+1}(t) \tag{5.8}$$

其中

$$S_i(t + 0.5) = (2t^2 - t)P_i + (1 - 4t^2)P_{i+1} + (2t^2 + t)P_{i+2}$$
$$S_{i+1}(t) = (2t^2 - 3t + 1)P_{i+1} + (4t - 4t^2)P_{i+2} + (2t^2 - t)P_{i+3}$$

将上两个式子代入式(5.8),整理得

$$P_{i+1}(t) = (-4t^3 + 4t^2 - t)P_i + (13t^3 - 10t^2 + 1)P_{i+1} +$$
$$(-12t^3 + 8t^2 + t)P_{i+2} + (4t^3 - 2t^2)P_{i+3} \tag{5.9}$$

其中,$i = 1, 2, \cdots, n - 3, 0 \leqslant t \leqslant 0.5$。

由式(5.9)便可计算出每相邻 4 个点所决定的中间一段抛物样条曲线,如图 5.9 所示。

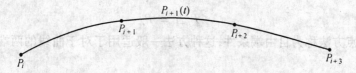

图 5.9　由 4 个点决定中间的一段抛物样条曲线

5.3.3　二次插值样条曲线的端点条件

由上一节可知,由于每4个点才可以决定中间一段的样条曲线,所以在全部点序列 $P_i(i = 1, 2, \cdots, n)$ 中,我们只能得到 $n - 3$ 段曲线,即点序列的首、尾两段曲线 P_1P_2、$P_{n-1}P_n$ 由于缺少连续相邻的 4 点而无法产生,如图 5.10 所示。

为了要产生首尾两段曲线,必须在原来的点序列两端各加一个辅助点 P_0 和 P_{n+1},这样首、尾两段曲线 P_1P_2、$P_{n-1}P_n$ 就可以由连续的 4 点生成了,如图 5.11 所示。

辅助点 P_0 和 P_{n+1} 的添加需按照一定的原则,即要满足端点条件,可通过以下 3 种方法添加:

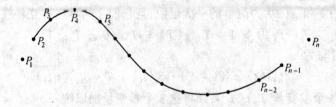

图 5.10 点序列的两端无法产生曲线

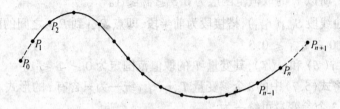

图 5.11 两端加辅助点

1. 已知两端的切矢量 P'_1 和 P'_n

在由 3 个点 P_1、P_2、P_3 确定的抛物线中,过点 P_2 的曲线切矢量 $P'_2 = P_3 - P_1$,所以 $P_1 = P_3 - P'_2$。在抛物线样条曲线中,当两端的切矢量 P'_1 和 P'_n 确定后,便可确定出辅助点的位置

$$P'_1 = P_2 - P_0,\ \text{所以}\ P_0 = P_2 - P'_1$$

$$P'_n = P_{n+1} - P_{n-1},\ \text{所以}\ P_{n+1} = P_{n-1} + P'_n$$

通过上式,便可完成两端的补点工作。

这种端点的情况,一般适用于所求的曲线要和已经存在的曲线或直线相连接。根据连接点处必须光滑过渡的要求,起码在接点处必须一阶导数相等。所以,已经存在的曲线两端的切矢或直线的斜率就成了对新生成曲线两端的约束。

2. 自由端条件

这种补点的方法原理比较简单,即让所补的点 P_0 和 P_{n+1} 与原两端点 P_1 和 P_n 分别重合

$$P_0 = P_1$$

$$P_{n+1} = P_n$$

这样的补点方法称为自由端条件,这种方法一般适用于对于曲线的两端没有什么特殊的要求。

3. 形成封闭曲线

为了在 n 个型值点之间形成封闭曲线,则要生成 n 段曲线段而不是 $n - 1$ 段曲线段,所以在补点中要加 3 个点,首先让首尾两点重合,然后各向前后延长一点,即

$$P_{n+1} = P_1$$

$$P_0 = P_n$$

$$P_{n+2} = P_2$$

5.3.4 二次插值样条曲线的性质

把离散的型值点连成曲线,所得到的曲线必须是光滑的。由抛物样条曲线的推导过程可

知,整条样条曲线由若干个曲线段组成。相邻两曲线段连接处的型值点称为节点,节点处连接的是否光滑是决定整条曲线是否光滑的关键。通常用两段曲线在节点处的导数是否相等来衡量曲线是否光滑,并以导数的阶次来评定光滑的程度。

设有 S_1、S_2 两段相邻的曲线段,P 为它们连接处的节点。若在节点 P 处,两段曲线段的一阶导数相等,则称该曲线为 C^1 连续;若曲线在节点 P 处不仅一阶导数相等,而且二阶导数也相等,则称该曲线为 C^2 连续。显然,连续的阶次越高,曲线越光滑。但太高的连续阶次会给设计工作和制造工作增加难度,在实际工程应用中,能够达到 C^2 连续就足够好了,一般情况下,达到 C^1 连续就可以了。

下面讨论抛物样条曲线的连续性。若两段相邻的抛物样条曲线段为 $P_{i+1}(t)$ 和 $P_{i+2}(t)$,它们的连接处为节点 P。在节点 P 处,$P_{i+1}(t)$ 的参变量 $t = 0.5$,而 $P_{i+2}(t)$ 在节点 P 处参变量 $t = 0$。若能证明 $P'_{i+1}(0.5) = P'_{i+2}(0)$,则曲线在节点 P 处达到 C^1 连续。

将式(5.9)对 t 微分,得

$$P'_{i+1}(t) = (-12t^2 + 8t - 1)P_i + (36t^2 - 20t)P_{i+1} + (-36t^2 + 16t + 1)P_{i+2} + (12t^2 - 4t)P_{i+3} =$$
$$P_{i+3} - P_{i+1} \quad (t = 0.5)$$

$$P'_{i+2}(t) = (-12t^2 + 8t - 1)P_{i+1} + (36t^2 - 20t)P_{i+2} + (-36t^2 + 16t + 1)P_{i+3} + (12t^2 - 4t)P_{i+4} =$$
$$P_{i+3} - P_{i+1} \quad (t = 0)$$

由此可得

$$P'_{i+1}(0.5) = P'_{i+2}(0)$$

说明抛物样条曲线可以达到 C^1 连续。

5.3.5　二次插值样条曲线的 VC++ 绘图程序

下面给出用 VC++ 编写的二次插值样条曲线绘图程序,端点条件采用自由端条件。

例 5.1　绘制二次插值样条曲线。

```
void CGraphicView::OnGraphQuad()
{
    // TODO: Add your command handler code here
    CDC * pDC = GetDC();
    RedrawWindow();
    CPen rosepen(PS_SOLID,2,RGB(255,0,255));
    CPen bluepen(PS_SOLID,2,RGB(0,216,240));
    int i,j,k = 10;
    double a,b,c,d,t,t1,t2,t3;
    t = 0.5/k;
    POINT ps[6];
    ps[0].x = 50; ps[0].y = 250;
    ps[1].x = 50; ps[1].y = 250;
    ps[2].x = 110; ps[2].y = 160;
    ps[3].x = 230; ps[3].y = 120;
```

```
ps[4].x = 350; ps[4].y = 160;
ps[5].x = 350; ps[5].y = 160;

pDC - > SelectObject(&rosepen);
pDC - > MoveTo(ps[1]);
for (i = 1;i < 4;i ++)
{
    for (j = 1;j < k;j ++)
    {
        t1 = j * t;
        t2 = t1 * t1;
        t3 = t2 * t1;
        a = 4.0 * t2 - 4.0 * t3 - t1;
        b = 12.0 * t3 - 10.0 * t2 + 1.0;
        c = 8.0 * t2 - 12.0 * t3 + t1;
        d = 4.0 * t3 - 2.0 * t2;
        x = (int)(a * ps[i - 1].x + b * ps[i].x + c * ps[i + 1].x + d * ps[i + 2].x);
        y = (int)(a * ps[i - 1].y + b * ps[i].y + c * ps[i + 1].y + d * ps[i + 2].y);
        pDC - > LineTo(x,y);
    }
    pDC - > LineTo(ps[i + 1]);
}
```

5.4　三次插值样条曲线

在多项式曲线插值中,当需要满足的插值条件越多时,一般说来多项式曲线的次数也会更高。次数越高,计算时间越长,且曲线出现扭摆的可能性也就越大。三次插值样条曲线在灵活性和计算速度之间提供了一个合理的折中方案。与更高次样条曲线比,三次插值样条只需较少的计算和存储,且较稳定。与二次插值样条相比,三次插值样条在模拟任意形状曲线时显得更灵活。

弗格森于 1963 年首先引入了三次样条曲线的参数方程。三次插值样条曲线由分段的三次多项式来表示。若其参变量为 t,则分段三次插值样条曲线表达式的一般形式为

$$P(t) = B_1 + B_2t + B_3t^2 + B_4t^3 \quad (0 \leqslant t \leqslant t_m) \tag{5.10}$$

式中,$P(t_i) = (x(t_i), y(t_i), z(t_i))$,可看成是插值样条曲线上某一点的位置向量,$t_i$ 是该点相应的参变量,它的 3 个分量:$x(t_i)$、$y(t_i)$、$z(t_i)$ 可看成是点的坐标值。

在式(5.10) 的方程中有 4 个未知数 B_1、B_2、B_3 和 B_4,要确定这 4 个系数,必须要设定 4 个独立的条件。对于 $n + 1$ 个控制点可产生 n 段曲线,每段曲线都有 4 个系数需要确定。用不同方法来确定这些系数,就会产生不同的样条曲线。常见的三次插值样条曲线有 Hermite 样条曲线

和 Cardinal 样条曲线等。

5.4.1　Hermite 样条曲线

由法国数学家查理斯·埃尔米特(Charles Hermite) 给出的 Hermite 插值样条表达式,是一个给定型值控制点及其切线的分段三次多项式。它可以实现局部的调整,因为它的各个曲线段仅仅取决于端点的约束。

Hermite 样条曲线的每个曲线段要通过两个相邻的型值点,这两个点为该曲线段的起点和终点,设这两点为 P_0 和 P_1,并且假定曲线段在两端点处的切矢为已知,两切矢分别为 $\boldsymbol{P'}_0$ 和 $\boldsymbol{P'}_1$。曲线的参变量 t 在两端点之间从 0 变到 1,如图 5.12 所示。

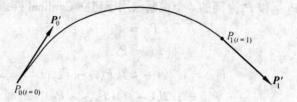

图 5.12　Hermite 样条曲线的端点设定条件

由此,每一个曲线段就有 4 个独立条件,即两个端点的位置矢量及曲线在两端点处的切矢。根据这 4 个条件就可以求出分段表达式(5.10) 中的 4 个系数:

$$\begin{cases} t = 0: P_0 = B_1 + B_2 t + B_3 t^2 + B_4 t^3 = B_1 \\ t = 1: P_1 = B_1 + B_2 t + B_3 t^2 + B_4 t^3 = B_1 + B_2 + B_3 + B_4 \\ t = 0: P'_0 = B_2 + 2B_3 t + 3B_4 t^2 = B_2 \\ t = 1: P'_1 = B_2 + 2B_3 t + 3B_4 t^2 = B_2 + 2B_3 + 3B_4 \end{cases} \tag{5.11}$$

对上式联立求解可得

$$\begin{cases} B_1 = P_0 \\ B_2 = P'_0 \\ B_3 = 3P_1 - P'_1 - 3P_0 - 2P'_0 \\ B_4 = 2P_0 + P'_0 - 2P_1 + P'_1 \end{cases}$$

将求出的 B_1、B_2、B_3 和 B_4 这 4 个系数代入式(5.10) 中,整理可得 Hermite 样条曲线混合函数表达式

$$P(t) = (2t^3 - 3t^2 + 1)P_0 + (-2t^3 + 3t^2)P_1 + (t^3 - 2t^2 + t)P'_0 + (t^3 - t^2)P'_1 \tag{5.12}$$

上面的式(5.12) 还可以写成矩阵表达式

$$P(t) = \begin{bmatrix} t^3 & t^2 & t & 1 \end{bmatrix} \begin{bmatrix} 2 & -2 & 1 & 1 \\ -3 & 3 & -2 & -1 \\ 0 & 0 & 1 & 0 \\ 1 & 0 & 0 & 0 \end{bmatrix} \begin{bmatrix} P_0 \\ P_1 \\ P'_0 \\ P'_1 \end{bmatrix} \tag{5.13}$$

在定义 Hermite 样条曲线时,除需指定各控制点的位置外,还要给出曲线在各控制点的切矢量,这对某些数字化应用有利,可以较容易地计算出或估算出曲线的斜率,但对计算机图形

学中的大部分问题而言,则很难以各控制点的切线矢量作为初始条件。Hermite 样条曲线比较适合于插值场合,不适合于外形设计。

5.4.2 Cardinal 样条曲线

Cardinal 样条曲线与 Hermite 样条曲线一样,也是分段三次插值曲线,且每段曲线需要两个端点的位置及其切矢量。Cardinal 样条曲线与 Hermite 样条曲线不同的是,不需预先给出端点的切矢量,每个控制点处的斜率值可由两个相邻控制点坐标计算出。

一段 Cardinal 样条曲线完全由 4 个连续控制点给出,中间两个控制点是曲线段的端点,另外两个点是用来计算端点处的斜率的。如图 5.13 所示,设 $P(t)$ 是两控制点 P_k 和 P_{k+1} 间的参数三次函数式,则从 P_{k-1} 和 P_{k+2} 间的 4 个控制点用于建立 Cardinal 样条曲线段的边界条件为

$$P_0 = P_k$$
$$P_1 = P_{k+1}$$
$$P'_0 = 1/2(1 - ts)(P_{k+1} - P_{k-1})$$
$$P'_1 = 1/2(1 - ts)(P_{k+2} - P_k)$$

(5.14)

控制点 P_k 和 P_{k+1} 处的斜率分别与弦 $\overline{P_{k-1}P_{k+1}}$ 和 $\overline{P_kP_{k+2}}$ 成正比,如图 5.14 所示。参数 ts 称为张力(tension)参数,因为 ts 控制 Cardinal 样条曲线与输入控制点间的松紧程度。图 5.15 说明了张力 ts 取很小和很大时 Cardinal 曲线的形状。当 $ts = 0$ 时,这类曲线称为 Catmull-Rom 样条曲线或 Overhauser 样条曲线。

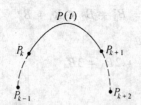　　　　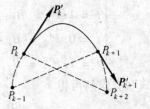

图 5.13　两控制点 P_k 和 P_{k+1} 间的参数三次函数　　图 5.14　控制点 P_k 和 P_{k+1} 处的斜率分别与
　　　　　式 $P(t)$　　　　　　　　　　　　　　　　　　　　弦 $\overline{P_{k-1}P_{k+1}}$ 和 $\overline{P_kP_{k+2}}$ 成正比

　　　　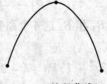

$ts < 0$(较松曲线)　　　　　　$ts > 0$(较紧曲线)

图 5.15　张力参数 ts 在 Cardinal 曲线形状的作用

将式(5.14)中的边界条件代入式(5.12)中,并设 $m = (1 - ts)/2$,可得到 Cardinal 样条曲线的多项式表达式

$$P(t) = m(-t^3 + 2t^2 - t)P_{k-1} + [(2 - m)t^3 + (m - 3)t^2 + 1]P_k + [(m - 2)t^3 +$$
$$(3 - 2m)t^2 + mt]P_{k+1} + m(t^3 - t^2)P_{k+2}$$

(5.15)

由此可求出 Cardinal 样条曲线每一点的坐标,从而绘出曲线。

5.5　Bezier 曲线和曲面

1962 年,法国雷诺汽车公司的工程师 Bezier 首次提出了 Bezier 曲线,这是构造曲线、曲面的新方法。Bezier 曲线曲面与前面的二次、三次插值样条曲线不同,Bezier 曲线曲面并不通过所有的控制点,而是逼近由控制点所构成的多边形,这为汽车、飞机等外形设计提供了灵活的设计方法,可以局部修改控制点来改变外形,使设计者通过交互手段方便地进行设计操作,因此 Bezier 曲线曲面在许多图形系统和 CAD 系统中得以广泛应用。

5.5.1　Bezier 曲线的数学表达式

Bezier 曲线是基于逼近概念,用 N 根折线($N+1$ 个顶点)定义一根 N 阶曲线段。如果 $n+1$ 的顶点为

$$P_i(x_i, y_i, z_i) \quad (i = 0,1,2,\cdots,n)$$

则逼近由这些控制点构成的特征多边形的 n 阶(n 次)Bezier 曲线段的表达式为

$$\boldsymbol{P}(t) = \sum_{i=0}^{n} \boldsymbol{P}_i \cdot \boldsymbol{J}_{n,i}(t) \quad (0 \leqslant t \leqslant 1) \tag{5.16}$$

它是关于 t 的一个 n 次多项式。

式中　$\boldsymbol{P}_i$——给定各顶点($n+1$ 个)的位置矢量,$i = 0,1,\cdots,n$。

　　　$\boldsymbol{J}_{n,i}(t)$——Bernstein(伯恩斯坦)基函数,也是特征多边形各顶点位置向量之间的调和函数,其表达式为

$$\boldsymbol{J}_{n,i}(t) = \frac{n!}{i!(n-i)!} t^i (1-t)^{n-i} = C_n^i t^i (1-t)^{n-i} \quad (i = 0,1,\cdots,n) \tag{5.17}$$

式(5.16)中的曲线,其坐标的 3 个分量 x、y、z 的参数方程为

$$x(t) = \sum_{i=0}^{n} x_i \cdot \boldsymbol{J}_{n,i}(t)$$

$$y(t) = \sum_{i=0}^{n} y_i \cdot \boldsymbol{J}_{n,i}(t)$$

$$z(t) = \sum_{i=0}^{n} z_i \cdot \boldsymbol{J}_{n,i}(t) \tag{5.18}$$

Bezier 曲线控制点的个数与曲线形状有直接关系。Bezier 曲线的次数要比控制点的个数少 1,如:3 个控制点生成抛物线(二次曲线),4 个控制点生成三次曲线,依此类推。图 5.16 给出了在平面上几种控制点位置与曲线形状的关系。

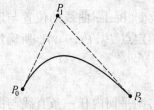 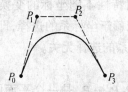 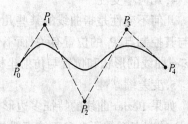

图 5.16　控制点与曲线形状的关系

Bezier 曲线易于头现,而且在曲线设计中发挥了很大的作用,已成为图形系统及 CAD 系统中支撑软件的不可缺少的部分。

5.5.2　Bezier 曲线的性质

Bezier 曲线具有许多有用的性质,这些性质在实际应用中具有重要意义。

1. 端点的性质

如图 5.17 所示,P_0 和 P_n 为曲线 $P(t)$ 的两个端点。由式(5.16)和式(5.17)可得

$$当 t = 0 时, P(0) = P_0$$
$$当 t = 1 时, P(1) = P_1$$

这说明 Bezier 曲线总是通过第一个和最后一个控制点。

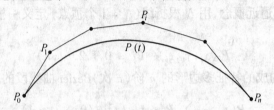

图 5.17　Bezier 曲线 $P(t)$

若求 Bezier 曲线在端点处的一阶导数,则

$$当 t = 0 时, P'(0) = n(P_1 - P_0)$$
$$当 t = 1 时, P'(1) = n(P_n - P_{n-1})$$

这说明 Bezier 曲线在起始点的切线落在控制多边形的第一条边上,在终点处的切线落在控制多边形的最后一条边上。

2. 对称性

如果保留 Bezier 曲线全部控制点 P_i 的坐标位置不变,只是将控制点 P_i 的排序颠倒,新的控制多边形为 $P_i^* = P_{n-i}(i = 0,1,2,\cdots,n)$,则以 P_i 为控制点形成的新 Bezier 曲线形状保持不变,只是走向相反。

3. 凸包性

Bezier 曲线总是落在控制点的凸包内,这个性质是由伯恩斯坦基函数给出的。Bezier 曲线的伯恩斯坦基函数总是正值而且总和为 1,即

$$\sum_{i=0}^{n} J_{n,i}(t) = 1$$

4. 几何不变性

几何不变性是指曲线的某些几何特性不随坐标的变换而改变。Bezier 曲线的位置与形状仅与其控制点 P_i 的位置有关,而不依赖于坐标系的选择,即由给定点 $P_0, P_1, \cdots, P_n$ 所确定的 Bezier 曲线的形状和位置与仿射坐标系的选择无关。

5. 变差缩减性

如果 Bezier 曲线的特征多边形 $P_0 P_1 \cdots P_n$ 是一个平面图形,则平面内任一条直线与曲线 $P(t)$ 的交点个数不会多于该直线与其特征多边形的交点个数。这反映了 Bezier 曲线的波动比其特征多边形要小,也就是说该曲线比其特征多边形的折线更光顺。人们称这个性质为变差缩

减性。

5.5.3　常用的 Bezier 曲线

1. 二次 Bezier 曲线

当控制点的数为 3 时，$n = 2$ 时，P_0、P_1、P_2 就定义了一条二次 Bezier 曲线。由式(5.17)可得：

在点 P_0 处，$i = 0$，$J_{2,0}(t) = \dfrac{2!}{0!(2-0)!}t^0(1-t)^{2-0} = (1-t)^2$

在点 P_1 处，$i = 1$，$J_{2,1}(t) = \dfrac{2!}{1!(2-1)!}t^1(1-t)^{2-1} = 2t(1-t)$

在点 P_2 处，$i = 2$，$J_{2,2}(t) = \dfrac{2!}{2!(2-2)!}t^2(1-t)^{2-2} = t^2$

将伯恩斯坦基函数的值代入式(5.16)中，得

$$P(t) = (1-t)^2 P_0 + 2t(1-t)P_1 + t^2 P_2 \quad (0 \leqslant t \leqslant 1) \tag{5.19}$$

将式(5.19)写成矩阵的形式

$$P(t) = \begin{bmatrix} t^2 & t & 1 \end{bmatrix} \begin{bmatrix} 1 & -2 & 1 \\ -2 & 2 & 0 \\ 1 & 0 & 0 \end{bmatrix} \begin{bmatrix} P_0 \\ P_1 \\ P_2 \end{bmatrix} \quad (0 \leqslant t \leqslant 1) \tag{5.20}$$

由式(5.19)可得：$t = 0$ 时，$P(0) = P_0$；$t = 1$ 时，$P(1) = P_2$；$t = 0$ 时，$P'(0) = 2(P_1 - P_0)$；$t = 1$ 时，$P'(1) = 2(P_2 - P_1)$。当 $t = 1/2$ 时，$P(1/2) = \dfrac{1}{4}P_0 + \dfrac{1}{2}P_1 + \dfrac{1}{4}P_2 = \dfrac{1}{2}\left[P_1 + \dfrac{1}{2}(P_0 + P_2)\right]$，表明二次 Bezier 曲线在 $t = 1/2$ 时 $P(1/2)$ 经过 $\triangle P_0 P_1 P_2$ 的边 $P_0 P_2$ 上的中线 $P_1 P_m$ 的中点 P'。上面的讨论说明二次 Bezier 曲线对应的是一条起点为 P_0，终点为 P_2 的抛物线，如图 5.18 所示。

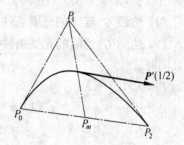

图 5.18　二次 Bezier 曲线

2. 三次 Bezier 曲线

工程上应用较多的是三次 Bezier 曲线。三次 Bezier 曲线的控制点个数为 4($n = 3$)，控制点为 P_0、P_1、P_2、P_3。由式(5.17)可得：

在点 P_0 处，$i = 0$，$J_{3,0}(t) = \dfrac{3!}{0!(3-0)!}t^0(1-t)^{3-0} = (1-t)^3$

在点 P_1 处，$i = 1$，$J_{3,1}(t) = \dfrac{3!}{1!(3-1)!}t^1(1-t)^{3-1} = 3t(1-t)^2$

在点 P_2 处，$i = 2$，$J_{3,2}(t) = \dfrac{3!}{2!(3-2)!}t^2(1-t)^{3-2} = 3t^2(1-t)$

在点 P_3 处，$i = 3$，$J_{3,3}(t) = \dfrac{3!}{3!(3-3)!}t^3(1-t)^{3-3} = t^3$

故　　　$P(t) = (1-t)^3 P_0 + 3t(1-t)^2 P_1 + 3t^2(1-t)P_2 + t^3 P_3 =$

$$[t^3 \quad t^2 \quad t \quad 1] \cdot \begin{bmatrix} -1 & 3 & -3 & 1 \\ 3 & -6 & 3 & 0 \\ -3 & 3 & 0 & 0 \\ 1 & 0 & 0 & 0 \end{bmatrix} \cdot \begin{bmatrix} P_0 \\ P_1 \\ P_2 \\ P_3 \end{bmatrix} \quad (0 \leqslant t \leqslant 1) \qquad (5.21)$$

三次 Bezier 曲线除了有通过起点和终点的特性外，其导数为：

一阶导数 $\qquad P'(0) = 3(P_1 - P_0)$；　$P'(1) = 3(P_3 - P_2)$ $\qquad\qquad$ (5.22)

二阶导数 $\qquad P''(0) = 6(P_0 - 2P_1 + P_2)$；　$P''(1) = 6(P_1 - 2P_2 + P_3)$ $\qquad$ (5.23)

利用这些导数的表达式就可以在两个曲线段之间构造具有一阶几何连续性或二阶几何连续性的曲线，即由分段曲线连接而成的 Bezier 曲线。

由于高次 Bezier 曲线的求解比较复杂，所以通常采用多个三次 Bezier 曲线段的连接来构造复杂形状的曲线，这是三次 Bezier 曲线比较常用的原因之一。

5.5.4　Bezier 曲线的拼接

工程中需要通过任意数目的控制点来构造一条曲线，若采用高次 Bezier 曲线则计算比较复杂，因此常采用分段三次 Bezier 曲线来进行拼接。

如图 5.19 所示，设有两条三次 Bezier 曲线段 $p(t)$ 和 $q(t)$，其控制多边形的顶点分别是 P_0、P_1、P_2、P_3 和 Q_0、Q_1、Q_2、Q_3，则

(1) 达到 G^0 连续的充要条件是：$Q_0 = P_3$。

(2) 达到 G^1 连续的充要条件是：G^0 连续的充要条件 $Q_0 = P_3$，加上 P_2P_3 与 Q_0Q_1 均不为 0 且同向。

由式(5.27)得

$$p'(1) = 3(P_3 - P_2), \quad q'(0) = 3(Q_1 - Q_0)$$

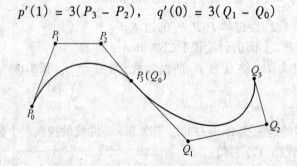

图 5.19　两段三次 Bezier 曲线的拼接

若两段曲线在连接点处具有 G^1 连续，则

$$q'(0) = S_1 p'(1)$$

即

$$Q_1 - Q_0 = S_1(P_3 - P_2) \qquad\qquad (5.24)$$

式中 $\quad S_1$ —— 比例因子。

这表明，实现 G^1 连续的条件是 P_2、$P_3(Q_0)$、Q_1 在一条直线上，而且 P_2 和 Q_1 应在 $P_3(Q_0)$ 的两侧。

(3) 同理，由式(5.23)可得两段三次 Bezier 曲线间 G^2 连续的条件

$$q''(0) = S_2 p''(1)$$

即
$$Q_0 - 2Q_1 + Q_2 = S_2(P_1 - 2P_2 + P_3) \tag{5.25}$$

式中　S_2—— 比例因子。

只是，每段三次 Bezier 曲线仅有 4 个控制点，若要保证二阶连续，后一段曲线只剩下一个控制点可用作调整曲线段的形状了。

5.5.5　反求 Bezier 曲线控制点的方法

若给定 $n + 1$ 个型值点 $Q_k(k = 0, 1, \cdots, n)$，为了构造一条通过这些型值点的 n 次 Bezier 曲线，需要反算出通过 Q_k 的 Bezier 曲线的 $n + 1$ 个控制点 $P_k(k = 0, 1, \cdots, n)$。

由 5.5.1 节可知，$n + 1$ 个控制点 $P_k(k = 0, 1, \cdots, n)$ 可生成 n 次 Bezier 曲线。由式(5.16)可得

$$P(t) = \sum_{i=0}^{n} P_i J_{n,i}(t) =$$
$$J_{n,0}(t)P_0 + J_{n,1}(t)P_1 + \cdots + J_{n,n-1}(t)P_{n-1} + J_{n,n}(t)P_n \quad (0 \leqslant t \leqslant 1) \tag{5.26}$$

通常可取参数 $t = k/n$ 与型值点 Q_k 对应，用于反求 $P_k(k = 0, 1, \cdots, n)$。令 $Q_k = P(k/n)$，由式(5.26)可得到下面关于 $P_k(k = 0, 1, \cdots, n)$ 的 $n + 1$ 个方程构成的线性方程组：

$$Q_0 = P_0$$
$$\vdots$$
$$Q_k = J_{n,0}(k/n)P_0 + J_{n,1}(k/n)P_1 + \cdots + J_{n,n-1}(k/n)P_{n-1} + J_{n,n}(k/n)P_n$$
$$\vdots$$
$$Q_n = P_n$$

其中，$k = 1, \cdots, n - 1$，由上述方程组可解出过 Q_k 的 Bezier 曲线由 $n + 1$ 个控制点所构成的特征多边形的顶点坐标 $P_k(x_k, y_k, z_k)$。

5.5.6　绘制三次 Bezier 曲线程序

为了绘制 Bezier 曲线，在编写程序时，要把点的矢量形式改为分量形式，由式(5.21)可得

$$\begin{cases} x = x_0 \cdot (1 - t)^3 + x_1 \cdot 3t(1 - t)^2 + x_2 \cdot 3t^2(1 - t) + x_3 \cdot t^3 \\ y = y_0 \cdot (1 - t)^3 + y_1 \cdot 3t(1 - t)^2 + y_2 \cdot 3t^2(1 - t) + y_3 \cdot t^3 \end{cases}$$

则由 VC ++ 编写的程序如下：

例 5.2　绘制三次 Bezier 曲线。

```
void CBezView::Onbezier()
{
    // TODO: Add your command handler code here
    CDC * pDC = GetDC();
    RedrawWindow();
    CPen redpen(PS_SOLID, 2, RGB(255, 0, 0));
    CPen * old = pDC -> SelectObject(&redpen);
    float x0 = 50, y0 = 50, x1 = 150, y1 = 150, x2 = 300, y2 = 130, x3 = 350, y3 = 50;
```

```
    float i,x,y,dt,t,n = 30.0;


    dt = 1/n;
    for(i = 0;i < = n;i ++ )
    {
        t = i * dt;
        x = x0 * (1 - t) * (1 - t) * (1 - t) + x1 * 3 * t * (1 - t) * (1 - t) + x2 * 3 * t * t * (1 -
           t) + x3 * t * t * t;
        y = y0 * (1 - t) * (1 - t) * (1 - t) + y1 * 3 * t * (1 - t) * (1 - t) + y2 * 3 * t * t * (1 -
           t) + y3 * t * t * t;
        if(i = = 0) pDC - > MoveTo(x,y);
        pDC - > LineTo(x,y);
    }
    pDC - > MoveTo(x0,y0);
    pDC - > LineTo(x1,y1);
    pDC - > LineTo(x2,y2);
    pDC - > LineTo(x3,y3);
    pDC - > SelectObject(old);
    ReleaseDC(pDC);
}
```

绘制出的三次 Bezier 曲线如图 5.20 所示。

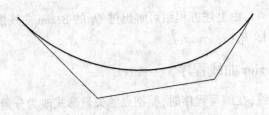

图 5.20   三次 Bezier 曲线

5.5.7 Bezier 曲面

Bezier 曲线是由特征多边形控制的,而 Bezier 曲面是由特征网格顶点控制的,二者在表达方式上相似。

Bezier 曲面上任一点的表达式为

$$Q(u,v) = \sum_{i=0}^{m} \sum_{j=0}^{n} P_{ij} J_{mi}(u) \cdot J_{nj}(v) \quad (0 \leqslant u, v \leqslant 1) \tag{5.27}$$

式中　　P_{ij}——特征网格顶点,共有$(m+1) \times (n+1)$个点构成,这些特征网格顶点定义了
$m \times n$ 次 Bezier 曲面。一般实际应用中 n、m 小于 4。

$J_{mi}(u), J_{nj}(v)$——对应的 Bernstein 基函数,表达式同式(5.17),用来定义 Bezier 曲面
上 u 和 v 两个方向上的 Bezier 曲线。

常用的 Bezier 曲面有：

1. 双二次 Bezier 曲面

双二次 Bezier 曲面(图 5.21)，$m = n = 2$，u 和 v 都是抛物线，P_{11} 可调节曲面的形状。曲面上一点的表达式为

$$\boldsymbol{Q}(u,v) = \begin{bmatrix} J_{20}(u) & J_{21}(u) & J_{22}(u) \end{bmatrix} \begin{bmatrix} P_{00} & P_{01} & P_{02} \\ P_{10} & P_{11} & P_{12} \\ P_{20} & P_{21} & P_{22} \end{bmatrix} \begin{bmatrix} J_{20}(v) \\ J_{21}(v) \\ J_{22}(v) \end{bmatrix} =$$

$$\begin{bmatrix} u^2 & u & 1 \end{bmatrix} \begin{bmatrix} 1 & -2 & 1 \\ -2 & 2 & 0 \\ 1 & 0 & 0 \end{bmatrix} \begin{bmatrix} P_{00} & P_{01} & P_{02} \\ P_{10} & P_{11} & P_{12} \\ P_{20} & P_{21} & P_{22} \end{bmatrix} \begin{bmatrix} 1 & -2 & 1 \\ -2 & 2 & 0 \\ 1 & 0 & 0 \end{bmatrix} \begin{bmatrix} v^2 \\ v \\ 1 \end{bmatrix} \tag{5.28}$$

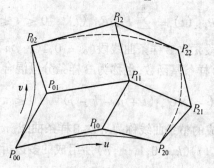

图 5.21　双二次 Bezier 曲面

2. 双三次 Bezier 曲面

当 $m = n = 3$ 时，得到双三次 Bezier 曲面，它由 $4 \times 4 = 16$ 个顶点定义，参数曲线 u 和 v 都是三次 Bezier 曲线。其表达式为

$$\boldsymbol{Q}(u,v) = \begin{bmatrix} u^3 & u^2 & u & 1 \end{bmatrix} \cdot \boldsymbol{J} \cdot \boldsymbol{B} \cdot \boldsymbol{J}^{\mathrm{T}} \cdot \begin{bmatrix} v^3 & v^2 & v & 1 \end{bmatrix}^{\mathrm{T}} \quad (0 \leqslant u, v \leqslant 1) \tag{5.29}$$

$$\boldsymbol{J} = \begin{bmatrix} -1 & 3 & -3 & 1 \\ 3 & -6 & 3 & 0 \\ -3 & 3 & 0 & 0 \\ 1 & 0 & 0 & 0 \end{bmatrix}, \quad \boldsymbol{B} = \begin{bmatrix} P_{00} & P_{01} & P_{02} & P_{03} \\ P_{10} & P_{11} & P_{12} & P_{13} \\ P_{20} & P_{21} & P_{22} & P_{23} \\ P_{30} & P_{31} & P_{32} & P_{33} \end{bmatrix}$$

式中　　$\boldsymbol{J}^{\mathrm{T}}$——$\boldsymbol{J}$ 的转置矩阵。

5.6　B 样条曲线和曲面

上面介绍的 Bezier 曲线是以 Bernstein(伯恩斯坦)基函数构造的逼近样条曲线，具有很多优点。但在外形设计的应用中，存在一些不足之处：

(1) Bezier 曲线控制点的个数决定了曲线的阶次，如果其控制点有 $n + 1$ 个，则产生 n 次 Bezier 曲线，造成控制的灵活性受限，而且当 n 较大时，控制多边形对曲线形状的控制能力将明显减弱。

(2) 由式(5.17)可知，调和函数的值在(0,1) 开区间中均不为零，所以所定义的曲线在 $0 < t < 1$ 区间内的任意一点都要受到全部控制点的影响，若改变任何一个控制点的位置，都

将会影响到整条曲线的形状,这对曲线的局部修改非常不利。

为了克服 Bezier 曲线中存在的问题,保留它的优点,格尔当(Gordon)、瑞森菲尔德(Riesenfild)等人在研究 Bezier 曲线的基础上进行了改进,用 n 次 B 样条基函数替换了伯恩斯坦基函数,构造了 B 样条曲线,克服了 Bezier 曲线中存在的曲线控制点数目与伯恩斯坦基多项式次数有关,以及曲线形状不易局部控制的这两个不足。因此,B 样条曲线在外形设计中得到了广泛的应用。

5.6.1　B 样条曲线的数学表达式

已知 $m+n+1$ 个控制点 $P_i(i=0,1,2,\cdots,m+n)$,可以定义 $m+1$ 段 n 次($n-1$ 阶)B 样条曲线

$$P_{k,n}(t)=\sum_{k=0}^{n}P_{i+k}F_{i,n}(t)\quad(0\leqslant t\leqslant1) \tag{5.30}$$

式中　　$P_{k,n}(t)$——第 k 段 n 次 B 样条曲线段($k=0,1,\cdots,m$);

　　　　$F_{i,n}(t)$——n 次 B 样条基函数,也称为 B 样条分段混合函数,其表达式为

$$F_{k,n}(t)=\frac{1}{n!}\sum_{j=0}^{n-k}(-1)^jC_{n+1}^j(t+n-k-j)^n\quad(0\leqslant t\leqslant1,k=0,1,\cdots,n) \tag{5.31}$$

连接全部曲线段所组成的整条曲线称为 n 次 B 样条曲线。n 次 B 样条曲线可达到 $n-1$ 阶连续。用线段依次连接 $P_{i+k}(t)(k=0,1,\cdots,n)$ 所组成的多边折线称为 B 样条曲线在第 i 段的 B 特征多边形。

由于 B 样条曲线是分段组成的,所以其特征多边形的顶点对曲线的控制较灵活。整条 B 样条曲线可以达到 $n-1$ 阶连续,一般二阶连续就能满足工程实际的要求,所以在实际应用中,二次 B 样条曲线和三次 B 样条曲线得到比较广泛的应用。

5.6.2　二次 B 样条曲线

对于二次 B 样条曲线,$n=2,i=0,1,2$,所以其 B 样条基函数由式(5.31)可得

$$F_{0,2}(t)=\frac{1}{2!}\sum_{j=0}^{2}(-1)^jC_3^j(t+2-0-j)^2=$$

$$\frac{1}{2!}[(-1)^0C_3^0(t+2)^2+(-1)^1C_3^1(t+1)^2+(-1)^2C_3^2(t)^2]=$$

$$\frac{1}{2}\Big[\frac{3!}{0!(3-0)!}(t+2)^2-\frac{3!}{1!(3-1)!}(t+1)^2+\frac{3!}{2!(3-2)!}t^2\Big]=\frac{1}{2}(t-1)^2$$

$$F_{1,2}(t)=\frac{1}{2!}\sum_{j=0}^{1}(-1)^jC_3^j(t+2-1-j)^2=$$

$$\frac{1}{2!}[(-1)^0C_3^0(t+1)^2+(-1)^1C_3^1(t)^2]=$$

$$\frac{1}{2}\Big[\frac{3!}{0!(3-0)!}(t+1)^2-\frac{3!}{1!(3-1)!}(t)^2\Big]=\frac{1}{2}(-2t^2+2t+1)$$

$$F_{2,2}(t)=\frac{1}{2!}\sum_{j=0}^{0}(-1)^jC_3^j(t+2-2-j)^2=\frac{1}{2!}[(-1)^0C_3^0(t)^2]=$$

$$\frac{1}{2}\Big[\frac{3!}{0!(3-0)!}(t)^2\Big]=\frac{1}{2}t^2$$

因此,二次 B 样条曲线分段表达的第 i 段表达式如下

$$P_i(t) = F_{0,2}(t)P_i + F_{1,2}(t)P_{i+1} + F_{2,2}(t)P_{i+2} =$$

$$\frac{1}{2}(t-1)^2 P_i + \frac{1}{2}(-2t^2+2t+1)P_{i+1} + \frac{1}{2}t^2 P_{i+2} \quad (i=0,1,2,\cdots,m) \tag{5.32}$$

这样的曲线段共有 $m+1$ 段。

式(5.32) 的矩阵表达式为

$$P_i(t) = \frac{1}{2} \cdot [t^2 \quad t \quad 1] \cdot \begin{bmatrix} 1 & -2 & 1 \\ -2 & 2 & 0 \\ 1 & 1 & 0 \end{bmatrix} \cdot \begin{bmatrix} P_i \\ P_{i+1} \\ P_{i+2} \end{bmatrix} \quad (0 \leqslant t \leqslant 1) \tag{5.33}$$

二次 B 样条曲线端点处的几何性质如下:

由式(5.32) 可知

$$P_i(t) = \frac{1}{2}(t-1)^2 P_i + \frac{1}{2}(-2t^2+2t+1)P_{i+1} + \frac{1}{2}t^2 P_{i+2}$$

$$P'_i(t) = (t-1)P_i + (-2t+1)P_{i+1} + tP_{i+2}$$

所以

$t = 0$ 时,$P_i(0) = \frac{1}{2}(P_i + P_{i+1})$,$P'_i(0) = P_{i+1} - P_i$

$t = 1$ 时,$P_i(1) = \frac{1}{2}(P_{i+1} + P_{i+2})$,$P'_i(1) = P_{i+2} - P_{i+1}$

$t = 1/2$ 时,$P_i(1/2) = \frac{1}{8}P_i + \frac{3}{4}P_{i+1} + \frac{1}{8}P_{i+2} = \frac{1}{2}\left\{\frac{1}{2}[P_i(0) + P_i(1)] + P_{i+1}\right\}$

$$P'_i(1/2) = \frac{1}{2}(P_{i+2} - P_i) = P_i(1) - P_i(0)$$

上面的式子表明,二次 B 样条曲线段的起点 $P_i(0)$ 在 B 特征多边形第一条边的中点处,且其切向量为第一条边的走向;终点 $P_i(1)$ 在 B 特征多边形第二条边的中点处,且其切向量为第二条边的走向。而 $P_i(1/2)$ 则是 $\triangle P_i(0)P_{i+1}P_i(1)$ 中线的中点,曲线在 $P_i(1/2)$ 处的切线平行于 $P_i(0)P_i(1)$ 连线,由此可知,分段二次 B 样条曲线是一条抛物线。因此,由 n 个控制点定义的二次 B 样条曲线实质上是 $n-2$ 段抛物线的连接,并在连接处达到一阶连续,如图 5.22 所示。

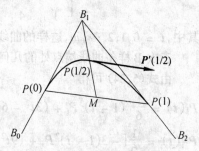

图 5.22　二次 B 样条曲线

5.6.3　三次 B 样条曲线

对于三次 B 样条曲线,$n = 3$、$k = 0,1,2,3$。所以其 B 样条基函数由式(5.31) 可得

$$F_{0,3}(t) = \frac{1}{3!}\sum_{j=0}^{3}(-1)^j C_4^j(t+3-0-j)^3 =$$

$$\frac{1}{6}[C_4^0(t+3)^3 - C_4^1(t+2)^3 + C_4^2(t+1)^3 - C_4^3(t)^3] =$$

$$\frac{1}{6}[(t+3)^3 - 4(t+2)^3 + 6(t+1)^3 - 4(t)^3] = \frac{1}{6}(-t^3 + 3t^2 - 3t + 1)$$

$$F_{1,3}(t) = \frac{1}{3!} \sum_{j=0}^{2} (-1)^j C_4^j (t + 3 - 1 - j)^3 =$$

$$\frac{1}{6} [C_4^0 (t+2)^3 - C_4^1 (t+1)^3 + C_4^2 (t)^3] =$$

$$\frac{1}{6} (3t^3 - 6t^2 + 4)$$

$$F_{2,3}(t) = \frac{1}{3!} \sum_{j=0}^{1} (-1)^j C_4^j (t + 3 - 2 - j)^3 =$$

$$\frac{1}{6} [C_4^0 (t+1)^3 - C_4^1 (t)^3] =$$

$$\frac{1}{6} (-3t^3 + 3t^2 + 3t + 1)$$

$$F_{3,3}(t) = \frac{1}{3!} \sum_{j=0}^{0} (-1)^j C_4^j (t + 3 - 3 - j)^3 =$$

$$\frac{1}{6} [C_4^0 (t)^3] = \frac{1}{6} t^3$$

因此，三次 B 样条曲线分段表达的第 i 段表达式如下

$$P_i(t) = F_{0,3}(t) P_i + F_{1,3}(t) P_{i+1} + F_{2,3}(t) P_{i+2} + F_{3,3}(t) P_{i+3} =$$

$$\frac{1}{6} (1-t)^3 P_i + \frac{1}{6} (3t^3 - 6t^2 + 4) P_{i+1} + \frac{1}{6} (-3t^3 + 3t^2 + 3t + 1) P_{i+2} + \frac{1}{6} t^3 P_{i+3} =$$

$$\frac{1}{6} \cdot [t^3 \ \ t^2 \ \ t \ \ 1] \cdot \begin{bmatrix} -1 & 3 & -3 & 1 \\ 3 & -6 & 3 & 0 \\ -3 & 0 & 3 & 0 \\ 1 & 4 & 1 & 0 \end{bmatrix} \cdot \begin{bmatrix} P_i \\ P_{i+1} \\ P_{i+2} \\ P_{i+3} \end{bmatrix} \quad (0 \leq t \leq 1) \tag{5.34}$$

其中，$i = 0, 1, 2, \cdots, m$，这样的曲线段共有 $m + 1$ 段。

三次 B 样条曲线端点处的几何性质如下：

由式(5.34) 可得

$$P_i(t) = \frac{1}{6} [(1-t)^3 P_i + (3t^3 - 6t^2 + 4) P_{i+1} + (-3t^3 + 3t^2 + 3t + 1) P_{i+2} + t^3 P_{i+3}]$$

$$P'_i(t) = \frac{1}{6} [-3(1-t)^2 P_i + (9t^2 - 12t) P_{i+1} + (-9t^2 + 6t + 3) P_{i+2} + 3t^2 P_{i+3}]$$

$$P''_i(t) = \frac{1}{6} [6(t-1) P_i + (18t - 12) P_{i+1} + (-18t + 6) P_{i+2} + 6t P_{i+3}]$$

所以有：

(1) $t = 0$ 时

$$P_i(0) = \frac{1}{6} (P_i + 4P_{i+1} + P_{i+2}) = \frac{1}{3} \left(\frac{P_i + P_{i+2}}{2} \right) + \frac{2}{3} P_{i+1}$$

$$P'_i(0) = \frac{1}{2} (P_{i+2} - P_i)$$

$$P''(0) = P_i - 2P_{i+1} + P_{i+2} = (P_{i+2} - P_{i+1}) + (P_i - P_{i+1})$$

(2) $t = 1$ 时

$$P_i(1) = \frac{1}{6} (P_{i+1} + 4P_{i+2} + P_{i+3}) = \frac{1}{3} \left(\frac{P_{i+1} + P_{i+3}}{2} \right) + \frac{2}{3} P_{i+2}$$

$$P'_i(1) = \frac{1}{2}(P_{i+3} - P_{i+1})$$

$$P''(1) = P_{i+1} - 2P_{i+2} + P_{i+3} = (P_{i+3} - P_{i+2}) + (P_{i+1} - P_{i+2})$$

由此可看出，曲线段的起点 $P(0)$ 位于 $\triangle P_iP_{i+1}P_{i+2}$ 的底边 P_iP_{i+2} 的中线 $P_{i+1}P_m$ 上，且距 P_{i+1} 点三分之一处。该点的切矢量 $P'(0)$ 平行于 $\triangle P_iP_{i+1}P_{i+2}$ 的底边 P_iP_{i+2}，且长度为其二分之一。该点的二阶导数 $P''(0)$ 等于中线矢量 $P_{i+1}P_m$ 的 2 倍，如图 5.23 所示。同理可得到终点 $P(1)$ 处相类似的情形。

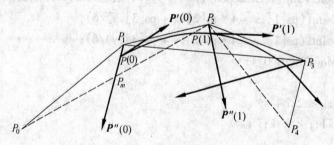

图 5.23　三次 B 样条曲线段

如果在 B 特征多边形上增加一个顶点 P_{i+4}，则 P_{i+1}、P_{i+2}、P_{i+3}、P_{i+4} 又可定义一段新的三次 B 样条曲线。由于新曲线段起点与上一段曲线段终点的位置及一、二阶导数都只与 P_{i+1}、P_{i+2}、P_{i+3}3 点有关，可得

$$P'_1(1) = P'_2(0)$$

$$P''_1(1) = P''_2(0)$$

由此说明，三次 B 样条曲线可以达到二阶连续。

5.6.4　三次 B 样条曲线的 VC++ 绘图程序

例 5.3　绘制三次 B 样条曲线。

```
void CGraphicView::OnGraphBspline()
{
    // TODO: Add your command handler code here
    CDC * pDC = GetDC();
    RedrawWindow();
    CPen rosepen(PS_SOLID,2,RGB(255,0,255));
    CPen bluepen(PS_SOLID,2,RGB(0,216,240));
    int i,j,k = 1000;
    double t,t1,t2,t3,a,b,c,d;
    t = 1.0/k;
    POINT ps[5];
    ps[1].x = 50; ps[1].y = 250;
    ps[2].x = 110; ps[2].y = 160;
    ps[3].x = 230; ps[3].y = 120;
```

```
ps[4].x = 350; ps[4].y = 160;
pDC - > SelectObject(&bluepen);
pDC - > MoveTo(ps[1]);                 // 绘制特征多边形
for(i = 1;i < 4;i ++)
  pDC - > LineTo(ps[i + 1]);


pDC - > SelectObject(&rosepen);               // 绘制三次 B 样条曲线
ps[0].x = int((ps[1].x + 4 * ps[2].x + ps[3].x)/6);
ps[0].y = int((ps[1].y + 4 * ps[2].y + ps[3].y)/6);
pDC - > MoveTo(ps[0]);


for (i = 1;i < 2;i ++)
  for (j = 1;j < = k;j ++)
  {
    t1 = j * t;
    t2 = t1 * t1;
    t3 = t2 * t1;
    a = (3 * t2 - t3 - 3 * t1 + 1)/6;
    b = (3 * t3 - 6 * t2 + 4)/6;
    c = (3 * t2 - 3 * t3 + 3 * t1 + 1)/6;
    d = t3/6;
    x = int(a * ps[i].x + b * ps[i + 1].x + c * ps[i + 2].x + d * ps[i + 3].x);
    y = int(a * ps[i].y + b * ps[i + 1].y + c * ps[i + 2].y + d * ps[i + 3].y);

    pDC - > LineTo(x,y);
  }
}
```

5.6.5　B 样条曲面

基于均匀 B 样条曲线的定义,我们定义 B 样条曲面。给定 $(m + 1)(n + 1)$ 个空间点列 $P_{ij}(i = 0,1,\cdots,m;j = 0,1,\cdots,n)$,则

$$S(u,v) = \sum_{i=0}^{m} \sum_{j=0}^{n} P_{ij}F_{i,k}(u) \cdot F_{j,l}(v) \quad (u,v \in [0,1]) \tag{5.35}$$

定义了 $k \times l$ 次 B 样条曲面。

式中　$F_{i,k}(u),F_{j,l}(v)$——分别为 k 次和 l 次的 B 样条基函数,由 P_{ij} 组成空间网格成为 B 样条曲面的特征网格。

式(5.35)也可以写成如下的矩阵式

$$S_{yz}(u,v) = U_k M_k P_{kl} M_l^T V_l^T \quad (y \in [1:m + 1 - k],z \in [1:n + 1 - l],u,v \in [0,1]) \tag{5.36}$$

式中　　y,z——分别表示在 u,v 参数方向上曲面片的个数。

$$U_k = [u^k, u^{k-1}, \cdots, u, 1], V_l = [v^l, v^{l-1}, \cdots v, 1]$$

$$P_{kl} = P_{ij} \quad (i \in [y-1: y+k-1], j \in [z-1: z+l-1])$$

式中　　P_{kl}——某一个 B 样条面片的控制点编号；

　　　　M_l^T——M_l 的转置矩阵；

　　　　V_l^T——V_l 的转置矩阵。

下面介绍最常用的二、三次均匀 B 样条曲面的构造。

1. 均匀双二次 B 样条曲面

已知曲面的控制点 $P_{ij}(i,j = 0,1,2)$，参数 u,v 满足 $u,v \in [0,1]$，则均匀双二次 B 样条曲面为

$$S(u,v) = \sum_{i=0}^{2} \sum_{j=0}^{2} P_{ij} F_{i,2}(u) \cdot F_{j,2}(v) = UM_B PM_B^T V^T \tag{5.37}$$

其中

$$U = [u^2 \quad u \quad 1], \quad V = [v^2 \quad v \quad 1]$$

$$P = \begin{bmatrix} P_{00} & P_{01} & P_{02} \\ P_{10} & P_{11} & P_{12} \\ P_{20} & P_{21} & P_{22} \end{bmatrix}, \quad M_B = \frac{1}{2} \begin{bmatrix} 1 & -2 & 1 \\ -2 & 2 & 0 \\ 1 & 1 & 0 \end{bmatrix}$$

2. 均匀双三次 B 样条曲面

已知曲面的控制点 $P_{ij}(i,j = 0,1,2,3)$，参数 u、v 满足 $u,v \in [0,1]$，则均匀双三次 B 样条曲面为

$$S(u,v) = \sum_{i=0}^{3} \sum_{j=0}^{3} P_{ij} F_{i,3}(u) \cdot F_{j,3}(v) = UM_B PM_B^T V^T \tag{5.38}$$

其中　　　　$U = [u^3 \quad u^2 \quad u \quad 1], \quad V = [v^3 \quad v^2 \quad v \quad 1]$

$$P = \begin{bmatrix} P_{00} & P_{01} & P_{02} & P_{03} \\ P_{10} & P_{11} & P_{12} & P_{13} \\ P_{20} & P_{21} & P_{22} & P_{23} \\ P_{30} & P_{31} & P_{32} & P_{33} \end{bmatrix}, \quad M_B = \frac{1}{6} \begin{bmatrix} 1 & 3 & -3 & 1 \\ 3 & -6 & 3 & 0 \\ -3 & 0 & 3 & 0 \\ 1 & 4 & 1 & 0 \end{bmatrix}$$

第6章 几何造型技术

几何造型是研究在计算机里如何表达物体模型形状的技术。通过几何造型将物体的形状存储在计算机内，形成该物体的三维几何模型，这个模型是对原物体确切的数学描述，或是对原物体某种状态的真实模拟，并能为各种具体应用提供信息，如任意方向显示物体形状、进一步进行属性计算和有限元分析等。

传统的几何造型方法是用点、线、面等几何元素经过并、交、差等集合运算构造三维形体。随着造型技术的发展，又产生了很多造型方法，如多边形和二次曲面能够为诸多多面体和椭圆体等简单欧式物体提供精确描述；样条曲面可用于设计机翼、齿轮及其他有曲面的机械结构，人们可以通过交互生成方法、参数曲面离散生成方法、测量实物表面离散点后由算法生成的方法、从二维图像信息构造形体的方法等来构造三维形体，甚至可以用分形的方法来产生云、火、水等自然景物。由于几何造型技术研究的迅速发展和计算机硬性性能的大幅度提高，已经出现了许多以几何造型为核心的实用化系统，在航空航天、汽车、造船、机械、建筑和电子等行业得到了广泛的应用。

本章主要介绍几何造型技术的一些基础理论，包括形体在计算机内的表示、几何造型中的一些运算方法等。

6.1 形体在计算机中的表示

6.1.1 形体的定义

几何形体是由顶点、边、面、环、体等基本几何元素组成的，这些基本元素的定义为：

1. 顶点

形体的顶点(Vertex)位置是用点(Point)来表示的。点是0维几何元素，是几何造型中的最基本元素，有端点、交点、切点和孤立点等，但在形体定义中一般不允许存在孤立点。用计算机存储、管理和输出形体的实质就是对表示形体的有序点集及其连接关系的处理。一维空间中的点用一元组 $\{x\}$ 表示；二维空间中的点用二元组 $\{x, y\}$ 表示；三维空间中的点用三元组 $\{x, y, z\}$ 表示。在齐次坐标系下，n 维空间中的点用 $n+1$ 维向量来表示。

2. 边

边(Edge)是用于几何造型的一维几何元素，是两个邻面(对正则形体而言)或多个邻面(对非正则形体而言)的交集。边有方向，由起始顶点和终止顶点来界定。边的形状由边的几何信息来表示，可以是直线或曲线，直线边可由其起点和终点来表述，曲线边可由一系列控制点或型值点来表述，也可用显式、隐式或参数方程来表述。

3. 环

环(Loop) 是有序、有向边(直线段或曲线段) 组成的封闭边界。环中的边不能相交，相邻两边共享一个端点。环有方向、内外之分，外环边通常按逆时针方向排序，内环边通常按顺时针方向排序。

4. 面

面(Face) 是二维几何元素，由一个外环和若干个内环(也可以没有内环) 来表示，内环完全在外环之内。根据环的定义，在面上沿环的方向前进，左侧总在面内，右侧总在面外。面有方向性，一般用其外法线矢量方向作为该面的正向。若一个面的外法矢向外，此面为正向面，反之，为反向面。面的形状由面的几何信息来表示，可以是平面或曲面，平面可用平面方程来描述，曲面可用控制多边形或型值点来描述，也可用曲面方程(隐式、显式或参数形式) 来描述。

5. 体

体(Bode) 是三维几何元素，是面的并集，是由封闭表面围成的空间，其边界是有限面的并集。几何造型所产生的实体应当是有效的和可加工的，为了保证实体的有效性和可加工性，形体必须是正则的，因此需要介绍正则体的概念。

美国 Requicha 等人为了描述正则形体，引入了二维流形(2 - manifold) 的概念。所谓二维流形是指这样一些面，其上任意一点都存在一个充分小的邻域，该邻域与平面上的圆盘是同构的，即在该邻域与圆盘之间存在连续的一一映射。

对于任一形体，如果它是三维欧式空间 R^3 中非空、有界的封闭子集，且其边界是二维流形(即该形体是连通的)，我们称该形体为正则形体，否则称为非正则形体。图 6.1 给出了一些非正则形体的实例。

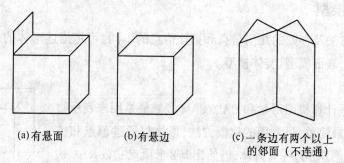

　　　　(a)有悬面　　　　　　(b)有悬边　　　　　(c)一条边有两个以上
　　　　　　　　　　　　　　　　　　　　　　　　　的邻面 (不连通)

图 6.1　非正则形体实例

在正则几何造型系统中，要求体是正则的。基于正则形体表示的实体造型形体只能表示正则的三维"体"，低于三维的形体是不能存在的，因此单独的线或面都是实体造型系统中所不能表示的。但实际应用时人们希望在系统中也能处理像形体中心轴、剖切平面这样低于三维的形体，于是产生了非正则造型技术。非正则形体的造型技术将线框、表面和实体模型统一起来，可以存取维数不一致的几何元素进行求交分类，从而扩大了几何造型的形体覆盖域。

把三维形体描述成计算机认知的计算机内部模型，叫做建模。无论是形体的表示，还是新形体的生成,都与其几何信息和拓扑信息有关。所谓几何建模,就是形体的描述和表达是建立在几何信息和拓扑信息处理基础上的建模。

几何信息一般是指形体在欧氏空间的形状、位置、大小,包括点、线、面、体的信息;拓扑信息则是指形体各分量的数目及相互间的联接关系,它只反映几何元素的结构关系,而不考虑它们各自的绝对位置。

平面立体的几何元素(点、线、面)间可能存在如图6.2所示的9种拓扑关系:

面相邻性 $f\{f\}$

面—顶点包含性 $f\{v\}$

面—边包含性 $f\{e\}$

顶点—面相邻性 $v\{f\}$

顶点相邻性 $v\{v\}$

顶点—边相邻性 $v\{e\}$

边—面相邻性 $e\{f_1,f_2\}$

边—顶点包含性 $e\{v_1,v_2\}$

边相邻性 $e\{e_1,e_2,e_3,e_4\}$

图6.2　平面立体几何元素间可能存在的拓扑关系

几何信息和拓扑信息是构建几何形体的两个关键信息,缺一不可。这两方面信息如何在计算机中存贮和使用,达到既节省计算机的空间资源和时间资源,又能有效地进行各种操作运算,一般是通过研究图形的数据结构来解决。

6.1.2　几何模型

根据描述方法及存贮的几何信息和拓扑信息的不同,可将描述形体的三维模型分成三种类型:线框模型、表面模型、实体模型。

1.线框模型

线框模型是计算机图形学和 CAD/CAM 领域最早用来表示物体的模型,也是最简单、最常用的建模方法,形体仅通过顶点和棱边来进行描述,图6.3为一立方体,若给出其8个顶点 $v_1,v_2,\cdots,v_8$ 的坐标,则此立方体的形状和位置在几何上就被确定了,再用 e_1, $e_2,\cdots,e_{12}$ 共12条棱就可以把立方体表示出来。

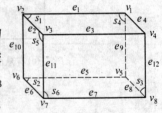

图6.3　立方体

线框模型的数据主要通过表结构来表达,由边表和顶点表组成。表6.1给出了图6.3所示立方体的边表和顶点表。

表 6.1　立方体的边表和顶点表

边	顶点号	
1	1	2
2	2	3
3	3	4
4	4	1
5	5	6
6	6	7
7	7	8
8	8	5
9	1	5
10	2	6
11	3	7
12	4	8

(a) 边表

顶点	坐标值		
	x	y	z
1	0	0	1
2	1	0	1
3	1	1	1
4	0	1	1
5	0	0	0
6	1	0	0
7	1	1	0
8	0	1	0

(b) 顶点表

　　线框模型的优点是模型简单,实现方便,运算量小。但由于线框模型的数据结构中没有边与边的关系,没有面的信息,所以不能处理剖切图、进行消隐处理以及明暗着色等重要问题,也不能用于数控加工等,其应用范围受到了很大的限制。

　　2.表面模型

　　若把线框模型中棱线包围的部分定义为面,则为表面模型,其数据结构是在线框模型的基础上再附加一些指针,多一个面边表。表 6.2 为对应于图 6.3 立方体的单链面边表数据结构。

表 6.2　立方体的单链面边表

面号	棱线
1	1,2,3,4
2	5,6,7,8
3	4,9,8,12
4	1,10,5,9
5	2,11,6,10
6	3,12,7,11

　　表面模型由于增加了面的信息,形体的边界可以全部定义,扩大了线框模型的应用范围,能够满足面面求交、线面消隐、明暗色彩图、数控加工等需要。但在该模型中,除了边点表外,只有一张张面的信息,形体的实心部分在边界的哪一侧是不明确的,无法计算和分析物体的整体性质,如物体的表面积、体积和重心等,也不能将这个物体作为一个整体去考察它与其他物体相互关联的性质,如是否相交等。

3.实体模型

实体模型是在表面模型的基础上,通过对表面的哪一侧存在实体给出明确定义,由表面直接构造实体的一种几何模型。确定实体存在侧的方法通常有三种:

(1) 在定义表面的同时,给出实体存在侧一个点;

(2) 直接用一向量指明实体存在侧;

(3) 用有关棱边隐含表示外法向量方向,每个表面的右螺旋前进方向指向实体外侧,如图6.4所示。这时只需将表6.2的面边表改成表6.3的环表形式,就可确切地分清体内体外,形成实体模型了。

表 6.3　立方体的环表

面号	棱线
1	1,2,3,4
2	8,7,6,5
3	4,12,8,9
4	1,9,5,10
5	2,10,6,11
6	3,11,7,12

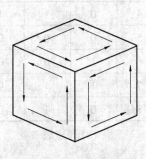

图 6.4　实体建模

实体模型不仅记录了形体的全部几何信息,而且记录了全部点、线、面、体的拓扑信息,可以实现可见性的判别、消隐、剖切、有限元网格划分、着色、光照、纹理处理等,因此在CAD/CAM、广告、动画等领域被广泛应用。

6.1.3　形体表示

形体在计算机内部的表示有许多方法,基本上可以分为分解表示、构造表示和边界表示三大类。

1.分解表示

分解表示是将形体按某种规则分解为小的更易于描述的部分,每一小部分又可分为更小的部分,这种分解过程直至每一小部分都能够直接描述为止。

分解表示中一种比较特殊的形式是,形体空间细分的每一小部分都是一种固定形状的单元,如正方形、立方体等,形体便成为这些分布在空间网格位置上的具有邻接关系的固定形状的单元的集合,单元的大小决定了单元分解形式的精度。根据基本单元的不同形状,常用四叉树、八叉树和多叉树等表示方法。

下面以八叉树为例,简单介绍分解表示法的具体方法。

(1) 首先对形体定义一个外接立方体,作为八叉树的根结点,对应整个物体空间,然后把它分解成8个子立方体,并对子立方体依次编号为0,1,2,…,7,分别对应八叉树的8个结点,各子立方体的编码方法如图6.5(a)所示。

(2) 如果子立方体单元完全被物体占据,则将该结点标记为 F(Full),停止对该子立方体的分解。

(3) 如果子立方体单元内部没有物体,则将该结点标记为 E(Empty),停止对该子立方体的分解。

（4）如果子立方体单元部分被物体占据，则将该结点标记为 P(Partial)，对该子立方体进行进一步分解，将它再分割成 8 个子立方体，对每一个子立方体进行同样的处理，如图 6.5(b)。

在八叉树中，非叶结点的每个结点都有 8 个分支，如图 6.5(c) 所示。

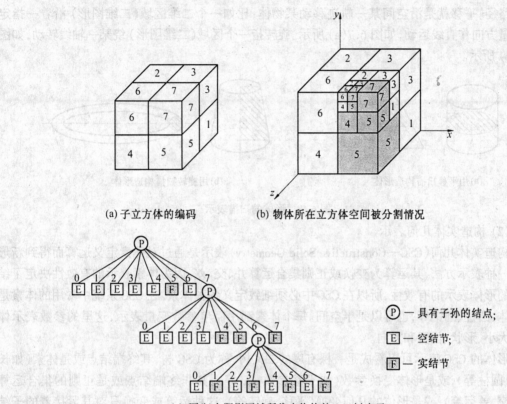

(a) 子立方体的编码   (b) 物体所在立方体空间被分割情况

(c) 图(b)中阴影区域所代表物体的八叉树表示

P — 具有子孙的结点；

E — 空结节；

F — 实结节

图 6.5   八叉树表示形体的实例

分解表示方法的优点是简单，容易实现形体的并、交、差计算，但该方法占用的存储量太大，物体的边界面没有显式的解析表达式，不便于运算。

2. 构造表示

构造表示是按照生成过程来定义形体的方法，该方法便于用户输入形体，在 CAD/CAM 系统中作为辅助表示方法得到了广泛的应用。但构造表示也有不便于直接获取形体几何元素的信息、覆盖域有限等缺点。

构造表示通常有扫描表示、构造实体几何表示和特征表示三种方法。

（1）扫描表示

扫描表示是一种基于图元（如一个点、一条线或一个面）沿某一个给定轨迹移动而形成特定几

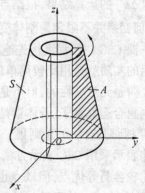

图 6.6   梯形 A 绕 z 轴旋转扫描后形成了三维形体 S

何体的方法。如图 6.6 所示,梯形 A 绕 z 轴旋转扫描后形成了三维形体 S,因此三维形体 S 可以表示为由一个二维图形 A 和一根轴 z 组成,即三维形体的表示可简化为二维图形的表示。

　　扫描表示造型需要两个要素,即被移动的形体和移动该形体的轨迹。这个形体可能是一条曲线,或是一个曲面,还可能是一个实体。而轨迹是可解析定义的路径。常见的轨迹是平移和旋转的路径。平移就是沿空间某一轨迹移动某物体,比如一个二维区域(二维图形)沿着一指定的矢量方向作直线运动,如图 6.7(a) 所示。旋转指一个区域(二维图形)绕某一轴线转动,如图 6.7(b) 所示。

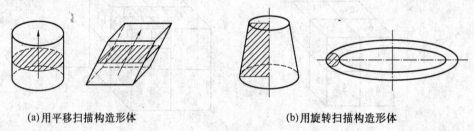

(a)用平移扫描构造形体　　　　　　　　　　(b)用旋转扫描构造形体

图 6.7　形体的扫描表示

(2) 构造实体几何表示

　　构造实体几何(CSG—Constructive Solid Geometry)表示是通过对体素定义运算而得到新形体的一种表示方法,其运算为变换或正则集合运算并、交、差。因为体素表示的有效性决定了结构化的形体表示的有效性,所以在 CSG 中必须细致定义各种体素。在 CSG 系统中常用的体素是立方体、圆柱、圆锥等,也可以是半空间。每个体素都用简单参数变量表示,这里的参数表示体素的大小、形状、位置和方向。

　　形体的 CSG 表示可以看成是一棵有序的二叉树,称为 CSG 树,其终端结点或是体素(如长方体、圆柱等),或是形体变换参数(如平移参数 Δx 等)。其非终端结点或是正则的集合运算(并、交、差运算),或是形体的几何变换(平移、旋转等),这种运算或变换只对其紧接着的子结点(子形体)起作用。每棵子树(非变换叶子结点)都代表一个集合,表示其下两个结点组合及变换的结果,它是用算子对体素进行运算后生成的。树根表示了最终的结果,即整个形体。

　　图 6.8 为一棵 CSG 树,三个叶子结点代表体素 t_1、t_2 和平移变换 Δx,两个中间结点为(t_1 - t_2) 和 $t_2[\Delta x]$ 的运算结果,根结点表示了最终的形体。这里的体素和中间形体都是合法边界的形体。几何变换并不限定为刚体变换,也可以是任意范围的比例变换和对称变换。

　　对一棵 CSG 树按深度优先遍历,依次执行指定的操作,结果便得到所表示的形体。因此,CSG 表示的实质就是用比较简单的、规则的物体经过正则化布尔运算构成复杂的形体。

　　CSG 树是无二义性的,但不是唯一的,它的定义域取决于其所用体素以及所允许的几何变换和正则集合运算算子。若体素是正则集,则只要体素叶子是合法的,正则集的性质就保证了任何 CSG 树都是合法的正则集。

　　形体表示采用 CSG 表示方法具有数据结构简单、数据量小、形体的形状容易修改、内部数据管理比较容易等优点,但缺点也比较明显,比如由于形体的边界几何元素(点、边、面)是隐含地表示在 CSG 中,故显示与绘制 CSG 表示的形体需要较长的时间,同时 CSG 表示对形体的局部操作不易实现,表示形体的覆盖域有较大的局限性。

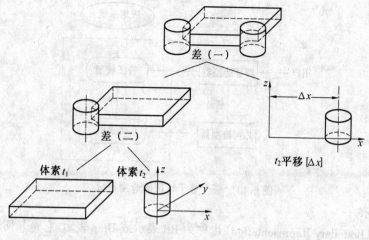

图 6.8　CSG 树

（3）特征表示

所谓特征表示就是用一组特征参数来定义一组类似的物体。20 世纪 80 年代末,以 CSG 和边界表示为代表的几何造型技术已较为成熟,实体造型系统在工业界得到了广泛的应用。但由于几何建模效率较低,而且需要用户具有较多的几何造型基本理论,更重要的是实体造型系统需要与应用系统的集成,如机械零件在实体系统中设计完成后,需要应用高层的机械加工特征信息进行结构、应力分析和工艺设计及加工和检验,因此,仅用点、线、面等基本的几何和拓扑元素来设计形体已不能满足人们对实体造型系统更高的要求,用户更希望用他们熟悉的设计特征来建模。在这种背景下,出现了参数化的特征造型技术。

特征是面向应用、面向用户的,不同的应用领域,具有不同的应用特征,不同应用领域的特征都有其特定的含义,如机械加工中,提到孔,我们就会想到孔径有多大、孔有多深、孔的精度是多少等。特征从功能上可以分为形状特征、材料特征等。形状特征如体素、孔、半径、槽等;材料特征如硬度、密度、热处理方法等。例如,若只考虑形状特征,一个圆柱或圆锥就可以用参数组 (R, H) 来定义,其中 R、H 分别表示底面半径与高;一个长方体可用参数组 (L, W, H) 定义,其中 L、W、H 分别表示长方体的长度、宽度和高度,如图 6.9 所示。

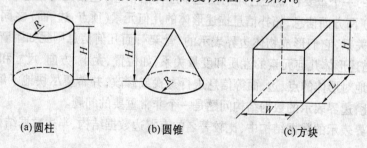

(a)圆柱　　　　　　　　　(b)圆锥　　　　　　　　　(c)方块

图 6.9　特征形状表示

特征模型的表示仍然通过传统的几何造型系统来实现。图 6.10 给出了一个基于特征的造型系统,该造型系统除了提供一个很大的面向应用的设计特征库外,还提供了几何模型库和几何造型器,允许用户自己定义自己的特征,加入到特征库中,为用户进行产品设计和 CAD 与其他应用系统的集成提供方便。

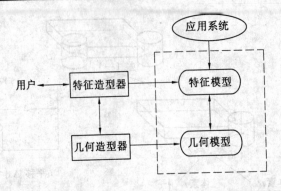

图 6.10　　一个基于特征的造型系统

3. 边界表示

边界表示(Boundary Representation)也称为 BR 表示或 Brep 表示。它是几何造型中最成熟、无二义性的表示方法,也是当前 CAD/CAM 系统中最主要的表示方法。由于物体的边界与物体是一一对应的,因此,确定了物体的边界也就确定了物体本身。实体的边界通常由表面的并集来表示,面的边界是边的并集,而边又是由顶点来表示的。由平面多边形表面组成的物体,称为平面多面体,又曲面片组成的物体,称为曲面体。图 6.11 给出了一个边界表示的实例。

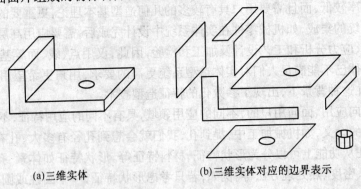

(a)三维实体　　　　　　　　　(b)三维实体对应的边界表示

图 6.11　　边界表示

边界表示的一个重要特点是它详细描述了形体的信息,包括几何信息(Geometry)和拓扑信息(Topology)两方面信息,拓扑信息描述形体的几何元素(顶点、边、面)之间的连接关系、邻近关系及边界关系,它们形成物体边界表示的"骨架";而几何信息则犹如附着在"骨架"上的肌肉,它主要描述形体几何元素的性质和度量关系,如位置、大小、方向、尺寸和形状等信息。由于用户要频繁地对形体的点、边、面等信息进行查找或修改,并希望尽快地了解这些操作的影响和结果,因此,边界表示的数据结构问题是一个非常重要的问题。

在各种边界表示的数据结构中,比较著名的有翼边数据结构、半边数据结构和辐射边数据结构等。

(1) 翼边数据结构

翼边数据结构是在 1972 年由美国斯坦福大学 Baumgart 等人作为多面体的表示模式被提出来的,它是以边为核心来组织数据的一种数据结构。它用指针记录每一边的两个邻面(即左外环和右外环)、两个顶点和两侧各自相邻的两个邻边(即左上边、左下边、右上边和右下边)。如图 6.12 所示,在棱边 e 的数据结构中包含有两个顶点指针,分别指向 e 的两个顶点 P_1 和 P_2,

e 被看做是一条有向线段，P_1 为棱边 e 的起点，P_2 为棱边 e 的终点。此外，在棱边 e 的数据结构中还应包含两个环指针，分别指向棱边 e 所邻接的两个表面上的环：左外环和右外环。这样就确定了棱边 e 与相邻表面之间的拓扑关系。

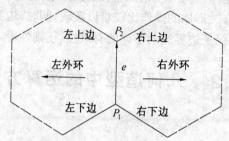

图 6.12　翼边数据结构

为了能从棱边 e 出发找到它所在的任一闭合面环上的其他棱边，在棱边 e 的数据结构中，又增设了 4 个边指针，其中的两个指针分别指向在左外环中沿逆时针方向所连接的下一条棱边（即左上边）和沿顺时针方向所连接的下一条边（即左下边），另外两个指针分别指向在右外环中沿逆时针方向所连接的下一条棱边（即右下边）和沿顺时针方向所连接的下一条边（即右上边）。用这一数据结构表示多面体模型是完备的，但它不能表示带有精确曲面边界的实体。

（2）半边数据结构

由于翼边数据结构在边的构造与使用方面比较复杂，因此人们对其进行改进，提出了半边数据结构。目前，半边数据结构已成为边界表示的主流数据结构。半边数据结构与翼边数据结构的主要区别在于：它将一条物理边拆成两条边来表示，使其中的每条边只与一个邻接面相关。由于半边数据结构中的边只表示相应物理边的一半信息，所以称其为半边。

（3）辐射边数据结构

为了表示非正则形体，1986 年，Weiler 提出了辐射边（Radial Edge）数据结构，如图6.13 所示。辐射边结构的形体模型由几何信息（Geometry）和拓扑信息（Topology）两部分组成。几何信息有面（face）、环（loop）、边（edge）和点（vertex），拓扑信息有模型（model）、区域（region）、外壳（shell）、面引用（face use）、环引用（loop use）、边引用（edge use）和点引用（vertex use）。这里点是三维空间的一个位置，边可以是直线边或曲线边，边的端点可以重合。环是由首尾相接的一些边组成，而且最后一条边的终点与第一条边的起点重合；环也可以是一个孤立点。外壳是一些点、边、环、面的集合；外壳所含的面集有可能围成封闭的三维区域，从而构成一个实体；外壳还可以表示任意的一张曲面或若干个曲面构成的面组；外壳还可以是一条边或一个孤立点。外壳中的环和边有时被称为"线框环"和"线框边"，这是因为它们可以用于表示形体的线框图。区域由一组外壳组成，而模型由区域组成。

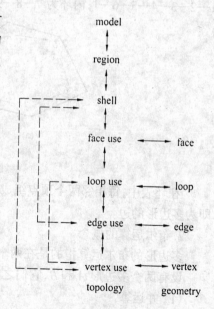

图 6.13　辐射边数据结构

边界表示的优点是：显式表示形体的顶点、棱边和表面等几何元素，加快了绘制边界表示的形体的速度，而且比较容易确定几何元素间的连接关系，形体表示覆盖域大，表示能力强，易于实现对形体的各种局部操作。边界表示的缺点是：数据结构及其维护数据结构的程序比较复杂，需要大量的存储空间，修改形体的操作比较难以实现，同时，边界表示不一定对应一个有效形体，需要有专门的程序来保证边界表示形体的有效性、正则性等。

6.2　几何造型中的运算方法

6.2.1　布尔运算

三维实体造型是通过对简单几何形体(体素)，经过并、交、差等布尔运算，配合平移、旋转、变比等几何变换，产生实际的或想象的物体模型。

在几何造型中，布尔运算主要用于二维实体和三维实体的复杂造型，下面仅以二维多边形为例讨论实体的布尔运算。

1. 多边形的描述

任何一个多边形都是由顶点和边组成的，可以把描述多边形的数据结构组织成两张数据表：顶点表和边表。在进行布尔运算的过程中，为了算法处理的方便，可以把多边形的边表改为环表。环表是由组成多边形的顶点按一定的顺序连接而成。因为一个平面多边形可以只有一个外轮廓，如图 6.14(a) 所示；也可以既有一个外轮廓，又有一个或多个内轮廓(即孔)，如图 6.14(b) 所示。由外轮廓顶点组成的环为外环；由内轮廓顶点组成的环为内环。我们规定：外环由外轮廓顶点按逆时针方向组成；内环由内轮廓顶点按顺时针方向组成。图 6.14 中，外环为 1—2—3—4—5—6—1；内环为 7—8—9—10—7。

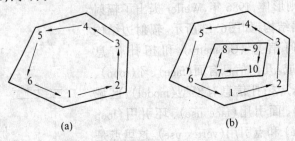

图 6.14　多边形的环表

在环表中，每相邻两个顶点组成一条有向线段，它的方向与环的方向相同，这些有向线段即为多边形的边。

2. 布尔运算的概念

多边形的布尔运算指的是在两个多边形之间进行的并、交、差运算，如图 6.15 所示。

设有两个多边形 A 和 B，它们之间进行布尔运算的结果如下：

(1) 并运算

表示多边形 A 和 B 并的结果，记作 $A \cup B$，其结果是既有 A 的部分也有 B 的部分，如图 6.15(a) 所示。

（2）交运算

表示多边形 A 和 B 交的结果，记作 $A \bigcap B$，其结果是只有 A 和 B 的共同部分，如图 6.15(b) 所示。

（3）差运算

表示多边形 A 和 B 差的结果，记作 $A - B$，其结果是在 A 中去掉了 B 的部分，如图 6.15(c) 所示。

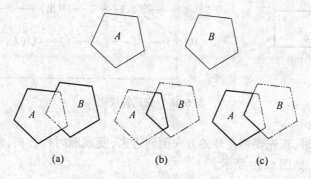

图 6.15   多边形的布尔运算

3. 布尔运算的规则

两个多边形能进行布尔运算的前提是这两个多边形必须有相互重叠的部分。

当两个多边形相互重叠时，两多边形的环必相交，其交点将相交的两条有向线段分为两部分：环内部分和环外部分，分别表示处于另一个环的内部或外部。交点分为出点和入点两种：当一个环的有向线段经过交点进入另一环，则该交点称为入点；反之，如果是走出另一环，则该交点称为出点。对于同一个交点，相对于不同的环来说，其出点和入点是不同的。

当两个环由于相交而产生新的交点后，因新交点的加入而使得原来的环扩充了，如图 6.16 所示，多边形 A 的环由原来的 1—2—3—4—1，扩充为 1—9（入点）—2—11（出点）—3—4—1；多边形 B 的环由原来的 5—6—7—8—5，扩充为 5—6—7—12（入点）—8—10（出点）—5。从图中可看出，点 9 和点 10，点 11 和点 12，原本分别为同一个交点，这里由于分别处在两个环上，为了说明方便，所以分开标识。

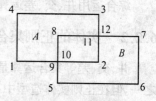

图 6.16   中间扩充环的形成

在进行布尔运算时，搜索路径应从交点处开始。其运算的规则如下：

（1）并运算

顺着环的方向搜索，当遇到的交点为入点时，则从该点在另一环上的对应点转入另一环，而沿另一环的方向搜索；当遇到的交点为出点时，则继续顺本环进行，如图 6.17 所示。

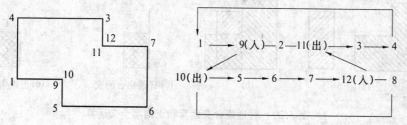

图 6.17   并运算规则

（2）交运算

交运算的规则刚好和并运算的规则相反。当遇到的交点为出点时,则从该点在另一环上的对应点转入另一环,顺另一环的方向进行;如遇到的交点为入点时,则仍沿本环的方向进行,如图 6.18 所示。

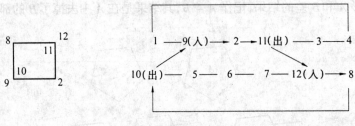

图 6.18　交运算规则

（3）差运算

在进行差运算时,首先要将差环的方向倒转过来,变成顺时针方向,然后按照同并运算相同的规则进行处理,如图 6.19 所示。

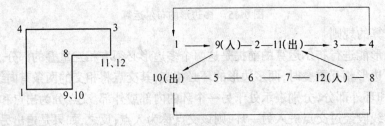

图 6.19　差运算规则

综合运用并、交、差运算,就可以完成复杂平面图形的构形。

6.2.2　实体的正则集合运算

并、交、差等集合运算是构造复杂物体的有效方法,也是实体造型系统中非常有用的工具之一。但在正则实体造型中,不能使用普通的并、交、差集合运算,而要使用正则集合运算。因为正则形体经过普通的集合运算后可能产生悬边、悬面等低于三维的形体,即无效物体,而正则集合运算可以保证集合运算的结果仍是一个正则形体,即丢弃悬边、悬面等。如图 6.20 所示,有二维平面物体 A 和 B(图 6.20(a)),将物体 A 和 B 放在如图 6.20(b) 的位置上,执行普通的交运算,其结果如图 6.20(c) 所示,出现一条悬边,不是一个有效的二维形体;若去掉悬边,如图 6.20(d) 所示,物体才是有效的,具有维数的一致性。

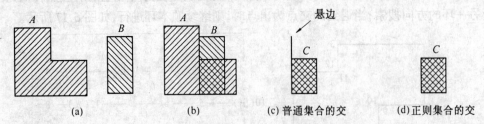

图 6.20　普通集合交运算和正则集合交运算

实现正则集合运算的方法有两种,一种是间接的方法:先按照普通的集合运算计算,然后再用一些规则对集合运算的结果加以判断,删去那些不符合正则形体定义的部分,如悬边、悬面等,从而得到正则形体;另一种方法是:通过定义正则集合算子的表达式,直接得到符合正则形体定义的运算结果,这是一种间接的方法。

任何物体都可以用三维欧式空间中点的集合来表示。但三维欧式空间中任意点的集合却不一定对应于一个有效的物体,如一些孤立的点的集合、线段和曲面等。设有三维空间中的一个点集 A,那么称 $r \cdot A$ 为 A 的正则点集,且有

$$r \cdot A = b \cdot i \cdot A$$

式中　　r——正则化算子;

　　　　b, i——表示取闭包运算和取内点运算。

设"op"代表集合运算,"op*"代表正则化集合运算,于是正则集合运算的定义如下

$$A \text{ op}^* B = r \cdot (A \text{ op } B)$$

正则并运算为　　　　　　$A \bigcup{}^* B = r \cdot (A \bigcup B)$

正则交运算为　　　　　　$A \bigcap{}^* B = r \cdot (A \bigcap B)$

正则差运算为　　　　　　$A -{}^* B = r \cdot (A - B)$

其中,"$\bigcup{}^*$"、"$\bigcap{}^*$"、"$-{}^*$"分别代表正则化的并、交、差集合运算。

6.2.3　欧拉公式与欧拉运算

对于任意的简单多面体,若用 v、e、f 分别表示其顶点、边和面的个数,则它们满足公式

$$v - e + f = 2$$

这就是著名的欧拉公式,它描述了一个简单多面体的面、边和顶点数目之间的关系。所谓"简单多面体"是指所有那些能连续变形成为球体的多面体。凸多面体是简单多面体的一个子集,它没有凹入的边界,多面体完全落在任一多边形表面的同一侧。但环形多面体不是一个简单多面体。由图 6.21 可看出简单多面体均满足欧拉公式。

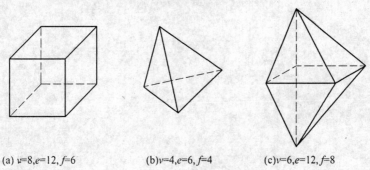

(a) $v=8, e=12, f=6$　　　　(b) $v=4, e=6, f=4$　　　　(c) $v=6, e=12, f=8$

图 6.21　满足欧拉公式的简单多面体

满足欧拉公式的物体称为欧拉物体。增加或删除面、边或顶点以生成新的欧拉物体的过程称为欧拉运算,也叫做欧拉操作。

需要指出的是,欧拉公式只是检查实体有效性的一个必要条件,而不是充分条件。因此在对形体进行欧拉运算时,除了要满足欧拉公式,还必须满足以下附加条件才能够保证实体的拓扑有效性:

(1)所有面是单连通的,其中没有孔,且被单条边环围住。

(2) 实体的补集是单连通的,没有洞穿过它。

(3) 每条边完全与两个面邻接,且每端以一个顶点结束。

(4) 每个顶点都至少是 3 条边的汇合点。

对于任意的正则形体,引入形体的其他几个参数:形体所有面上的内孔总数(r)、穿透形体的孔洞数(h)和形体非连通部分总数(s),则形体满足如下广义欧拉公式

$$v - e + f = 2(s - h) + r$$

广义欧拉公式给出了形体的点、边、面、体、孔和洞数目之间的关系,它仍然只是检查实体有效性的必要条件,而不是充分条件。图 6.22 所示形体即为满足广义欧拉公式的非简单多面体。

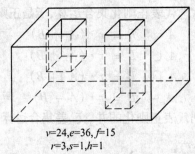

$v=24, e=36, f=15$
$r=3, s=1, h=1$

图 6.22　满足广义欧拉公式的非简单多面体

欧拉公式不仅适用于平面多面体,还适用于任意与球拓扑等价的封闭曲面,只要在该曲面上构造适当的网格,将实体的表面表示为曲面体网格、曲线段和顶点即可。欧拉公式是检查任意实体拓扑有效性的有用工具。欧拉运算是三维物体边界表示数据结构的生成操作,运用欧拉操作,可以正确、有效地构建三维物体边界表示中的所有拓扑元素和拓扑关系。

第7章　真实感图形显示

三维形体的真实感显示,是计算机图形学研究的重要内容之一。随着计算机图形学和计算机技术的发展,真实感图形显示得到了非常广泛的应用,如动画制作、广告影视、多媒体教学、计算机仿真、虚拟现实、科学可视化、计算机游戏等。

为了绘制出三维形体的真实感图形,主要进行下面几项工作:

(1)采用一定形式的数据结构对形体的形状及大小进行描述;

(2)将三维形体进行投影变换,使其能显示于屏幕上;

(3)采用一定的方法对形体消隐;

(4)对可见面进行光照明暗计算和处理。

前面的章节已经介绍了如何建立三维形体模型、如何进行投影变换。本章将主要介绍一些真实感图形显示的算法,包括隐藏线和隐藏面的消除、光照模型、明暗处理等内容。

7.1　隐藏线的消除

7.1.1　平面立体隐藏线的消除

隐藏线和隐藏面的消除(也称为消隐)是计算机图形学中的一个基本问题,没有消隐的立体图形不仅缺乏真实感,不易看清其内容,还可能出现不确定性,如图 7.1 所示。

消隐的原理(图 7.2):把表示三维形体的每一条线与每一个组成形体的不透明面进行遮挡测试,可能会全部遮挡、部分遮挡、没有遮挡。求出部分遮挡的交点,画出可见线段或线段的可见部分。所以,消隐算法中,首先要解决线与线、线与面的相交运算问题。

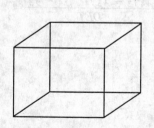

图 7.1　没有消隐的形体

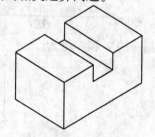

图 7.2　消隐的原理

1.基本求交运算

在各种消隐算法中,需要反复运用求交运算,其中包括两直线相交以及直线与平面相交。

(1)两直线相交

设有二直线 $\begin{cases} A_1x + B_1y + C_1 = 0 \\ A_2x + B_2y + C_2 = 0 \end{cases}$

令 $DET = \begin{vmatrix} A_1 & B_1 \\ A_2 & B_2 \end{vmatrix}$

如果 $DET = 0$,则两直线平行;

如果 $\dfrac{A_1}{A_2} = \dfrac{B_1}{B_2} = \dfrac{C_1}{C_2}$,则两直线重合。

除上述两种情况外,必有交点,令其为 (x_1, y_1),则

$$x_1 = \frac{\begin{vmatrix} B_1 & C_1 \\ B_2 & C_2 \end{vmatrix}}{DET}, \quad y_1 = \frac{\begin{vmatrix} C_1 & A_1 \\ C_2 & A_2 \end{vmatrix}}{DET}$$

(2) 两线段相交

设有两线段 S_1, S_2(为空间直线在投影面的投影,是二维的),S_1 的两个端点为 $P_1(x_1, y_1)$、$P_2(x_2, y_2)$,S_2 的两个端点为 $P_3(x_3, y_3)$、$P_4(x_4, y_4)$,则直线段的方程为

$$\begin{cases} S_1(\lambda) = P_1(1 - \lambda) + P_2(\lambda) \\ S_2(\mu) = P_3(1 - \mu) + P_4(\mu) \end{cases}$$

或将此式改写为

$$\begin{cases} \dfrac{x - x_1}{x_2 - x_1} = \dfrac{y - y_1}{y_2 - y_1} \\ \dfrac{x - x_3}{x_4 - x_3} = \dfrac{y - y_3}{y_4 - y_3} \end{cases}$$

即

$$\begin{cases} (x - x_1)(y_2 - y_1) - (y - y_1)(x_2 - x_1) = 0 \\ (x - x_3)(y_4 - y_3) - (y - y_3)(x_4 - x_3) = 0 \end{cases}$$

显然,如果 $DET = \begin{vmatrix} y_2 - y_1 & x_2 - x_1 \\ y_4 - y_3 & x_4 - x_3 \end{vmatrix} = 0$,则两直线平行;

如果 $\dfrac{y_2 - y_1}{y_4 - y_3} = \dfrac{x_2 - x_1}{x_4 - x_3} = \dfrac{y_1 x_2 - y_2 x_1}{x_4 y_3 - x_3 y_4}$,则两直线重合;

如果 $DET \neq 0$,则有唯一交点存在,设交点为 $P_i(x_i, y_i)$,则

$$x_i = \frac{\begin{vmatrix} x_2 - x_1 & x_2 y_1 - x_1 y_2 \\ x_4 - x_3 & x_4 y_3 - x_3 y_4 \end{vmatrix}}{DET}, \quad y_i = -\frac{\begin{vmatrix} x_2 y_1 - x_1 y_2 & y_2 - y_1 \\ x_4 y_3 - x_3 y_4 & y_4 - y_3 \end{vmatrix}}{DET}$$

可求出相应的 λ 和 μ 值为

$$\begin{cases} \lambda_i = \dfrac{x_i - x_1}{x_2 - x_1} \\ \mu_i = \dfrac{x_i - x_3}{x_4 - x_3} \end{cases}$$

若 $\lambda_i \in [0, 1]$ 且 $\mu_i \in [0, 1]$,则 P_i 同时位于两线段 S_1、S_2 上,否则位于线段的延长线上。

(3) 直线和平面相交

设空间直线 $P_1 P_2$,P_1 为 (x_1, y_1, z_1),P_2 为 (x_2, y_2, z_2),则 $P_1 P_2$ 的解析式为

$$\frac{x - x_1}{\cos \alpha} = \frac{y - y_1}{\cos \beta} = \frac{z - z_1}{\cos \gamma}$$

其中 $\quad \cos \alpha = \dfrac{x_2 - x_1}{d}, \cos \beta = \dfrac{y_2 - y_1}{d}, \cos \gamma = \dfrac{z_2 - z_1}{d}$

$$d = \left[(x_2 - x_1)^2 + (y_2 - y_1)^2 + (z_2 - z_1)^2\right]^{\frac{1}{2}}$$

另有一平面过不共线的三点 P_i, P_j, P_k，其解析式为

$$Ax + By + Cz + D = 0$$

求直线 $P_1 P_2$ 与此平面的交点：

若 $A\cos\alpha + B\cos\beta + C\cos\gamma = 0$，则直线与平面平行；

若 $A\cos\alpha + B\cos\beta + C\cos\gamma = 0$，且 $Ax_1 + By_1 + Cz_1 + D = 0$，则直线在该平面上；

否则直线必与平面相交，交点为 (x_3, y_3, z_3)，即

$$\begin{cases} x_3 = x_1 - t \cdot \cos\alpha \\ y_3 = y_1 - t \cdot \cos\beta \\ z_3 = z_1 - t \cdot \cos\gamma \end{cases}$$

其中

$$t = \frac{Ax_1 + By_1 + Cz_1 + D}{A\cos\alpha + B\cos\beta + C\cos\gamma}$$

2. 凸多面体消隐的外法线法

凸多面体是由多个平面凸多边形组成的形体，它的多边形表面要么完全可见，要么完全不可见，连接形体上不同表面上任意两点的线段一定完全位于形体的内部。因此，凸多面体的消隐问题比较简单，只需判别哪些面是可见的、哪些面是不可见的即可，没有面与面互相遮挡的问题。

外法线法就是利用表面的外法线方向来测试物体表面的可见性。外法线法简单、实用，但仅适用于凸多面体。

（1）判断表面可见性的方法

如图 7.3 所示，每一个面都有一个法向矢量 N。令视点在 y 轴上，法向矢量与 y 轴方向的夹角为 θ：

当 $0° \leqslant \theta < 90°$ 或 $270° < \theta \leqslant 360°$，即 $\cos\theta > 0$ 时，该面可见；

当 $\theta = 90°$ 或 $\theta = 270°$，即 $\cos\theta = 0$ 时，该面积聚成直线；

当 $90° < \theta < 270°$，即 $\cos\theta < 0$ 时，该面不可见。

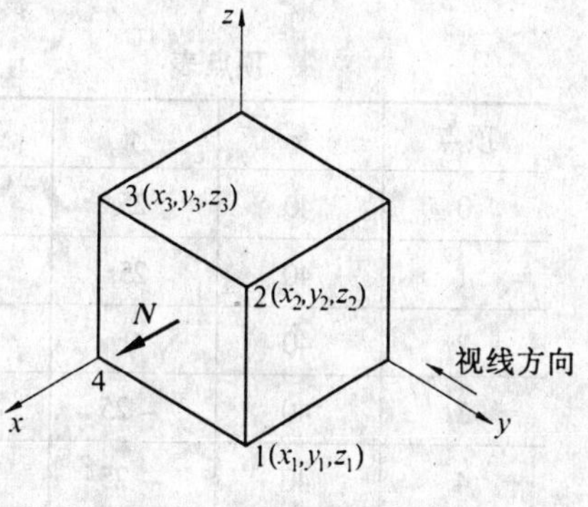

根据右手法则计算法向矢量

图 7.3 计算法向矢量

$$N = \mathbf{12} \times \mathbf{23} = \begin{vmatrix} \mathbf{i} & \mathbf{j} & \mathbf{k} \\ u_1 & u_2 & u_3 \\ v_1 & v_2 & v_3 \end{vmatrix} =$$

$$\begin{vmatrix} u_2 & u_3 \\ v_2 & v_3 \end{vmatrix} \mathbf{i} + \begin{vmatrix} u_3 & u_1 \\ v_3 & v_1 \end{vmatrix} \mathbf{j} + \begin{vmatrix} u_1 & u_2 \\ v_1 & v_2 \end{vmatrix} \mathbf{k} = N_1 \mathbf{i} + N_2 \mathbf{j} + N_3 \mathbf{k}$$

其中

$$u_1 = x_2 - x_1, \ u_2 = y_2 - y_1, \ u_3 = z_2 - z_1,$$

$$v_1 = x_3 - x_2, v_2 = y_3 - y_2, v_3 = z_3 - z_2$$

由于视点在 y 轴上，视线的反方向 S 与 y 轴重合（S 为单位长），则

$$S_1 = 0, \quad S_2 = 1, \quad S_3 = 0$$

S 与 N 的夹角余弦为：$\cos \theta = \dfrac{S \cdot N}{|S| \cdot |N|}$，该式的正负号取决于 $S \cdot N$ 的符号。

$$S \cdot N = S_1 N_1 + S_2 N_2 + S_3 N_3 = N_2$$

$$N_2 = u_3 v_1 - u_1 v_3 = (z_2 - z_1) \cdot (x_3 - x_2) - (x_2 - x_1) \cdot (z_3 - z_2)$$

所以，可见性的判别就是要计算 N_2 的正负号：

$N_2 > 0$，面可见，画出；

$N_2 = 0$，面积聚，不画；

$N_2 < 0$，面不可见，不画。

（2）实例

绘出如图 7.4 所示物体的正等测图并消隐。步骤如下：

① 对各顶点和表面编号，然后确定各顶点的坐标；

② 建立顶点表和面点表（见表 7.1），构造形体的数据结构；

③ 进行正等测投影变换；

④ 在每个表面上取三点，并计算 N_2 值，当 $N_2 \leqslant 0$ 时不可见，作出标记；

⑤ 画出可见面。

注意：在构造面点的表示，各顶点的顺序应按逆时针排列，符合右手法则，即右手四指为顶点的顺序方向，拇指为法线方向。

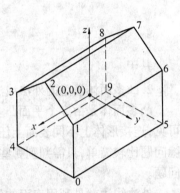

图 7.4　实例图形

表 7.1　顶点表和面点表

顶点表

顶点	x	y	z
0	40	25	−30
1	40	25	10
2	40	0	30
3	40	−25	10
4	40	−25	−30
5	−40	25	−30
6	−40	25	10
7	−40	0	30
8	−40	−25	10
9	−40	−25	−30

面点表

面号 f	顶点顺序 fp	顶点数 p
0	012340	6
1	05610	5
2	598765	6
3	94389	5
4	16721	5
5	32783	5
6	04950	5

绘制程序如下（VC 程序）：

例 7.1

```
void CXiaoyinView::OnXiaoyin()
{
```

```cpp
// TODO: Add your command handler code here
CDC * pDC = GetDC();

CPen yellowpen(PS_SOLID,1,RGB(255,255,0));
pDC -> SelectObject(&yellowpen);

int dx[10] = {40,40,40,40,40, - 40, - 40, - 40, - 40, - 40};
int dy[10] = {25,25,0, - 25, - 25,25,25,0, - 25, - 25};
int dz[10] = { - 30,10,30,10, - 30, - 30,10,30,10, - 30};
int f[7] = {0,1,2,3,4,5,6};
int p[7] = {6,5,6,5,5,5,5};
int fp[7][6] = {
        {0,1,2,3,4,0},
        {0,5,6,1,0,0},
        {5,9,8,7,6,5},
        {9,4,3,8,9,0},
        {1,6,7,2,1,0},
        {3,2,7,8,3,0},
        {0,4,9,5,0,0},
};
int xx[10],zz[10],k,i,N2,R,a,a1,a2,a3,x,y,x0 = 300,y0 = 200;
for(i = 0;i < 10;i ++)
{
    xx[i] = 0.7 * dx[i] - 0.7 * dy[i];
    zz[i] = 0.82 * dz[i] - 0.41 * dx[i] - 0.41 * dy[i];
}
for(i = 0;i < 7;i ++)
{
    a1 = fp[i][0];
    a2 = fp[i][1];
    a3 = fp[i][2];
    N2 = (zz[a2] - zz[a1]) * (xx[a3] - xx[a2]) - (zz[a3] - zz[a2]) * (xx[a2] - xx[a1]);
    if(N2 < 0)
    f[i] = - 1;
}
for(i = 0;i < 7;i ++)
{
    if(f[i] = = - 1)
```

```
    for(k = 0;k < p[i];k ++)
    {
        a = fp[i][k];
        x = x0 - xx[a];
        y = y0 - zz[a];
        if(k = = 0)
            pDC -> MoveTo(x,y);
            pDC -> LineTo(x,y);
    }
}
```

3. 凹多面体隐藏线的消除

凹多面体的消隐涉及面与面互相遮挡的问题,处理起来要麻烦些。下面讨论凹多面体消隐要做的几方面工作:

(1) 包含性检验

进行包含性检验,是要检验线段是否包含在平面图形内,如果不包含,则该线段不可能被遮挡,就不必进行深度的比较。

包含性检验有两种检验方法:

① 平面的"最小投影矩形"法

空间平面图形在投影面的投影为一平面图形 $A'B'C'D'E'$,其顶点 x、y 值的最小 x、y 值和最大 x、y 值形成了一个矩形,称为 $A'B'C'D'E'$ 的"最小投影矩形",如图 7.5 所示。

线段的投影部分地或全部地落入矩形中,才可能与平面图形有遮挡关系,需要进行深度检验,如图 7.5 中的线段 ab 和 cd,否则不可能被遮挡,如图 7.5 中的线段 ef。

如果空间二平面的"最小投影矩形"不重叠,则这两个图形不存在消隐问题。

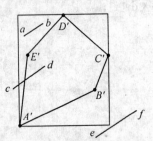
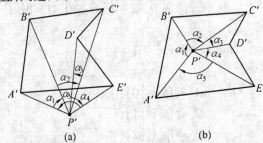

图 7.5　平面的"最小投影矩形"　　　　　图 7.6　检验夹角之和

② 点与平面的包含性检验方法

设空间平面图形在投影面上的投影为 $A'B'C'D'E'$,空间一点 P 的投影为 P',检验 P' 是否被包含在 $A'B'C'D'E'$ 内,有两种方法:

(a) 检验夹角之和。将 P' 与 $A'B'C'D'E'$ 各点相连(图 7.6),令 α_i 分别为 $\angle A'P'B'$,$\angle B'P'C'$,$\angle C'P'D'$,…,若 $\sum_{i=1}^{5} \alpha_i = 0$,则 P' 在图形之外,如图 7.6(a) 所示;若 $\sum_{i=1}^{5} \alpha_i = 2\pi$,则 P'

在图形之内,如图 7.6(b) 所示。这里 α_i 大小和方向可由下式求得:

如 α_1 为 $\angle A'P'B'$,则

因为　　　　　　$\overrightarrow{A'B'}^2 = \overrightarrow{A'P'}^2 + \overrightarrow{B'P'}^2 - 2|\overrightarrow{A'P'}| \cdot |\overrightarrow{B'P'}| \cdot \cos\alpha_1$

所以　　　　　　　　$\alpha_1 = \arccos(\dfrac{\overrightarrow{A'P'}^2 + \overrightarrow{B'P'}^2 - \overrightarrow{A'B'}^2}{2|\overrightarrow{A'P'}| \cdot |\overrightarrow{B'P'}|})$

由此式定出 α_1 的大小。

α_1 的方向:

令　　　　　　　　$T_1 = \begin{vmatrix} x_{A'} - x_{P'} & z_{A'} - z_{P'} \\ x_{B'} - x_{P'} & z_{B'} - z_{P'} \end{vmatrix}$

若 $T_1 < 0, \alpha_1$ 为顺时针方向;

若 $T_1 > 0, \alpha_1$ 为逆时针方向。

(b) 检验交点数。由 P' 向下作与 z 轴平行的射线(图 7.7),计算与多边形的交点数,交点数为偶数(包括 0),点 P' 在多边形外,如图 7.7(a) 所示;交点数为奇数,点 P' 在多边形内,如图 7.7(b) 所示。

(2) 深度检验

深度检验是为了判断平面与直线之间的前后关系。为了减少比较的工作量,可以分两步来判断。

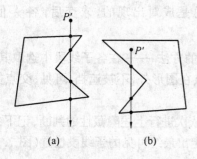 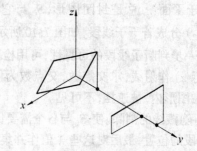

图 7.7　检验交点数　　　　　　　　图 7.8　粗略的深度检验

① 粗略的深度检验。将视点放在 y 轴上,如果某个平面多边形 y 坐标的最大值还小于一条线段中 y 坐标的最小值,说明该平面完全在该线段之后,根本不可能遮挡住该线段,如图 7.8 所示。

② 精确的深度计算。设空间有一平面 π 和一线段 P_1P_2,从 P_1、P_2 两点分别作与 y 轴平行的线 l_1、l_2,交平面 π 于 M_1、M_2 两点(图 7.9)。比较两组对应点的坐标值 y_1 与 y_1'、y_2 与 y_2':

若 $y_1 \geqslant y_1'$ 且 $y_2 \geqslant y_2'$,则线段 P_1P_2 不被平面遮挡;

若 $y_1 < y_1'$ 且 $y_2 < y_2'$,则线段 P_1P_2 可能是隐藏线(不可见);

若 $y_1 > y_1'$ 且 $y_2 < y_2'$ 或 $y_1 < y_1'$ 且 $y_2 > y_2'$,则线段 P_1P_2 可能是部分可见,部分不可见。

下面是 y_1'、y_2' 的求法:

直线 l_1 的方程:$x = x_1, y = y_1 + t_1, z = z_1$;

平面 π 的方程:$Ax + By + Cz + D = 0$;

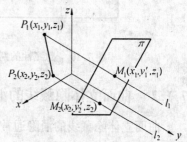

图 7.9　精确的深度计算

交点 M_1 处的 t 值为：$t_1 = -\dfrac{Ax_1 + By_1 + Cz_1 + D}{B}$；

若 $t_1 > 0$，则 $y_1 < y'_1$；若 $t_1 \leqslant 0$，则 $y_1 \geqslant y'_1$。

同理：

直线 l_2 的方程：$x = x_2, y = y_2 + t_2, z = z_2$；

交点 M_2 处的 t 值为：$t_2 = -\dfrac{Ax_2 + By_2 + Cz_2 + D}{B}$；

若 $t_2 > 0$，则 $y_2 < y'_2$；若 $t_2 \leqslant 0$，则 $y_2 \geqslant y'_2$。

(3) 隐藏性的判别与隐藏线的消除

① 隐藏性的判别。经过上述判断，如果直线段有被平面隐藏的可能性，就需要做求交计算，即通过直线段在 xOz 平面上的投影 S_i 与组成平面 π 外边框的各线段在 xOz 平面上的投影 R_j 进行求交计算：

直线上两点 P_1、P_2 在 xOz 面的投影为 N_1、N_2，其投影线方程 S_i 为

$$S_i(\lambda) = N_1(1 - \lambda) + N_2(\lambda)$$

平面 π 外框各线段 R_j 在 xOz 平面上的投影为

$$R_j(\mu) = Q_j(1 - \mu) + W_j(\mu)$$

求出交点处的 λ_i 和 μ_j，只有当 $0 < \lambda_i < 1, 0 < \mu_j < 1$ 时，交点才同时位于两线段上。

由于平面 π 总是封闭图形，S_i 与它的交点总是成对出现的。求交后，各 λ 值将线段 $S_i(\overline{P_1P_2})$ 分成若干子线段，如图 7.10 所示。

进一步判断子线段的可见性，可用检验交点数的方法 —— 在各子线段中选取其中点，向下（平行 z）作射线，求交点数，交点数为偶数时，点在图形外，不被遮挡，可见；交点数为奇数时，点在图形内，被遮挡，不可见。

② 隐藏线的消除。使 S_i 与各个需要比较的面依次进行上述隐藏性的判断，记下各次不可见子线段的位置，最后对这些 λ 值作并集运算，确定出最终可见的子线段位置（图 7.11），从而逐段输出可见的线段，如图 7.11 中线段 F_1F_2、F_3F_4、F_5F_6。

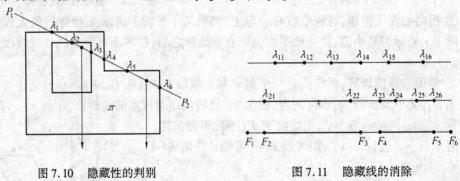

图 7.10　隐藏性的判别　　　　　　　　　图 7.11　隐藏线的消除

7.1.2　曲面立体隐藏线的消除

曲面立体隐藏线的消隐通常采用两种方法，一种是外法线法，另一种是峰值法。

1. 外法线法

外法线法的基本思想是：将曲面用参数曲线网表示，这些参数曲线网将曲面分割成许多小

平面片（四边形或三角形）来逼近曲面，用外法线法将不可见的小平面片消去即可。小平面片越多，逼近曲面的精度就越高，曲面看起来就越光滑。

　　如圆球面的消隐（图 7.12），用两个角度将圆球面分成网状，一个是沿赤道的旋转角 r_1，另一个是从北极到南极的旋转角 r_2，圆球的半径为 D，由 r_1、r_2 和 D 可确定网状角点的世界坐标，南极和北极分成三角形平面，其他都为四边形平面。求出各平面的法向向量，判断是否可见，然后画出可见面。例 7.2 中将圆球的一圈分成了 36 份。消隐后的圆球面如图 7.13 所示。

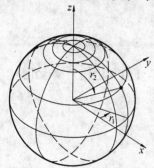

图 7.12　圆球面的消隐

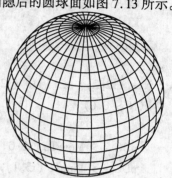

图 7.13　消隐后的圆球面

　　圆球面消隐的 VC++ 程序如下：

例 7.2　圆球面的消隐。

```
void CHideView::Onoutline()
{
    // TODO: Add your command handler code here
    hide(200,18);
}

void CHideView::hide(float R, int n)
{
    CDC * pDC = GetDC();
    int k;
    float i,j,N;
    float x1[4], y1[4], z1[4],x2[4], y2[4], z2[4],x3[4], z3[4];
    double a1, a2, B1, B2;
    for(j = 0;j < 170;j = j + 180/n)
    {
        a1 = j * PI/180.0; a2 = (j + 180/n) * PI/180.0;
        for(i = 0;i < 360;i = i + 180/n)
        {
            B1 = i * PI/180.0; B2 = (i + 180/n) * PI/180.0;
            x1[0] = R * sin(a1) * cos(B1); y1[0] = R * sin(a1) * sin(B1); z1[0] = R * cos(a1);
            x1[1] = R * sin(a2) * cos(B1); y1[1] = R * sin(a2) * sin(B1); z1[1] = R * cos(a2);
            x1[2] = R * sin(a2) * cos(B2); y1[2] = R * sin(a2) * sin(B2); z1[2] = R * cos(a2);
```

```
x1[3] = R * sin(a1) * cos(B2); y1[3] = R * sin(a1) * sin(B2); z1[3] = R * cos(a1);
for(k = 0;k < 4;k ++)
  {
    x2[k] = (x1[k] * 0.7071 - y1[k] * 0.7071);
    y2[k] = y1[k];
    z2[k] = ( - x1[k] * 0.41 - y1[k] * 0.41 + z1[k] * 0.8165);
    x3[k] = 300 + x2[k];
    z3[k] = 300 - z2[k];
  }
N = (z2[2] - z2[1]) * (x2[3] - x2[2]) - (x2[2] - x2[1]) * (z2[3] - z2[2]);
if(N > 0.0)
  {
    pDC - > MoveTo (x3[0],z3[0]);
    pDC - > LineTo (x3[1],z3[1]);
    pDC - > LineTo (x3[2],z3[2]);
    pDC - > LineTo (x3[3],z3[3]);
    pDC - > LineTo (x3[0],z3[0]);
  }
  }
  }
}
```

2.峰值法

峰值法适用于二元单值函数所表示的曲面,即曲面方程的形式为 $z = f(x,y)$。

峰值法的基本思想是:把曲面用一组与 x 轴平行或 y 轴平行的平行面与曲面截交,每条截交线用 n 段直线来近似或用有限个点画出。首先画好离观察者最近的那一条,然后向后逐一画出。在画后面的各条截交线时,正在画的那条截交线处在已画好的最外边线之间的部分不画。上下两条边线分别称为上峰值线和下峰值线。

如图 7.14 所示,设坐标系中的 xOy 平面为投影面,假定已经画了两条截交线 $ABCD$ 和 $EFGH$,第三条截交线为 $IFBJCGK$,它处于两条峰值线 $ABCD$、$EFGH$ 之间的部分 FB、CG 不画,而仅画出上峰值线 $EFGH$ 之上的部分 IF、GK 和下峰值线 $ABCD$ 之下的部分 BJC,第三条线画完后,上峰值线修正为 $IFGK$,下峰值线修正为 $ABJCD$,作为画第四条截交线时的峰值线。每画一条线后,都要修正上下峰值线,直到画完最远的一条截交线为止。

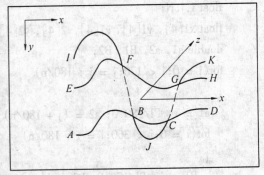

图 7.14　峰值法

例 7.3 就是用峰值法绘制函数 $Z = H * \exp\left(- \dfrac{X^2}{A^2} - \dfrac{Y^2}{B^2}\right)$ 所表示曲面的程序,是用VC ++

编写的,绘出的图形如图 7.15 所示。

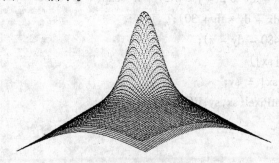

图 7.15　用峰值法绘制的消隐后的曲面

例 7.3　用峰值法绘制曲面的消隐。

```cpp
# include "math. h"
void CMyView::OnQumianxiaoyin()
{
    // TODO: Add your command handler code here
    CDC * pDC = GetDC();

    CRect rect;// 创建背景
    GetClientRect(&rect);
    pDC -> FillSolidRect(CRect(&rect),RGB(0,0,255));

    int dx,sx,sy,i,h,th;
    float cx1,cx2,x,y,z,dy,cy1,cy2,dy0,dx0,dy1,dx1,wx,wy,dwy,dwx,x0,x1,y0,y1;
    int yld[640];
    x0 = y0 = - 6;x1 = y1 = 6;wx = x1 - x0;wy = y1 - y0;
    dx0 = 50;dx1 = 300;dwx = dx1 - dx0;dy0 = 0;
    dy1 = 20;dwy = dy1 - dy0;
    cx1 = wx/dwx;
    cx2 = (dx1 * x0 - dx0 * x1)/dwx;
    cy1 = wy/dwy;
    cy2 = (dy1 * y0 - dy0 * y1)/dwy;
    for(i = 0;i < = 639;i ++)
        yld[i] = 500;
    h = 150;th = 12;
    for(dy = dy0;dy < = dy1;dy = dy + 0.25)
    {
        for(dx = dx0;dx < = dx1;dx ++)
        {
            x = dx * cx1 + cx2;y = dy * cy1 + cy2;
```

$$z = h * \exp(-x * x/2 - y * y/2) + h * \exp(-x * x/60 - y * y/60);$$

```
    sx = floor(dx + dy * th + 30);
    sy = floor(480 - dy - z);
    if(sy > yld[sx])
            yld[sx] = sy;
    pDC -> SetPixel(sx,sy,RGB(255,0,255));
        }
    }
}
```

7.2　隐藏面的消除

随着光栅图形显示器的应用,消除隐藏面的课题日益为人们所重视。下面介绍几种隐藏面消除方法的思路。

7.2.1　"扫描线"法

扫描线平行于屏幕坐标系的 x 轴。用"扫描线"法来消除隐藏面可分以下几步:

(1) 求扫描线与各投影多边形的交线(图 7.16)。

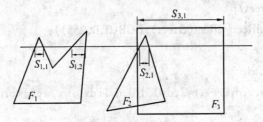

图 7.16　求扫描线与各投影多边形的交线

(2) 确定采样间隔

当扫描线段互不重叠时,采样间隔即为扫描线段,如图 7.16 中的 $S_{1,1}$ 和 $S_{1,2}$。

当扫描线段互相重叠时,重叠的部分要经过深度测试,并要考虑其在 xOz 面的投影,考虑各平面是否互相贯穿,才能决定其采样间隔。图 7.17,(a) 为三个平面在图示平面上的投影;各平面互不贯穿时,重叠部分只分三个采样间隔,图 7.17(b) 所示;各平面互相贯穿时,重叠部分

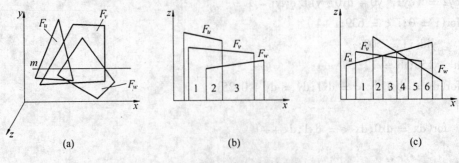

图 7.17　确定采样间隔

要分成 6 个采样间隔,如图 7.17(c) 所示。

(3) 可见性的确定

在间隔内任取一采样点,分析各线段对应点中哪一点离视点最近,该点即为可见,该点所在的线段在该间隔内即为可见,其余各线段都不可见。

7.2.2　深度优先,区域采样算法(四叉树算法)

将屏幕分成四个矩形(称为采样窗口),如图 7.18 所示。

(1) 如果窗口内的灰度是单一的,即:

① 物体没有任何表面落入窗口内,窗口内呈"背景"色;

② 窗口内只是一个表面的投影,而这个表面是落在该窗口内各表面中距离视点最近的一个表面。

这时按计算的采样灰度显示出来。

(2) 如果窗口落入不同的表面(即窗口内有棱线),则再将
窗口分成四部分,做同样的处理,直到窗口大小与光栅点的大小相等为止。

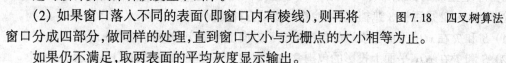

图 7.18　四叉树算法

如果仍不满足,取两表面的平均灰度显示输出。

7.2.3　Z 向深度缓存算法

Z 向深度缓存算法思路简单,但需要的存储容量大,这是因为:

(1) 需要有帧缓存来存放每个像素的亮度值;

(2) 需要有 Z 缓存来存放每个像素的深度值。

要把物体表面相应多边形进行扫描,转换成帧缓存信息,需要进行以下工作:

(1) 计算多边形每个点 (x, y) 处的深度值 $z(x, y)$;

(2) 如果 $z(x, y)$ 小于 Z 缓存中现有在 $z(x, y)$ 处的值,则:

① 把 $z(x, y)$ 存入 Z 缓存中的 (x, y) 处;

② 把多边形在 $z(x, y)$ 处的像素值存入帧缓存的 (x, y) 处。

按此顺序处理物体上每一个多边形,最后将帧缓存中的内容扫描显示。

7.2.4　画家算法

画家算法是受画家由远至近绘制油画的启发,提出的一种基于优先级队列的景物空间消隐算法。画家在画油画时,先画背景,再画中间景物,最后画近景。画家通过这种顺序构造画面,解决隐藏面或可见性问题。用计算机绘制图形时,也可以建立类似的深度顺序,从而解决消隐问题。

画家算法的基本步骤如下:

(1) 按照场景中各景物多边形离视点由远至近的顺序生成一个优先级队列,距离视点远的多边形优先级低,排在队列的前端;距离视点近的多边形优先级高,排在队列的后端。若场景中任何两个多边形表面在深度上均不重叠,则各多边形表面的优先级顺序可完全确定。

(2) 从队列中依次取出多边形,计算该多边形表面的光亮度,并将其写入帧缓冲器中,该队列中离视点较近的景物表面的光亮度将覆盖帧缓冲器中原有的内容。当队列中所有多边形的光亮度都计算完毕并写入帧缓冲器后,就得到了消隐后的场景图像。

画家算法的核心是对多边形按照离视点的远近进行快速、正确地排序,然后,先画出被遮挡的多边形,后画不被遮挡的多边形,用后画的多边形覆盖先画的多边形,从而达到自动消隐的目的。因此,多边形排序的过程就是要不断地找出被其他多边形遮挡的多边形,具体方法如下:

首先按多边形顶点 z 坐标的极小值 z_{min} 由小到大对多边形进行初步排序,由于投影时将视点放在 z 轴上,所以离视点远的点 z 值就小。排序的结果还须根据实际情况进行确认和调整。

设 z_{min} 最小的多边形为 S,它暂时成为优先级最低的一个多边形,把多边形序列中其他多边形记为 T。现在来确定 S 和其他多边形 T 的关系,即判断是否存在 T 被 S 遮挡,如果有,则 S 和 T 互换位置,然后重复这样的判断,直至确认在整个队列中不再有 T 被 S 遮挡。

判断 T 是否被 S 遮挡是通过比较多边形 S 的顶点 z 坐标的极大值 Sz_{max} 和队列中某个多边形 T 的顶点 z 坐标的极小值 Tz_{min} 的大小关系来完成的,若 $Sz_{max} < Tz_{min}$,则 S 肯定不会遮挡 T,当前的排序是正确的;如果队列中有某一个多边形 T,使得 $Sz_{max} < Tz_{min}$ 不成立,则需要作进一步检验,以确认 T 是否被 S 遮挡。这种检验分以下五种情况:

(1) S 和 T 在 xOy 平面上投影的包围盒在 x 方向上不相交,如图 7.19(a) 所示。

(2) S 和 T 在 xOy 平面上投影的包围盒在 y 方向上不相交,如图 7.19(b) 所示。

(3) S 的各顶点均在 T 的远离视点一侧,如图 7.19(c) 所示。

(4) T 的各顶点均在 S 的靠近视点一侧,如图 7.19(d) 所示。

(5) S 和 T 在 xOy 平面上投影不相交,如图 7.19(e) 所示。

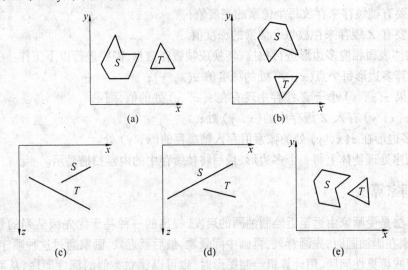

图 7.19　S 不遮挡 T 的各种情况

以上五项检验只要有一项成立,就可以断定 S 不遮挡 T,否则不能保证 S 不遮挡 T,这时就要在优先级队列中交换 S 和 T 的次序,然后重复以上的工作,直至确认队列中的第一个多边形 S 不再遮挡队列中的其他多边形 T。

由于上述的五项检验从第一项到第五项所需的工作量是递增的,所以在算法实现时,检验的顺序一定要按照上述书写的顺序进行,一旦满足其中之一,立即停止检验,以减少检验的工作量。

在实际应用中,如果 S 和 T 不能满足上述五种情况,则需先在优先级队列中交换 S 和 T 的次序。但如果新的 S 和 T 仍不满足上述五种情况，那么将会发生由于不断交换 S 和 T 的次序而导致上述检验不收敛。如图 7.20 所示，三个多边形是相互遮挡的，不可能找到一个多边形不被另一个多边形遮挡。

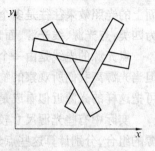

为了避免不收敛的情况发生，在优先级最低的多边形和其他多边形交换时，要对原来的优先级最低的多边形做一标记，当有标记的多边形再换成优先级最低的多边形时，即说明出现了互相遮挡的现象，这时可把多边形 S 沿多边形 T 的平面一分为二，然后

图 7.20 多边形互相遮挡

将原多边形 S 从多边形队列中删除，将 S 一分为二后得到的两个多边形加入到多边形队列中，这样就可以最终得到一个确定的优先级队列。这种处理方法还适用于多边形相互贯穿的情况。

画家算法特别适于解决图形的动态现实问题，例如，飞行训练模拟器中要显示飞机着陆时的情景，这时场景中的物体是不变的，只是视点在变化，只要事先把不同视点的景物的优先级队列算出，然后再实时地采用画家算法来显示图形，就可以实现图形的快速消隐与显示。

7.3 基本光照模型

为了使计算机绘制的三维物体具有真实感，除了要消除形体上的隐藏线、隐藏面外，还要表现出形体上的自然光照效果。在自然界中，当来自光源和周围环境的入射光照射到物体表面时，它可能被吸收、反射或透射。反射和透射光进入人的视觉系统，我们就看见了物体。由于角度不同，物体可见面上的不同点的光强是不一样的，这就使得物体看起来有立体感。在计算机图形学中，为了模拟出这种自然光照效果，就要根据光学物理的有关定律建立一个数学模型，从而计算物体表面上任意一点投向观察者眼中的光亮度的大小，这个数学模型就称为光照明模型（Illumination Model），简称为光照模型。

光照模型分为局部光照模型和整体光照模型。

（1）局部光照模型

局部光照模型是在假定物体表面为不透明且具有均匀反射率的条件下，模拟光源直接照射在物体表面所产生的光照效果，它可以表现由光源直接照射在物体的漫反射表面上形成的连续明暗色调、镜面高光效果以及由于物体之间相互遮挡而形成的阴影等。一般情况下局部光照模型只考虑光源的漫反射和镜面反射。

（2）整体光照模型

整体光照模型比局部光照模型复杂得多，整体光照模型除了模拟局部光照模型的效果外，还要考虑周围环境对物体表面的影响，既可以模拟镜面映象、透明、光的折射以及相邻物体表面之间的色彩辉映等较为精致的光照效果。整体光照模型模拟的效果与实际情况非常吻合，但它需要的计算量庞大，生成时间长，制造成本高，因此在微机中较少采用。

本书重点介绍简单的局部光照模型。

7.3.1 光照模型的基础知识

1. 光源

能够直接产生光线的发光体称为光源，反射其他光线的反射面称为反射光源。一个物体表面上的光照效果往往是多个不同类型的光源共同照射的综合效果。从几何形状来看,光源可分为四类:点光源、线光源、面光源和体光源,其中点光源最简单。

点光源的光线是由一个中心点均匀向四周扩散。实际生活中光源都是有一定尺寸大小的,但当光源离我们所观察的物体足够远(如太阳),或光源的大小比场景中的物体要小得多时,则可把这样的光源近似看成是点光源。点光源的计算简单,所以在计算机图形学中常被采用。

实际中有些光源尺寸较大,不能简单地当作点光源,则可以将实际光源近似为若干个点光源的组合,分别计算这些点光源在物体表面产生的光强并加以叠加,如屋顶的日光灯就可以近似为若干个点光源的线性排列组合。

2. 光的传播

在正常情况下,光是沿直线传播的,当光遇到介质不同的表面时,会产生反射和折射现象,且遵循反射定律和折射定律。

(1) 反射定律

入射角等于反射角,而且反射光线、入射光线与法向量在同一平面上,如图 7.21 所示。

(2) 折射定律

折射角与入射角满足:$\eta_1/\eta_2 = \sin\varphi/\sin\theta$,且折射线在入射线与法线构成的平面上,如图 7.22 所示,其中,η_1、η_2 分别为入射媒质和折射媒质的折射率。

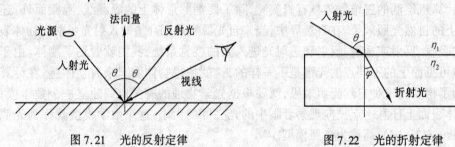

图 7.21　光的反射定律　　　　　　图 7.22　光的折射定律

3. 光的能量关系

光是能量的一种表现形式。当光线投射到一个不透明的物体表面时,它的能量一部分会被反射出来,另一部分则被物体表面吸收。当光线投射到一个透明的物体表面时,它的能量一部分会被反射出来,而另一部分将折射进入物体。在光的反射和折射现象中,能量是守恒的,能量的分布情况满足这样的式子

$$I_i = I_a + I_s + I_t + I_v$$

式中　　I_i—— 入射光强,由直接光源或间接光源引起;

　　　　I_a—— 漫反射光强,由表面不光滑引起;

　　　　I_s—— 镜面反射光强,由表面光滑性引起;

　　　　I_t—— 透射光,由物体的透明性引起;

　　　　I_v—— 被物体所吸收的光,由能量损耗引起。

4. 物体表面颜色的成因

物体表面的反射光和透射光的光谱分布决定了物体表面所呈现的颜色,反射光和透射光的强弱则决定了物体表面的明暗程度,而反射光和透射光又取决于入射光的强弱、光谱组成以及物体表面的属性。物体表面的属性(如光滑度、透明性和纹理等)决定了入射光线中不同波

长的光被吸收和反射的程度。

在照射到物体表面的入射光中,若几乎所有波长的光都能被吸收,则物体表面呈黑色;若绝大部分波长的光都被反射出来,只有极小部分被吸收,则物体表面呈白色。若某些波长的光被有选择地吸收,则离开物体表面的光将具有不同的能量分布,这使物体表面呈现出颜色,物体表面的颜色取决于它所选择吸收的那部分光的波长。通常我们都是假设入射光为白光来讨论物体的颜色,离开光来讨论物体的颜色是没有意义的。

假设环境由白光照射,而且不考虑透射光,这样得到的光照模型为简单的局部光照模型。在简单的局部光照模型中,物体的可见面上的光照效果仅由其反射光决定,从某个点光源照射到物体表面上,反射出来的光一般是由漫反射光、镜面反射光及环境反射光组成的。下面分别介绍这几种光照效果的模型建立。

7.3.2 环境光模型

环境光也称背景光或泛光,是指光源间接对物体的影响,是在物体和环境之间多次反射最终达到平衡时的一种光。一般认为同一环境下的环境光其光强分布是均匀的,它在任何一个方向上的分布都相同。例如,透过厚厚云层的阳光就可以称为环境光。

环境光可用下面的模型来近似地模拟其照射效果

$$I = k_a \cdot I_a$$

式中 k_a—— 物体表面环境光的漫反射系数(在 0 ~ 1 之间取值),与物体表面的反射性质有关,高反射表面的反射系数接近于 1,说明其反射光亮度近似于入射光亮度。如果表面吸收了大部分入射光,其反射系数接近于 0;

I_a—— 场景中的环境光光强。

由上式可知:场景中物体表面对环境光反射的强度与入射光的入射方向、观察者的位置以及物体表面的朝向都无关,而仅与环境光的强度和物体表面的材质属性有关。

7.3.3 朗伯特(Lambert)点光源漫反射模型

在绘制三维场景时,若仅考虑环境光的作用就会辨别不出景物各个面的层次,所以至少要用一个点光源来照射物体。点光源向各个方向均匀发出光的射线,该光线被物体表面各点漫反射后向各个方向以同等光强发散,即各点反射光的强度与观察者的位置无关,这样的反射光称为漫反射光,这样的物体表面称为理想漫反射体。自然界中的绝大多数景物为理想漫反射体。

一个理想漫反射体在点光源照射下的光的反射规律可用朗伯特(Lambert)余弦定律来表示。根据 Lambert 余弦定律,一个理想漫反射体上反射光的强度同入射光与物体表面法向量之间夹角的余弦成正比,即

$$I = I_1 k_d \cos\theta \quad (0 < \theta < \pi/2)$$

式中 I—— 入射光的漫反射强度;

I_1—— 从点光源发出的入射光的光强;

k_d—— 入射光的漫反射系数($0 < k_d < 1$),它取决于物体表面材质的属性;

θ—— 入射光 L 与物体表面法向量 N 之间的夹角,它介于 0° ~ 90°,如图 7.23 所示。当入射光 L 和物体表面法向量 N 为单位向量时,Lambert 余弦定律也可用下式表示 $I = I_1 k_d (N \cdot L)$。

　　由图 7.23 可看出,当入射光线垂直于物体表面时,$\theta = 0$,反射光最强,物体表面最亮;入射光与物体表面法线的夹角越大,反射光强越小,物体表面越暗。当 θ 大于 90° 时,光源将位于物体表面之后,该光源对被照射点的光强贡献为 0。

7.3.4　Phong 镜面反射光模型

　　对于表面比较粗糙的漫反射体(如粗糙的纸张、石灰粉刷　　图 7.23　入射光的漫反射

的墙等),只计算其环境光漫反射和点光源漫反射的光强就足够了。但对于有光泽表面的物体,在光源的照射下,除了漫反射外,物体表面还可以产生高亮度或亮点,即产生“高光(Hihg Lihgt)”区域。物体表面越光滑,高光区越小,亮度也增加,这种现象就称为镜面反射。镜面反射光在空间的分布是具有方向性的,它们朝空间一定方向汇聚,因此,物体表面上高光区域的范围和强度会随着观察者观察角度的不同而变化。

　　对于一个理想的反射表面(如镜面),入射到物体表面上的光严格遵循光的反射定律单向地反射出去,如图 7.24(a) 所示。对于一般的光滑表面,由于在微观上物体表面是由许多朝向不同的微小平面组成的,所以其镜面反射光分布于物体表面镜面反射方向的周围,如图 7.24(b) 所示。光滑表面的镜面反射范围较小,粗糙物体表面的镜面反射范围较大,如图 7.24(c) 所示。

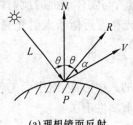 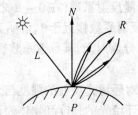 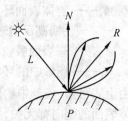

(a) 理想镜面反射　　　　　(b)一般光滑表面的镜面反射　　　　(c) 粗糙表面的镜面反射

图 7.24　镜面反射的各种情况

　　设观察者观察镜面反射现象时视线方向与反射光线之间的夹角为 α,如图 7.25 所示,α 越小,观察者所见到的亮度越大,当视线与反射光线重合时(α 角为 0),所见到的亮度最大,即物体表面出现高光。

　　按照 Bui-Tuong Phong 提出的公式,镜面反射光的数学模型可表示为

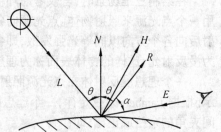

$$I = I_1 k_s (\cos \alpha)^n$$

式中　　k_s——物体表面的镜面反射系数,它是入射角 θ　　图 7.25　Phong 镜面反射光模型

　　　　　和入射光波长的函数,通常将其取为 0 ~ 1 之间的常数;

　　I_1——入射光光强;

　　n——一整数,一般为 1 ~ 2 000,用以模拟各种表面反射光的空间分布情况,取值与物体表面的光滑度有关:对于金属表面或其他光亮表面,n 值取大些,其空间分布特性为会聚型;对于非金属表面如纸张等,n 值取小些,其空间分布特性为扩散

型。

在具体计算时,上述公式中的 $\cos \alpha$ 可用单位向量 N 和 H 的点积($N \cdot H$)来代替,即

$$I = I_l\, k_s (N \cdot H)^n$$

式中　　N——物体表面的单位法向量;

　　　　H——入射向量 L 和视线向量 E 的平均向量再单位化,即 $H = (L + E)/|L + E|$。

7.3.5　简单光反射模型(Phong 模型)

将环境光的漫反射光强、点光源的漫反射光强及镜面反射光强三项结合在一起,就会得到单一点光源照射下的较完整的基本光照模型,即 Phong 光照模型,其表达式为

$$I = I_a k_a + I_l k_d \cos \theta + I_l\, k_s (\cos \alpha)^n$$

如果在场景中放置多个点光源,则可以在物体表面上叠加各个光源所产生的光照效果,从而得到多个点光源照射下的 Phong 光照模型表达式

$$I = I_a k_a + \sum_{i=1}^{m} I_{li}\big[\, k_d \cos \theta_i + k_s (\cos \alpha_i)^n \big]$$

式中　　m——点光源的数目。

上述公式用来计算物体表面各点的明暗度,用以决定物体表面上各点的光强或明暗色调。同样,要生成一幅彩色图形,则要分别对三原色——红、绿、蓝的每一分量使用上述明暗函数公式进行计算。

7.3.6　简单透明模型

当物体透明时,它不但能反射光,还能透射光,即可以透过透明的物体看到它背后的物体。许多物体如玻璃杯、透明塑料和水等都是透明或半透明的,考虑光的折射可以模拟真实的透明效果。

一般说来,光线通过不同的介质表面时,会发生折射,折射的方向可以通过前面介绍的折射定律来计算。折射导致光的传播方向发生改变,而且还可能影响到物体的可见性。精确地模拟折射现象需要大量的计算,很费时间,所以在简单透明模型中不考虑折射的影响,即假定各物体间的折射率不变,折射角总等于入射角,光线通过形体表面时不改变方向。这种简化的处理方法加速了光强度的计算,同时对于较薄的多边形表面也可以生成合理的透明效果。

Newell 和 Sanche 提出的简单透明模型如下:

当使用除深度缓冲器算法以外的任何隐藏面消除算法(如扫描线算法)时,假设视线交于一个透明物体表面后,再交于另一物体表面,如图 7.26 所示,在两个交点处的光强分别为 I_1 和 I_2,则综合光强可表示为光强 I_1 和 I_2 的线性组合(即加权和),有如下关系式成立

$$I = T_p I_1 + (1 - T_p)I_2 \quad (0 \leqslant T_p \leqslant 1)$$

式中　　T_p——第一个物体表面的透明度,当 $T_p = 0$ 时,说明第一个物体表面完全透明,对后面物体的明暗度毫无影响;当 $T_p = 1$ 时,说明物体不透明,后面的物体被遮挡,对当前像素的明暗度不产生影响。

若第二个物体表面也是透明的,则上述算法可以递归地进行下去,直到遇到一个不透明面或背景为止。

图 7.26　不考虑折射的简单透明模型

7.4　明暗处理方法

在绘制三维真实感图形过程中,首先采用适当的光照模型计算物体表面的光强度,然后将光强度转换为亮度级或明暗模式对物体表面进行浓淡处理。由前面介绍的 Phong 光照模型可知,光强度为物体表面法向量的函数,当物体表面都是由平面多边形构成时,平面多边形中每点的法向量一致,因此多边形内部的像素颜色是一致的。但对于曲面,我们常用多边形网格来逼近和表示曲面,而这些多边形的法线矢量是不同的,因而会在这些多边形邻接处产生光强突变,影响曲面显示的光滑度。

要解决上述问题,一种方法就是用尽可能小的多边形来逼近曲面,但这样无疑增加了计算量和计算时间。下面介绍几种明暗处理方法,可以用较小的计算量获得较理想的曲面光照效果。

7.4.1　Gouraud 明暗处理(双线性光强插值法)

Gouraud 明暗处理方法的基本思想是对离散的光亮度采样进行双线性插值以获得一个连续的光亮度函数,算法的具体描述是:

(1) 计算出多边形顶点的平均法向;

(2) 计算顶点的平均光强;

(3) 插值计算离散边上的各点光强;

(4) 插值计算多边形内域中各点的光强。

下面具体介绍各步骤:

1. 顶点法向计算

在用平面多边形来逼近和表示曲面时,一个顶点往往属于多个多边形,而这些多边形的法线矢量肯定是不同的(图 7.27),我们用与顶点相邻的所有多边形的法向的平均值近似作为该顶点的法向量。

假设顶点 V 相邻的多边形有 k 个,法向分别为 $N_1, N_2, \cdots, N_k$,则顶点 V 的法向为

$$N_V = \frac{1}{k}(N_1 + N_2 + \cdots + N_k)$$

一般情况下,用相邻多边形的平均法向作为

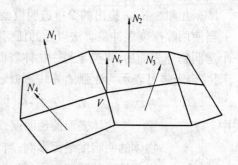

图 7.27　计算顶点的法向量

顶点的法向,与该多边形物体近似的曲面的切平面比较接近。

2. 顶点平均光强计算

在求出顶点 V 的法向后,采用适当的光照模型(如 Phong 光照模型)计算该顶点处的光强,并用此法求出多边形各顶点的光强。

3. 光强插值

在这个算法中,我们把线性插值与扫描线算法相互结合,同时用增量算法实现各点光强的计算,即先由顶点的光强插值计算各边的光强,再由各边的光强插值计算出多边形内部点的光强。

如图 7.28 所示,一条扫描线 $y = y_p$ 与多边形相交,交点为 a、b,点 p 为扫描线上位于多边形内线段 ab 上的任一点,设多边形 1、2、3 这三个顶点的光亮度值分别为 I_1、I_2、I_3,则 a、b、p 三点的光强 I_a、I_b、I_p 可通过下面的双线性光强插值公式得到

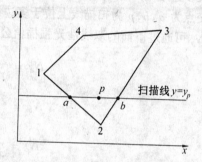

图 7.28 双线性插值

$$I_a = \frac{y_p - y_2}{y_1 - y_2}I_1 + \frac{y_1 - y_p}{y_1 - y_2}I_2$$

$$I_b = \frac{y_p - y_2}{y_3 - y_2}I_3 + \frac{y_3 - y_p}{y_3 - y_2}I_2$$

$$I_p = \frac{x_b - x_p}{x_b - x_a}I_a + \frac{x_p - x_a}{x_b - x_a}I_b$$

如果采用增量算法,当扫描线 y 由 $y = y_p$ 变成 $y = y_p + 1$ 时,新扫描线与边的交点$(x'_a, y_p + 1)$ 和$(x'_b, y_p + 1)$ 的光强 I'_a 和 I'_b 可由前一条扫描线与边的交点(x_a, y_p) 和(x_b, y_p) 的光强 I_a 和 I_b 做一次加法得到

$$I'_a = I_a + \Delta I_a = I_a + (I_1 - I_2)/(y_1 - y_2)$$

$$I'_b = I_b + \Delta I_b = I_b + (I_3 - I_2)/(y_3 - y_2)$$

同理,在一条扫描线内部,当横坐标 x_p 增加 1 时,点$(x_p + 1, y_p)$ 的光强 I'_p 可由扫描线上前一个点的(x_p, y_p) 的光强 I_p 做一次加法得到

$$I'_p = I_p + \Delta I_p = I_p + (I_a - I_b)/(x_a - x_b)$$

Gouraud 明暗处理方法不但可以克服用多边形表示曲面时带来的曲面光照效果呈现不连续的光亮度跳跃变化的问题,而且所增加的运算量极小,因此该方法被广泛应用于实时图形生成中。

7.4.2 Phong 明暗处理(双线性法向插值法)

虽然 Gouraud 明暗处理方法简单易行,但它只适用于简单的漫反射光照模型,不能正确地模拟有镜面反射所形成的高光形状,而且线性光强度插值还会造成在光亮度变化不连续的边界处出现过亮或过暗的条纹,即产生所谓的“马赫带效应”。采取将物体表面分割成许多小多边形面片的方法,可以在一定程度上减轻马赫带效应,但更好的方法是使用 Phong 名按处理方法。

Phong Bui Tuong 于 1973 年在他的博士论文中提出了 Phong 明暗处理方法,这种方法以时

间为代价,可以部分解决上述的弊病。双线性法向插值法将镜面反射引进到明暗处理中,解决了高光问题。与双线性光强插值法相比,该方法有如下特点:

(1) 保留双线性插值,对多边形边上的点和内域各点采用增量法。

(2) 对顶点的法向量进行插值,而顶点的法向量用相邻的多边形的法向作平均。

(3) 由插值得到的法向计算每个像素的光亮度。

(4) 假定光源与视点均在无穷远处,光强只是法向量的函数。

法向矢量的双线性插值同前面的光亮度双线性插值的计算方法是类似的。如图 7.28 所示,设多边形 1、2、3 这三个顶点的法向矢量分别为 N_1、N_2、N_3,一条扫描线 $y = y_p$ 与多边形相交,交点为 a、b,p 为扫描线上位于多边形内线段 ab 上的任一点,则 a、b、p 点的法向矢量 N_a、N_b、N_p 可通过下面的双线性光强插值公式得到

$$N_a = \frac{y_p - y_2}{y_1 - y_2}N_1 + \frac{y_1 - y_p}{y_1 - y_2}N_2$$

$$N_b = \frac{y_p - y_2}{y_3 - y_2}N_3 + \frac{y_3 - y_p}{y_3 - y_2}N_2$$

$$N_p = \frac{x_b - x_p}{x_b - x_a}N_a + \frac{x_p - x_a}{x_b - x_a}N_b$$

同理,可用增量算法计算下一条扫描线 $y = y_p + 1$ 的法向量 N'_a 和 N'_b 及同一条扫描线上下一点 $(x_p + 1, y_p)$ 的法向量 N'_p:

$$N'_a = N_a + \Delta N_a = N_a + (N_1 - N_2)/(y_1 - y_2)$$

$$N'_b = N_b + \Delta N_b = N_b + (N_3 - N_2)/(y_3 - y_2)$$

$$N'_p = N_p + \Delta N_p = N_p + (N_a - N_b)/(x_a - x_b)$$

Phong 明暗处理方法能较好地在局部范围内真实地反映表面的弯曲性,尤其是镜面反射所产生的高光显得更加真实,解决了 Gouraud 明暗法所遇到的一些问题,其真实感更强。但 Phong 明暗处理方法所需的计算量要大得多,这一点影响了 Phong 明暗处理方法在实时图形生成中的应用。

7.5　纹　　理

应用前面介绍的知识,我们还只能生成颜色单一的光滑景物表面,但在现实世界中,物体表面存在着丰富的纹理细节,如刨光的木材表面的木纹、大理石表面的纹理和家具器皿上的图案等。只有在物体表面添加纹理细节,才能更加准确地模拟自然景物,因此,物体表面纹理细节的模拟在真实感图形生成与显示中起着非常重要的作用。本节将介绍纹理的定义方法以及纹理映射的一些原理。

7.5.1　纹理的定义

根据纹理定义域的不同,纹理可分为二维纹理和三维纹理。根据纹理的表现形式不同,纹理可分为颜色纹理、几何纹理和过程纹理。

颜色纹理是指呈现在物体表面上的各种花纹、图案和文字等,如外墙装饰花纹、墙上贴的字画和器皿上的图案等,颜色纹理一般多为二维图像纹理,也有三维纹理的应用;几何纹理是

指基于物体表面微观几何形状的表面纹理,如橘子皮、树干、岩石和山脉等表面呈现的凸凹不平的纹理细节,一种最常用的几何纹理就是对物体表面的法线进行微小的扰动来表现物体表面的细节;过程纹理是指表现各种规则或不规则的动态变化的自然景象,如水流、云、火和烟雾等。

在真实感图形学中,我们可以用下面的方法来定义纹理:

(1) 图像纹理

将二维纹理图案映射到三维物体表面,绘制物体表面上一点时,采用相应的纹理图案中相应点的颜色值。

(2) 函数纹理

用数学函数定义简单的二维纹理图案,或用数学函数定义随机高度场,生成表面粗糙纹理即几何纹理。

纹理一般定义在单位正方形区域($0 \leqslant u \leqslant 1, 0 \leqslant v \leqslant 1$)之上,称为纹理空间。理论上,定义在此空间上的任何函数都可以作为纹理函数,但实际上往往采用一些特殊函数来模拟生活中常见的纹理。

纹理空间的定义方法有许多种,下面是常用的几种:

(1) 用参数曲面的参数域作为纹理空间(二维);

(2) 用辅助平面、圆柱、球定义纹理空间(二维);

(3) 用三维直角坐标作为纹理空间(三维)。

7.5.2　颜色纹理

在定义了纹理以后,就要处理如何对纹理进行映射的问题。纹理映射是把我们得到的纹理映射到三维物体表面的技术。对于二维图像纹理,就是如何建立纹理与三维物体之间的对应关系。

1. 二维纹理域的映射

在纹理映射技术中,最常见的纹理是二维纹理。映射将这种纹理变换到三维物体的表面,形成最终的图像。二维纹理可以用数学函数来表示,也可以用图像来表示,比如用一个 $M \times N$ 的二维数组存放一幅数字化图像,用插值法构造纹理函数,然后把该二维图像映射到三维的物体表面上。

为了实现这个映射,须建立物体空间坐标(x, y, z)和纹理空间坐标(u, v)之间的对应关系,这相当于对物体表面进行参数化,求出物体表面的参数后,就可以根据(u, v)得到该处的纹理值,并用此值取代光照模型中的相应项。

两个经常使用的映射方法是圆柱面映射和球面映射。如一高为 h,半径为 r 的圆柱面可用下面的参数形式来表达

$$x = r\cos \theta$$
$$y = r\sin \theta$$
$$z = h\Psi$$

其中,$0 \leqslant \theta \leqslant 2\pi, 0 \leqslant \Psi \leqslant 1$。

若通过下述线性变换将纹理空间$[0,1] \times [0,1]$与参数空间$[0,2\pi] \times [0,1]$等同起来:

$$u = \frac{\theta}{2\pi}$$

$$v = \Psi$$

则由该圆柱面的参数表达式,我们很容易得到从景物空间到纹理空间的纹理映射表达式。

在上述例子中,我们实际上将纹理空间映射为参数曲面的整个定义域,因而整个圆柱表面均被该纹理所覆盖。显然,所有二维变换,如平移、旋转、比例缩放等,均可并入上述参数空间到纹理空间的仿射变换中,这样用户对纹理在景物表面上的映射区域可进行一定的控制。如图7.29给出了一网格纹理在上述圆柱表面上的映射结果。

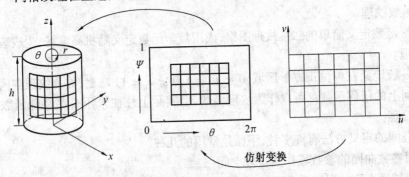

图 7.29　圆柱面的纹理映射

2. 三维纹理域的映射

前面介绍的二维纹理域映射对于提高图形的真实感有很大作用,但由于纹理域是二维的,而图形场景物体一般都是三维的,这样在纹理映射的时候是一种非线性映射,在曲率变化很大的曲面区域就会产生纹理变形,极大地降低了图像的真实感。在二维纹理映射时,对于一些非正规拓扑表面,纹理的连续性也不能保证。

在三维物体空间中,物体中每一个点 (x, y, z) 均有一个纹理值 $t(x, y, z)$ 唯一确定,那么对于物体上的空间点,就可以映射到一个纹理空间上了,而且是三维的纹理函数,这是三维纹理提出来的基本思想。三维纹理映射的纹理空间定义在三维空间上,与物体空间是同维的,在纹理映射的时候,只需把场景中的物体变换到纹理空间的局部坐标系中去即可。

下面以木纹的纹理函数为例,来说明三维纹理函数的映射,它是通过空间坐标 (x, y, z) 来计算纹理坐标 (u, v, w) 的。首先求木材表面上的点到木材中心的半径 R:$R = \sqrt{u^2 + v^2}$,对半径进行小的扰动,有 $R = R + 2\sin(20\alpha)$,然后对 z 轴进行小弯曲处理,$R = R + 2\sin(20\alpha + w/150)$,最后根据半径 R 用下面的伪码来计算 color 值作为木材表面上点的颜色,就可以得到较真实的木纹纹理。

```
{ grain = R MOD 60;/* 每隔60一个木纹 */
  if (grain < 40)color = 淡色;
  else color = 深色;
}
```

7.5.3　几何纹理

为了给物体表面图像加上一个粗糙的外观,我们可以对物体的表面几何性质做微小的扰动,来产生凸凹不平的细节效果,这就是几何纹理的方法。定义一个纹理函数 $F(u,v)$,对理想光滑表面 $P(u,v)$ 作不规则的位移,具体是在物体表面上的每一个点 $P(u,v)$ 处,都沿该点处的法向量方向位移 $F(u,v)$ 个单位长度,这样新的表面位置变为

$$P'(u,v) = P(u,v) + F(u,v) \cdot N(u,v)$$

因此,新表面的法向量可通过对两个偏导数求叉积得到

$$N' = P'_u \cdot P'_v$$

$$P'_u = \frac{\mathrm{d}(P + FN)}{\mathrm{d}u} = P_u + F_u N + F N_u$$

$$P'_v = \frac{\mathrm{d}(P + FN)}{\mathrm{d}v} = P_v + F_v N + F N_v$$

由于扰动函数 $F(u,v)$ 的值很小,相对于上式中的其他量来说可以忽略不计,所以有

$$N' = (P_u + F_u N) \cdot (P_v + F_v N) = $$
$$P_u \cdot P_v + F_u(N \cdot P_v) + F_v(P_u \cdot N) + F_u F_v(N \cdot N)$$

扰动后的向量单位化,用于计算曲面的明暗度,可以产生貌似凸凹不平的几何纹理。F 的偏导数的计算,可以用中心差分来实现。而且几何纹理函数的定义与颜色纹理的定义方法相同,可以用统一的图案纹理记录,图案中较暗的颜色对应于较小的 F 值,较亮的颜色对应于较大的 F 值,把各像素的值用一个二维数组记录下来,用二维纹理映射的方法映射到物体表面上,就可以成为一个几何纹理映射。

7.5.4　过程纹理

从原理上说,三维纹理也称实体纹理,可采用与二维纹理一样的方式定义。一种是基于离散采样的数字化纹理定义方式,另一种是用一些简单的可解析表达的数学模型来描述一些复杂的自然纹理细节,即用过程式方法将纹理空间中的值映射到物体表面,因此,用这种方法生成的三维纹理称为过程纹理。

过程纹理可以处理三维物体的剖面图,如砖块、圆木头等,它用与物体外表面相同的纹理进行绘制,也可用其他过程式方法在二维物体表面上建立纹理。过程纹理不需要存储三维空间区域中的三维数字化纹理,因而大大减少了内存的耗费。如木纹函数可采用一组共轴圆柱面来定义体纹理函数,即把位于相邻圆柱面之间的点的纹理函数值交替地取为“明”和“暗”,这样景物内任意一点的纹理函数值可根据它到圆柱轴线所经过的面个数的奇偶性而取为“明”和“暗”。但这样定义的木纹函数过于规范,Peachey 通过引入扰动、扭曲和倾斜 3 个简单的操作来克服了这一缺陷。

Perlin 于 1985 年提出一种用来近似描述湍流现象的经验模型,他用一系列三维噪声函数的叠加来构造湍流函数,并将其成功地应用于大理石、火焰以及云彩等自然纹理的模拟中。Fourier 合成技术也已成功地被用于模拟水波、云彩、山脉和森林等自然景物,它通过将一系列不同频率、相位的正弦(或余弦) 波的叠加来产生所需的纹理模式,既可以在空间域中合成所需的纹理,也可以在频率域中合成纹理,这些方法都是过程纹理的成功范例。

第8章　计算机动画技术

动画实际上是以一定的速度显示一系列单个静止的画面,对于计算机动画来说,这一系列单个画面是在图形图像的基础上产生的,因此,计算机动画是在传统动画的基础上运用计算机图形图像技术发展起来的一门高新技术。随着计算机硬件及计算机图形算法的高速发展,计算机动画已经能够产生各种以假乱真的虚拟场景画面和特技效果,目前在 CAD/CAM、CAI 等许多领域有着广泛的应用,特别在模拟和仿真领域中起着重要的作用。

8.1　计算机动画的发展及应用

8.1.1　计算机动画技术的发展

动画的制作是基于一系列相关的静止图画。根据人的视觉滞留特性,为了要产生连续运动的感觉,每秒钟需要播放至少 24 幅画面,一个一分钟长的动画需要绘制 1 440 张不同的画面,可以想象传统的手工动画制作是十分费时和昂贵的。计算机动画的产生,不仅发扬了动画的特点,缩短了动画的制作周期,降低了动画制作的成本,还给动画加入了更加绚丽的视觉效果。

传统的动画制作,是由高级动画师设计并绘制一些关键画面,再由助理动画师绘制从一个关键画面到下一个关键画面之间的自然过渡画面,并完成填色及合成工作。这些过渡画面的绘制工作量庞大且枯燥,需要花费大量的时间和劳动力,因此计算机动画最初的目的就是要借助计算机来减轻助理动画师的工作,从而提高卡通动画的制作效率。1964 年,贝尔实验室的 K.Knowlton 首次尝试采用计算机技术来解决上述问题,从而宣告了计算机辅助动画制作时代的开始。

早期的计算机辅助动画制作主要以二维动画绘制为主,利用形状插值和区域自动填色来完成全部或部分助理动画师的工作。20 世纪 80 年代起,计算机图形学理论与算法迅速发展,三维造型技术、逼真光照模型、纹理映射等技术已从实验室研究走向了市场,出现了很多三维动画软件,使得计算机动画技术在电影、电视、广告等领域得到了淋漓尽致的展现。

20 世纪 90 年代,计算机动画在好莱坞掀起了一场电影技术的风暴。首先是卡梅隆导演的《终结者Ⅱ:审判日》中那个追赶主角的穷凶极恶的液态金属机器人从一种形状神奇地变化成另外一种形状的特技镜头,给观众留下了深刻的印象。1993 年,斯皮尔伯格导演了电影《侏罗纪公园》,神气地再现了史前动物恐龙的形象,使观众感觉那些会跑会跳、神气活现的大型恐龙就在眼前,该片因其出色的计算机特技效果而获得该年度的奥斯卡最佳视觉效果奖。

1996 年,世界上第一部完全用计算机动画制作的电影《玩具总动员》上映,影片中所有的场景和人物都由计算机动画系统制作,该片不仅获得了破纪录的票房收入,而且为电影制作开辟了一条全新的道路。

1998 年,放映的电影《泰坦尼克号》中,在拍摄船的远景时就利用计算机生成技术表现了甲板上的人物,船翻沉时乘客的落水镜头也有许多是计算机合成的,从而避免了实物拍摄中的高难度、高危险动作。同年,电影《昆虫的一生》和《蚁哥正传》也因其全三维的计算机动画效果获得了观众的首肯,尤其是《蚁哥正传》中的蚁哥 Z - 4195 和巴拉公主在野外一先一后被枝叶上落下的水珠吸入其中,之后又随着水珠落地奋力挣脱出来的镜头,代表了当时全三维 CG 电影制作的最高水准。

随着计算机硬件的发展和计算机动画技术的提高,计算机动画不仅成为电影电视中不可缺少的组成部分,而且还深入到我们的生活,很多动画爱好者可以轻松地利用计算机动画制作软件设计制作自己喜欢的动画作品。

8.1.2　计算机动画的应用

计算机动画提供了一种模拟和观察三维虚拟世界的方法,因而在很多领域都得到了广泛的应用,具体有以下几个方面:

(1) 广告制作

早期的电视广告大多以拍摄作为主要的制作手段,而现在更多的是采用计算机动画或计算机动画与摄像相结合的制作方式。计算机动画技术给广告制作人员提供了充分发挥其想象力的机会,利用该技术可以用来生成通常难以实现的创意。20 世纪 90 年代三维动画技术在我国悄然兴起,首先就被应用在电视广告的制作上。目前普遍应用的动画制作软件有 3DS、3DS MAX、Maya 等。

(2) 电脑游戏制作

计算机动画技术在游戏业的广泛应用,提高了游戏的刺激性和趣味性,很多著名的电脑游戏中的三维场景与角色就是利用一些三维动画软件制作而成的。

(3) 影视特技制作

计算机动画技术被广泛用于电影、电视中的特技镜头的制作,产生以假乱真而又惊险的特技效果,如模拟大楼被炸、桥梁坍塌等。在利用三维动画技术制作特技镜头时,角色和场景的造型是一件非常耗时的工作,许多公司已推出了三维激光扫描系统,使得模型技术和传统几何造型技术可以统一起来。基于传感器的运动捕获技术的发展更使人体各种动作的计算机生成变得容易,有效保证了生成动作的逼真性。

(4) 建筑业

利用三维动画技术,我们不仅可观察建筑物的内、外部结构,还可实现对虚拟建筑场景的漫游。在进行投资很大的装潢施工之前,用户可以通过这种漫游观察装潢后的效果,以确定最后的装潢方案。动画技术在建筑业中更深层的应用是利用合成技术来实现环境评估,建筑师和有关官员可以利用它来评价所设计的建筑对周围环境的整体影响,这对城市规划和环境保护起着非常重要的作用。

(5) 飞行模拟

飞行员在飞行模拟器中进行训练时,驾驶舱前方的窗口应当显示随着飞行姿态而变化的周围环境的真实感画面,这就需要利用真实感图形和动画技术实时生成地形、山脉、河流、云、雾、机场跑道等真实感场景,因而计算机动画技术是飞行模拟器设计中的关键技术。目前,我国航空、航海的驾驶模拟训练系统都已达到了很高的水平。

(6) 其他方面

计算机动画技术在其他许多方面都得到了广泛应用。如我国神舟六号、神舟七号载人飞船的发射过程中,电视中不断播放由计算机动画模拟的飞船飞行姿态和飞行位置。计算机动画还在工业制造、医疗、多媒体教学、事故分析、军事技术、工程仿真、生物工程和艺术等方面得到越来越多的应用。

8.2　计算机动画的实现方法

计算机动画技术的实质就是绘制并显示后一幅图像的同时,清除前一幅图像。下面介绍几种实现动画的常用方法。

8.2.1　画线擦线法

画出线后,用底色再画一遍,以达到清除前一幅图像的目的。这种实现动画的方法适用于单线条的动画。

8.2.2　异或动画

异或动画与画线擦线法的原理相同,以异或方式绘图时,在相同的位置绘制第二遍时图形消失。C语言提供了一个画线模式,其格式为:

setwritemode(int mode);

它适用于画直线图形。当 mode = 0 时,为正常画线方式;当 mode = 1 时,为异或画线方式。

例 8.1　画一矩形从左向右移动。

```
# include < graphics.h >
main()
{
    int driver = DETECT, mode = 0;
    int i, x0 = 20, y0 = 200;
    initgraph ( &driver, &mode, " ");
    setbkcolor(BLUE);
    setcolor(YELLOW);
    setwritemode(1);
    for(i = 0;i < 500;i ++)
    {
        rectangle(x0 + i,y0,x0 + 50 + i,y0 + 50);
        delay(4000);
        rectangle(x0 + i,y0,x0 + 50 + i,y0 + 50);
    }
    getch();
    closegraph();
}
```

8.2.3　BITBLT 动画(拷贝图形块)

BITBLT 动画的原理是：

（1）使用 imagesize 和 malloc 函数申请存贮单元来存贮显示缓冲器中的一个矩形方块的内容；

（2）用 getimage 函数，以阵列方式存贮矩形方块的图形数据；

（3）用 putimage 函数将这个矩形方块的图形显示出来。

下面分别介绍这几个函数的用法：

（1）getimage() 函数

调用方法：getimage(int left, int top, int right, int bottom, void far * bitmap);

将屏幕上一矩形图形块拷贝到 bitmap 所指向的内存区域内。(left, top) 为该图形块的左上角，(right, bottom) 为右下角。

（2）putimage() 函数

调用方法：putimage(int left, int top, void far * bitmap, int op);

将一个已存储在由 bitmap 所指向的内存中的图形块，拷贝到起始位置为(left, top)的坐标屏幕上。

int op 指明用何种方式拷贝到屏幕上，其有效值见表 8.1。

表 8.1　intop 有效值

宏名	等价值	含义
COPY _ PUT	0	复制
XOR _ PUT	1	与屏幕图形取异或后复制
OR _ PUT	2	与屏幕图形取或后复制
AND _ PUT	3	与屏幕图形取与后复制
NOT _ PUT	4	与屏幕图形取反后复制

例 8.2　一太空飞船随机飞行。

```
# include < graphics.h >
# include < alloc.h >
# include < stdlib.h >
main()
{
    int driver = DETECT, mode = 0;
    int k1,k2,j;
    void * buf;
    unsigned s;
    initgraph ( &driver, &mode, " ");
    setbkcolor ( 1 );
    setcolor ( 12 );
    s = imagesize ( 290, 120, 350, 170);
```

```
buf = malloc ( s );
setfillstyle ( 1, 3 );
fillellipse ( 320, 150, 30, 20);
moveto ( 320, 150 );
lineto ( 350, 120 );
moveto ( 320, 150 );
lineto ( 290, 120 );
getimage ( 290, 120, 350, 170, buf);
setfillstyle (7, 5);
bar ( 250, 50, 350, 200);
for ( j = 60; j > = 0; j --)
{
    k1 = random ( 600 );
    k2 = random ( 340 );
    putimage (k1, k2, buf, XOR _ PUT);
    delay ( 9000 );
    putimage (k1, k2, buf, XOR _ PUT);
}
getch();
closegraph();
}
```

8.2.4　帧动画

帧动画又称为页式动画或全屏动画。计算机可先将图像计算画出,存于页缓存中,然后按顺序显示。普通计算机至少有两个页面,性能好的计算机可有 4 ~ 8 页。

通过下面两个函数来实现帧动画:

(1) setactivepage(int pagenum)

设置接受 Turbo C 图形函数所输出的页面,int pagenum 是指页面值,缺省值为 0。通过这个函数可将这一页设置为后台页面。

(2) setvisualpage(int pagenum)

设置输出到屏幕的页面,即将它变为前台页面。如,将 0 ~ 3 页的页面图像画好后,按顺序播放。帧动画可实现实时动画,在显示前台页面的同时画出后台页面的图像。

8.3　运动控制

著名动画艺术家约翰·汉纳斯(John Halas) 说过:"运动是动画的本质"。我们也可以这样理解:动画就是运动着和变化着的图形。因而,运动和变化是动画的灵魂,在动画设计中,运动轨迹的选择、运动速度的确定、碰撞的判别等都是至关重要的。

8.3.1　运动轨迹

动画中物体的运动都是沿一定轨迹进行的,这些轨迹有的能用数学函数表达,有的则不能。

（1）运动轨迹的直接描述

一些有规律的运动轨迹可以直接用数学函数来描述,如直线轨迹、圆弧轨迹等。例如一个有弹性的小球在平面上跳动（图 8.1）,可以用衰减的、校正的正弦曲线来表述它的运动轨迹,即

$$y(x) = A \mid \sin(\omega x + \theta_0) \mid e^{-kx}$$

式中　　A——初始振幅（球高于地面的高度）;

　　　　ω——角频率;

　　　　θ_0——相位角;

　　　　k——衰减常数。

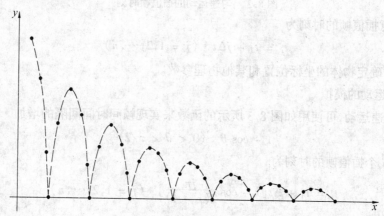

图 8.1　衰减正弦函数表达的弹球运动轨迹

（2）轨迹查找表

对于不能用数学函数表达的轨迹,可以根据运动规律,预先计算出每一个画面上活动目标所要达到的位置坐标,存放在一维数组中,供生成新画面时调用。这个存放轨迹坐标的数组,就称为轨迹查找表。蝴蝶飞舞轨迹的描述就可以用这种方法。

8.3.2　关键帧的运动速度模拟

在动画的制作中,常常需要在动作变化的转折点处绘制出关键画面,对连续动作起控制作用,这种关键画面称为关键帧。传统动画中,高级动画师设计完关键帧后,由助理动画师设计得到中间画面。计算机动画技术出现后,则由计算机通过对关键帧进行插值生成中间画面,这种动画技术称为关键帧技术,它适用于对刚体运动的模拟。

关键帧技术最初只用来插值帧与帧之间卡通画的形状,后来发展成为可通过对运动参数插值实现对动画的运动控制,如物体的位置、方向和颜色等的变化,即通过定义物体的属性参

数变化来描述物体运动。因此,关键帧插值问题的实质为关键参数的插值问题。与一般的纯数学插值问题不同的是,一个特定的运动从空间轨迹来看可能是正确的,但从运动学角度看则可能是错误的,因此,关键帧插值要求产生的运动效果足够逼真,并能给用户提供方便有效地对物体运动的运动学特性进行控制的手段,如通过调整插值函数来改变运动的速度和加速度等。

对于速度模拟的具体方法如下:

(1) 匀速运动的模拟

如图 8.2 所示,假定需要在时间段 t_1 与 t_2 之间插入 $n(n = 5)$ 帧,则整个时间段被分为 $n + 1$ 个子段,其时间间隔为

$$\Delta t = (t_1 - t_2)/(n + 1)$$

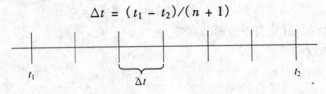

图 8.2　匀速运动的插值帧时刻

于是,任意插值帧的时刻为

$$t_j = t_1 + j\Delta t \quad (j = 1, 2, \cdots, n)$$

根据 t_j 可确定物体的坐标位置和其他物理参数。

(2) 加速运动的模拟

为模拟加速运动,可使用如图 8.3 所示的函数来实现帧间时间间隔的增加

$$1 - \cos \theta \quad (0 < \theta < \pi/2)$$

这时,第 j 个插值帧的时刻为

$$t_j = t_1 + \Delta t \left[1 - \cos \frac{j\pi}{2(n + 1)} \right] \quad (j = 1, 2, \cdots, n)$$

(3) 减速运动的模拟

为模拟减速运动,可使用如图 8.4 所示的三角函数来实现帧间时间间隔地减少

$$\sin \theta \quad (0 < \theta < \pi/2)$$

这时,第 j 个插值帧的时刻为

$$t_j = t_1 + \Delta t \sin \left[\frac{j\pi}{2(n + 1)} \right] \quad (j = 1, 2, \cdots, n)$$

(4) 混合增减速运动的模拟

可使用如图 8.5 所示的函数来实现先加速后减速地的运动模拟

$$(1 - \cos \theta)/2 \quad (0 < \theta < \pi)$$

这时,第 j 个插值帧的时刻为

$$t_j = t_1 + \Delta t \left(1 - \cos \frac{j\pi}{n + 1} \right) \quad (j = 1, 2, \cdots, n)$$

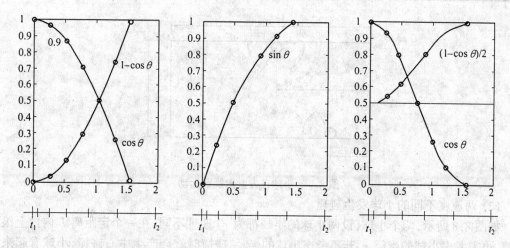

图 8.3　加速运动的插值帧时刻　图 8.4　减速运动的插值帧时刻　图 8.5　先加速后减速的插值
　　　　　　　　　　　　　　　　　　　　　　　　　　　　　　　　帧时刻

8.3.3　碰撞判别

在电脑游戏、仿真系统的设计中,经常会遇到碰撞问题,需要进行相交性检验。两个几何形体在什么情况下属于碰撞,这是碰撞判别的基础。选择正确的方法进行碰撞判别是为了防止图形看起来互相穿越,或者图形看起来好像互相弹开。常用的判别方法是矩形边框相交判别法和实际边界相交判别法。

1.矩形边框相交判别法

当两个物体边界很复杂时,判断实际的碰撞点很耗时,在一些简单的游戏设计中,就可用物体图形的矩形边框来进行相交判别。如图 8.6 所示,当导弹与飞机碰撞时,可用导弹矩形的四个角点坐标与飞机的矩形边界进行判别,甚至只用导弹头上的一点坐标 (x,y) 进行判别:

当 $x_0 \leqslant x \leqslant x_0 + \Delta x_f$ 和 $y_0 \leqslant y \leqslant y_0 + \Delta y_f$ 时,导弹与飞机发生碰撞。

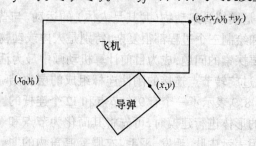

图 8.6　矩形边框相交判别法

2.实际边界相交判别法

当两个物体边界比较简单,为规则图形时,可用图形的实际边界进行相交判别。

(1) 小球在方盒内跳跃运动

如图 8.7 所示,当小球在盒子里弹跳时,计算距离 x 时就必须考虑小球的半径 r

$$x = x_0 + (y_1 - 2r)\cot\theta$$

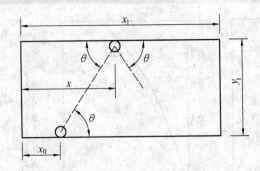

图 8.7　小球在方盒内跳跃运动

（2）两速度不同的小球发生碰撞

如图 8.8 所示，两个小球（设两小球的半径都为 r）速度不同，在一个定距离 L 内发上滚动碰撞，也需考虑小球的半径 r，若不考虑小球的半径，碰撞时就会产生中心碰撞，小球看起来产生了穿越。

设球 1 的运动距离　　　　　　　　　$L_1 = v_1 t$

球 2 的运动距离　　　　　　　　　　$L_2 = v_2 t$

两小球碰撞时　　　　　　　　　$L_1 + L_2 = L - 4r$

即，碰撞的时间为　　　　　　　　$t = \dfrac{L - 4r}{v_1 + v_2}$

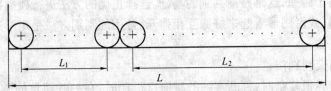

图 8.8　两速度不同的小球发生碰撞

8.3.4　关节动画

关节动画的主要目的是模拟骨架动物（尤其是人体）的运动。与普通三维动画相比，该技术涉及的建模、运动控制和绘制三个过程都很复杂，特别是人体或动物的运动控制受到很多因素的制约，尚存在很多需要探索的问题，成为目前计算机动画中最为活跃的研究领域之一。

骨架动物是由一组通过旋转节点连接的刚性连杆组成的层次结构，这些节点即为关节，图 8.9 表示了一个有 9 个节点和 12 个连杆的简单骨架形体。在对这样的形体进行建模时，可先将其简化为节点和连杆组成的骨架，然后再用表示皮肤、毛发、羽毛、衣服等遮盖物的曲面包裹骨架。

人体的关节位于肩、臀、膝、腕等处，当身体移动时，这些关节就按特定的路径运动。一个关节点的运动可能会带动此关节点以下的其他关节点和连杆运动。例如，身体进行某种运动时，肩部就自动按一定的方式移动，并且肩部移动时，手臂也跟着移动。我们定义不同类型的运动方式（如跑、跳、走），并将他们与节点和连杆的特定运动关联起来。

图 8.9　简单的骨架形体

图 8.10 定义了一系列走动的腿部运动。臀部节点沿水平线向前平移,而连杆进行一系列围绕臀、膝、踝节点的运动。从直腿开始(图 8.10(a)),第一个运动是当臀部前移时膝部弯曲(图 8.10(b));然后腿向前摆动,回到垂直位置,再向后摆动,如图 8.10(c) ~ 图 8.10(e) 所示。最后的运动是腿向后大幅摆动然后回到垂直位置,如图 8.10(f)、(g) 所示。在整个动画过程中,上述运动周期重复进行,直到形体移动指定距离或时间。

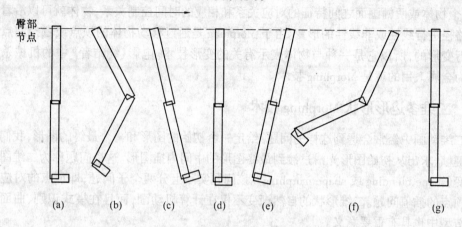

图 8.10　正在走路的腿的一组互连连杆的可能运动

每个关节点可以有 6 个自由度,它们分别是三个方向的移动和绕三个轴的转动。对每个关节形体来说,它的每个关节点的运动都有一定的限制,这就是这些关节点的约束条件,约束条件限制了关节点的空中运动范围。

当形体移动时,各个关节上还可以加入其他运动。通常,具有变化振幅的正弦曲线运动可以加入到臀关节使其绕躯干运动。类似地,滚动或摇动也可以加到肩部运动中,并且头部也可以上下摆动。

在关节动画中,既要使用运动学也要使用反向运动学来计算各关节之间的运动关联。在运动学中关节的运动计算是从根节点到叶子节点的顺序进行的,如手运动时先旋转上臂再旋转前臂,前臂转动时上臂可以不动。而反向运动学的计算是从叶子节点开始的,如果手要到达一个指定位置,则整条手臂的上半部分和下半部分就会一起动起来,反向运动学需要计算从叶子节点到根节点所有关节的连接角度和方向,以将目标节点放到需要的位置。对于复杂的形体,反向运动学不保证产生唯一的动画序列。给定一组初始和终止条件,可能存在多种不同的旋转运动,这时需向系统中添加更多的约束(例如动量守恒)使其产生唯一的结果。

8.4　变形动画

计算机动画中很重要的一种动画技术就是变形动画,这种技术可通过形状的变形来渲染某些夸张的效果。Morphing 和自由格式变形(Free-Form Deformation,FFD) 是两类最常用的变形方法。目前,计算机动画的研究者们在 Morphing 和 FFD 变形方面已经作了许多出色的工作,并在电视、电影、广告和 MTV 中得到了广泛的应用,很多商用动画软件如 Softimage、Alias、Maya 和 3DS MAX 等也都使用了 Morphing 和 FFD 变形技术。

8.4.1　Morphing 技术

　　Morphing 是指将一个给定的数字图像或者几何图形 S 以一种自然流畅的、光滑连续的方式渐变为另一个数字图像或者几何形状 T。在这种渐变过程中,中间帧兼具 S 和 T 的特征,是 S 到 T 的过渡形状。它适用于物体拓扑结构不发生变化的变形操作,只要给出物体形变的几个状态,如两个物体或两幅画面之间特征的对应关系和相应的时间控制关系,物体就可以沿着给定的插值路径进行线性或非线性的形变。由于 Morphing 是通过移动物体的顶点或者控制点来对物体进行变形的,所以它是一种与物体表示有关的变形技术。电影《终结者》中的机械杀手由液体变为金属人用的就是 Morphing 技术。

8.4.2　二维多边形形状 Morphing 技术

　　在二维动画中经常会遇到这样的问题:给定一个初始的图形和一个最终的图形,我们称它们为关键帧,求出从初始图形光滑过渡到最终图形的中间内插图形。这个问题称为二维图形的自然渐变(shape blending 或 shape morphing)。该问题实际上分两个子问题,即顶点的对应关系问题和顶点的插值问题。二维形状的自然渐变不仅在计算机动画,而且在模式识别、曲面重建和三维造型中也具有重要意义。

　　在处理顶点的对应关系时应注意要使两个关键帧有相同数量的多边形边数(或顶点数)。如图 8.11 所示,关键帧 A 中的一条线段变换成关键帧 B 中的两条线段,就需要在关键帧 A 中增加顶点,从而平衡两个关键帧中的顶点数。

　　图 8.12 给出的是从三角形渐变为四边形的例子。

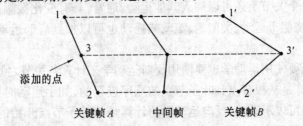

图 8.11　关键帧 A 中的一条线段变换成关键帧 B 中的两条线段

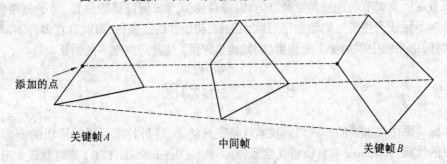

图 8.12　三角形渐变为四边形

中间帧内插图形顶点插值计算如下:

　　如图 8.13 所示,设图形(a)、(b)为两个不同的图案,其中图形(a)上一点 P 与图形(b)上一点 Q 相对应,这样两个图形上的点保持一一对应的关系。在直线 PQ 上取内分点 $R(x, y)$。P 点

为 (x_1, y_1)，Q 点为 (x_2, y_2)，使得

$$PR : RQ = m : n$$

则内分点 R 的坐标为

$$\frac{x - x_1}{x_2 - x_1} = \frac{m}{m + n}$$

$$x = \frac{m}{m + n}(x_2 - x_1) + x_1$$

同理

$$y = \frac{m}{m + n}(y_2 - y_1) + y_1$$

按 $m : n$ 的比例，把所有对应点的内插点都求出并绘出，就会得到内插图形。m 值越小，内插图形离 (a) 图形就越近，越像 (a) 图形；n 值越小，内插图形离 (b) 图形越近，越像 (b) 图形。

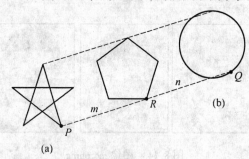

图 8.13 二维形状渐变的插值计算

例 8.3 求圆与蔷薇花发生渐变的内插图形。

(1) 求出圆上 120 个等分点，坐标存入 x_1，y_1 数组中。

```
q = 2 * 3.1416/120;
r1 = 180;
for(i = 1; i < = 120; i ++);
{
  x1[i] = r1 * cos(q * i);
  y1[i] = r1 * sin(q * i);
}
```

(2) 求出蔷薇花图案上的 120 个点，坐标存入 x_2，y_2 数组中。

```
r2 = 100;
for(i = 1; i < = 120; i ++);
{
  x2[i] = r2 * (1 + sin(q * i * 15)/6) * (0.5 + sin(5 * q * i)/2) * cos(q * i);
  y2[i] = r2 * (1 + sin(q * i * 15)/6) * (0.5 + sin(5 * q * i)/2) * sin(q * i);
}
```

(3) 共画出 $n = 25$ 个内插图形。

```
for(i = 0; i < = n; i ++)
for(j = 1; j < = 120; j ++)
{
```

```
x = (x2[j] - x1[j])/n * i + x1[j];
y = (y2[j] - y1[j])/n * i + y1[j];
if(j = = 1) moveto(x, y);
lineto(x, y);
}
```

8.4.3　二维图像 morphing 技术

图像自然渐变(image morphing)是指把一幅数字图像以一种自然流畅的、超现实主义的方式变换到另一幅数字图像。图像 morphing 在影视特技、娱乐等方面都是一种非常有用的技术。虽然图像 morphing 是在二维图像空间处理问题,但还是可以让人产生神奇的三维形状改变的错觉,如图 8.14 所示。

图 8.14　图像 morphing

为了实现两幅二维图像的 morphing 过程,首先应基于简单的几何元素建立图像特征之间的对应关系。几何元可以为网格节点、线段、曲线、点等,然后由这些特征对应关系计算出 morphing 所需的几何变换,几何变换定义了两幅图像上点之间的几何对应关系。当两幅图像变形对齐后,可采用简单的颜色插值得到中间帧图像。由 morphing 生成的图像序列中,前面部分很像源图像,中间部分既像源图像又像目标图像,而后面部分很像目标图像。morphing 的质量通常根据中间部分图像的逼真程度来度量。

8.4.4　三维图像 morphing 技术

三维 morphing 是指将一个三维物体光滑连续地变换为另一个三维物体。虽然二维 morphing 技术在影视特技、广告等行业中取得了广泛的应用,但由于二维图像缺乏三维几何信息,不能像其他三维物体一样进行几何变换,从而使摄像机动画受到了很大的限制。尽管三维 morphing 比二维图像 morphing 复杂得多,但由于能生成更逼真和生动的特技效果,所以它还是吸引了许多研究者。与二维图像 morphing 相比,三维 morphing 得到的中间帧是物体的模型而不是图像,所以三维 morphing 的结果与视点和光照参数无关,并能够生成精确的光照和阴影效果。在三维 morphing 中,一旦得到中间帧物体序列,就可以用不同的摄像机角度和光照条件来对它们进行重新绘制,也可以把它们与其他的三维场景相结合进行绘制。

当给定的两个物体的顶点数和拓扑结构都相同时,只需对对应顶点进行插值便可实现三维 morphing。但通常情况下,两个用多边形造型的三维物体的顶点数、构成物体的面数、相对应面的顶点数往往是不同的,因此三维 morphing 的关键问题是要找出给定的三维物体之间的对应关系,以确定中间帧物体的模型,如图 8.15 所示。

图 8.16 给出了通过三维 morphing 技术,将一个小兔光滑变换到小猪的过渡效果,见参考文献[2]。

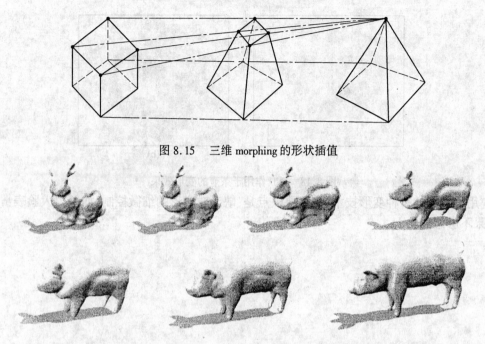

图 8.15　三维 morphing 的形状插值

图 8.16　三维 morphing 过渡效果

8.4.5　FFD 自由变形技术

FFD 变形技术是 Sederberg 和 Parry 于 1986 年提出的一种变形技术,是将单个几何对象的形状做某种扭曲、变形,使它变换到动画师所需的形状。与 morphing 技术不同的是,在 FFD 变形中,几何对象的拓扑关系保持不变,而是引入了一种基于三变量 B 样条体的变形工具 Lattice,把要变形的物体嵌入一个称为 Lattice 的空间,通过对物体所嵌入的 Lattice 的空间进行变形,使所嵌入在其中的物体也随着 Lattice 进行变形,因此这种变形更具某种随意性,是一种间接的与物体表示无关的变形方法,特别适合于柔性物体的动画设置。比如,对二维情形,用双三次 Bezier 曲面

$$Q(u,v) = \sum_{i=0}^{3}\sum_{j=0}^{3}P_{ij}B_{i,3}B_{i,3}(u)B_{j,3}(v)$$

可对二维空间进行变形,它将一正方形区域变换为一弯曲的曲面,如图 8.17 所示。

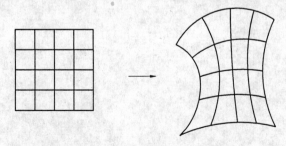

图 8.17　二维 FFD:把正方形区域变形为曲面

图 8.18 表示了 FFD 作用于茶壶的变形效果,见参考文献[2]。

与 Morphing 技术相比,FFD 变形技术对变形的可控性更强,现已成为同类变形方法中最实

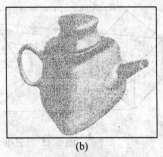

(a)　　　　　　　　　　　　　　(b)

图 8.18　FFD 作用于茶壶的变形效果

用、应用最广泛的一种变形技术。其主要缺点是:缺乏对变形的细微控制,如模拟人脸表情动画等效果不够理想。

第9章 分形学的基本方法

9.1 分形的概述

自然界中的许多景物,如山脉、云彩、树木、烟雾等,由于它们缺乏简单的宏观结构,找不出正规的特征,很难将它们清晰地表示出来。分形几何方法的出现,为上述自然景物的计算机模拟与造型提供了一种强有力的工具。

1975 年,B. Mandelbrot 出版了他的专著《分形,机遇和维数》,这是分形理论诞生的标志。在此之后的 20 多年来,分形的研究受到了非常广泛的重视,其原因在于分形既有深刻的理论意义,又有巨大的实用价值。分形向人们展示了一类具有标度不变对称性的新世界,吸引着人们寻求其中可能存在着的新规律和新特征;分形提供了描述自然形态的几何学方法,使得在计算机上可以从少量数据出发,对复杂的自然景物进行逼真的模拟,并启发人们利用分形技术对信息作大幅度的数据压缩。

人们在对分形学的研究中逐渐总结出,自然形态可看作是具有无限嵌套层次的精细结构,并且在不同尺度之下保持某种相似的属性,于是在变换与迭代的过程中得到描述自然形态的有效方法(其中 IFS 方法和 L 系统是典型的代表)。不规则的几何形态在我们周围处处可见,诸如山脉、烟云等,至于微观世界复杂物质的结构,宏观世界浩瀚天体的演变,更展现了层出不穷的不规则几何形态,它们往往都是分形几何的研究对象,因此说"分形是大自然的几何学"、"分形处处可见"。分形的研究离不开计算机。如果不是计算机图形图像处理功能的增强,很难想象怎样才能产生具有无限细节的自然景物和高度真实感的三维动画。反过来,分形理论与方法又极大地丰富了计算机图形学内容,分形的思想会在计算机科学的发展上产生一定的影响。

我们可以这样理解由 K. Falconer 给出的关于分形的定义:

如果集合 F 具有下面典型的性质,我们则称 F 为分形:

(1) F 具有精细的结构,也就是说在任意小的尺度之下,它总有复杂的细节;

(2) F 是不规整的,它的整体与局部都不能用传统的几何语言来描述;

(3) F 通常有自相似形式,这种自相似可以是近似的或是统计意义上的;

(4) 一般的,F 的某种定义之下的分形维数大于它的拓扑维数;

(5) 在大多数令人感兴趣的情形下,F 以非常简单的方法确定,可能由迭代过程产生。

本章主要介绍分形学的典型方法 —— 迭代函数系统和 L 系统,以及如何用迭代函数系统和 L 系统生成分形图形。

9.2 迭代函数系统

迭代函数系统简记为 IFS(Iterated Function System),这是分形绘制的典型重要方法。IFS 的基本思想并不复杂,它认定几何对象的全貌与局部,在仿射变换的意义下,具有自相似结构。这样一来,几何对象的整体被定义之后,选定若干仿射变换,将整体形态变换到局部,并且这一过程可以迭代地进行下去,直到得到满意的造型。下面是几个著名分形图形的 IFS 生成方法。

9.2.1　Cantor 集

德国数学家 Georg Cantor 于 1883 年定义了一个在 $[0,1]$ 上的点集,即著名的 Cantor 三分集。记

$$E_0 = [0,1]$$

$$E_1 = \left[0, \frac{1}{3}\right] \cup \left[\frac{2}{3}, 1\right]$$

$$E_2 = \left[0, \frac{1}{9}\right] \cup \left[\frac{2}{9}, \frac{1}{3}\right] \cup \left[\frac{2}{3}, \frac{7}{9}\right] \cup \left[\frac{8}{9}, 1\right]$$

$$\vdots$$

一般说来,在 E_j 被定义之后,E_{j+1} 是从 E_j 中每个区间去掉中间的三分之一开区间以后的集合,E_j 由 $2j$ 段区间组成,每段长度为 3^{-j},Cantor 三分集就是

$$E = \bigcap_{j=0}^{\infty} E_j$$

如图 9.1 所示,记 $[0,1]$ 区间三等分之后的三个区间分别为 I_0、I_1、I_2。将 I_0 和 I_2 分别三等分之后的小区间记为 I_{00}、I_{01}、I_{02} 和 I_{20}、I_{21}、I_{22} 等,于是

$$E_1 = \bigcup_{j_1 \neq 1} I_{j_1}$$

$$E_2 = \bigcup_{j_1, j_2 \neq 1} I_{j_1, j_2}$$

$$\vdots$$

$$E_k = \bigcup_{j_1, j_2, \cdots, j_k \neq 1} I_{j_1, j_2, \cdots, j_k}$$

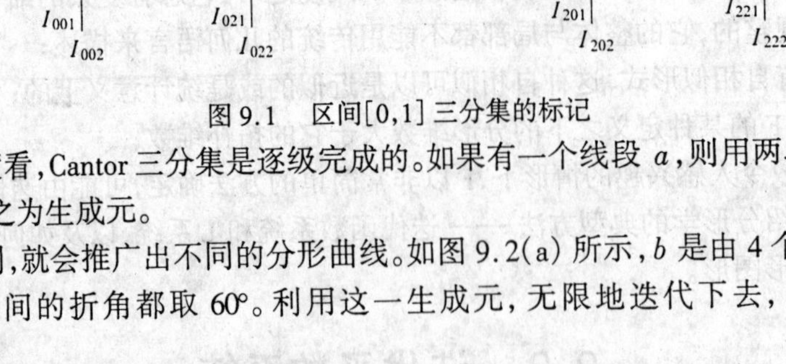

图 9.1　区间 $[0,1]$ 三分集的标记

从作图角度看,Cantor 三分集是逐级完成的。如果有一个线段 a,则用两段小线段代替它,后者记为 b,称之为生成元。

生成元不同,就会推广出不同的分形曲线。如图 9.2(a) 所示,b 是由 4 个相等长度的线段组成的折线,中间的折角都取 60°。利用这一生成元,无限地迭代下去,就会生成著名的 von Koch 曲线。

1. von Koch 曲线的迭代算式

如图 9.2(b) 所示,设线段的原长为 L,生成元的每一小线段长度为 $L/3$,则每点的迭代算

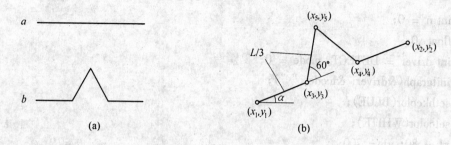

图 9.2　von Koch 曲线生成元

式为

$$x_3 = \frac{1}{3}(x_2 - x_1) + x_1, \quad y_3 = \frac{1}{3}(y_2 - y_1) + y_1$$

$$x_4 = \frac{2}{3}(x_2 - x_1) + x_1, \quad y_4 = \frac{2}{3}(y_2 - y_1) + y_1$$

$$x_5 = x_3 + \frac{1}{3}L\cos(60° + \alpha) =$$

$$x_3 + \frac{1}{3}L(\cos 60°\cos \alpha - \sin 60°\sin \alpha) =$$

$$x_3 + \frac{1}{6}\left[(x_2 - x_1) - \sqrt{3}(y_2 - y_1)\right]$$

$$y_5 = y_3 + \frac{1}{3}L\sin(60° + \alpha) =$$

$$y_3 + \frac{1}{3}L(\sin 60°\cos \alpha + \cos 60°\sin \alpha) =$$

$$y_3 + \frac{1}{6}\left[\sqrt{3}(x_2 - x_1) + (y_2 - y_1)\right]$$

经过迭代,就会得到 von Koch 曲线。图 9.3 所示的分别是当迭代次数为 1、2、3、4 所的得 von Koch 曲线。

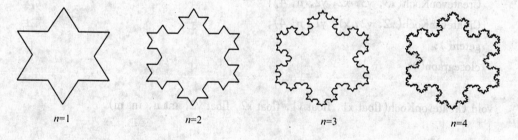

图 9.3　von Koch 曲线

例 9.1　von Koch 曲线的生成。

```
# include < graphics.h >
# include < math.h >
main()
{
    void CreatevonKoch(float x1, float y1, float x2, float y2, int n, int m);
    float x1, x2, x3, y1, y2, y3;
```

```
    int n = 0;
    float x0;
    int driver = DETECT, mode = 0;
    initgraph(&driver, &mode, " ");
    setbkcolor(BLUE);
    setcolor(WHITE);
    x1 = 80; y1 = 200;
    x2 = 180; y2 = 200;
    x3 = 130; y3 = 200 + 100 * sqrt(3)/2;
    x0 = 130;
    CreatevonKoch(x1, y1, x3, y3, n, 1);
    CreatevonKoch(x3, y3, x2, y2, n, 1);
    CreatevonKoch(x2, y2, x1, y1, n, 1);
    x1 = x1 + x0; x2 = x2 + x0; x3 = x3 + x0;
    CreatevonKoch(x1, y1, x3, y3, n, 2);
    CreatevonKoch(x3, y3, x2, y2, n, 2);
    CreatevonKoch(x2, y2, x1, y1, n, 2);
    x1 = x1 + x0; x2 = x2 + x0; x3 = x3 + x0;
    CreatevonKoch(x1, y1, x3, y3, n, 3);
    CreatevonKoch(x3, y3, x2, y2, n, 3);
    CreatevonKoch(x2, y2, x1, y1, n, 3);
    x1 = x1 + x0; x2 = x2 + x0; x3 = x3 + x0;
    CreatevonKoch(x1, y1, x3, y3, n, 4);
    CreatevonKoch(x3, y3, x2, y2, n, 4);
    CreatevonKoch(x2, y2, x1, y1, n, 4);
    getch();
    closegraph();
}
void CreatevonKoch(float x1, float y1, float x2, float y2, int n, int m)
{
    float x3, y3, x4, y4, x5, y5;
    x3 = (x2 - x1)/3 + x1;
    y3 = (y2 - y1)/3 + y1;
    x4 = (x2 - x1)/3 * 2 + x1;
    y4 = (y2 - y1)/3 * 2 + y1;
    x5 = x3 + ((x2 - x1) - (y2 - y1) * sqrt(3))/6;
    y5 = y3 + ((x2 - x1) * sqrt(3) + (y2 - y1))/6;
    n = n + 1;
    if(n == m)
```

```
    {
        moveto(x1, y1);
        lineto(x3, y3);
        lineto(x5, y5);
        lineto(x4, y4);
        lineto(x2, y2);
        return;
    }
    CreatevonKoch(x1, y1, x3, y3, n, m);
    CreatevonKoch(x3, y3, x5, y5, n, m);
    CreatevonKoch(x5, y5, x4, y4, n, m);
    CreatevonKoch(x4, y4, x2, y2, n, m);
}
```

2. Koch Snowflake 曲线的迭代算式

当生成元 b 为等腰三角形,即将已有的一条线段用成直角的两条线段来代替(图 9.4),无限地迭代下去,就会扩展出另一分形曲线——Koch Snowflake 曲线。

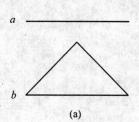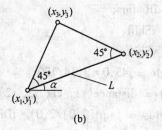

图 9.4　Koch Snowflake 曲线生成元

其迭代算式为

$$x_3 = x_1 + \frac{\sqrt{2}}{2}L\cos(45° + \alpha) = x_1 + \frac{\sqrt{2}}{2}L(\cos 45°\cos \alpha - \sin 45°\sin \alpha) =$$

$$x_1 + \frac{1}{2}[(x_2 - x_1) - (y_2 - y_1)]$$

$$y_3 = y_1 + \frac{\sqrt{2}}{2}L\sin(45° + \alpha) = y_1 + \frac{\sqrt{2}}{2}L(\sin 45°\cos \alpha + \cos 45°\sin \alpha) =$$

$$y_1 + \frac{1}{2}[(x_2 - x_1) + (y_2 - y_1)]$$

图 9.5 为迭代后的 Koch Snowflake 曲线。

例 9.2　Koch Snowflake 曲线的生成。

```
# include < graphics.h >
# include < math.h >
double distance(float x1, float y1, float x2, float y2)
{
    float d;
```

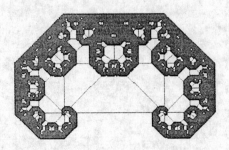

图 9.5　Koch Snowflake 曲线

```
    d = sqrt((x2 - x1) * (x2 - x1) + (y2 - y1) * (y2 - y1));
    return d;
}
float moveX(float x1, float y1, float x2, float y2)
{
    float xMove;
    float fAngle;
    float fDist;
    float fRadius;
    float xShift;
    float yShift;
    fAngle = 45.0 * 3.14/180;
    fDist = distance(x1, y1, x2, y2);
    fRadius = (sqrt(2.0)/2.0) * fDist;
    xShift = cos(fAngle) * (x2 - x1);
    yShift = sin(fAngle) * (y2 - y1);
    xMove = fRadius/fDist * (xShift - yShift);
    return xMove;
}
float moveY(float x1, float y1, float x2, float y2)
{
    float yMove;
    float fAngle;
    float fDist;
    float fRadius;
    float xShift;
    float yShift;

    fAngle = 45.0 * 3.14/180;
    fDist = distance(x1, y1, x2, y2);
    fRadius = (sqrt(2.0)/2.0) * fDist;
```

```
    xShift = cos(fAngle) * (x2 - x1);
    yShift = sin(fAngle) * (y2 - y1);
    yMove = fRadius/fDist * (xShift + yShift);
    return yMove;
}

void createfractals(float x1, float y1, float x2, float y2)
{

    float fDistpt;
    float xSpike, ySpike;
    fDistpt = distance(x1, y1, x2, y2);
    if(fDistpt < = 1.5)
    return;
    xSpike = x1 + moveX(x1, y1, x2, y2);
    ySpike = y1 + moveY(x1, y1, x2, y2);
    moveto(x1, y1);
    lineto(x2, y2);
    lineto(xSpike, ySpike);
    lineto(x1, y1);
    createfractals(x1, y1, xSpike, ySpike);
    createfractals(xSpike, ySpike, x2, y2);
}


main()
{

    float x1, y1, x2, y2;
    int driver = DETECT, mode = 0;
    initgraph(&driver, &mode, " ");
    setbkcolor(BLUE);
    setcolor(YELLOW);
    x1 = 180;
    y1 = 150;
    x2 = 400;
    y2 = 150;
    createfractals(x1, y1, x2, y2);
    getch();
    closegraph();
}
```

9.2.2 Julia 集与 Mandelbrot 集

20 世纪初,数学家 Julia 和 Mandelbrot 注意到一个事实,即如果复数 $Z \to Z^2 + \mu$ 总是按模有限的数,那么整个"边界"可以从其自身任意取定的"小片"生成出来。这种局部暗含整体的"全息"性质便是自相似性。实际上,Julia 集与 Mandelbrot 集均来自非线性映射

$$x \to x^2 + \mu$$

由单峰映射 $$x \to f(x) = \lambda x(1 - x)$$
经过变换可得 $$x \to f'(x) = x^2 + \mu$$

参数在复平面上运动时,迭代过程为

$$Z_{n+1} = Z_n^2 + \mu \quad (n = 0, 1, 2, \cdots)$$

式中　　Z—— 复数。

当 Z_0 取 0,复平面 μ 上 $n \to \infty$ 时,序列 $\mu, \mu^2 + \mu, (\mu^2 + \mu)^2 + \mu, \cdots$ 为不趋向 ∞ 的 μ 的集合 M,为 Mandelbrot 集。而当 μ 为常数时,变化 Z 的迭代结果便为 Julia 集。

对迭代过程 $Z_{n+1} = Z_n^2 + \mu$,分离 Z 及 μ 的实部和虚部,记作

$$Z = x + iy, \quad \mu = p + iq$$

第 k 个点 Z_k 意味着 xOy 平面上的点 (x_k, y_k),从 Z_k 到 Z_{k+1} 的迭代过程为

$$x_{k+1} = x_k^2 - y_k^2 + p$$
$$y_{k+1} = 2x_k^2 y_k^2 + q$$

令实虚轴的范围为 $(x_1, y_1), (x_2, y_2)$,当 $x_1 = -2.25$, $y_1 = -1.5$, $x_2 = 0.75$, $y_2 = 1.5$ 时,可得 Mandelbrot 集全貌。取不同的 (x_1, y_1) 和 (x_2, y_2) 会得到不同部位的 Mandelbrot 集放大图。当 p、q 取不同值时,便可得不同图案的 Julia 集图案。

例 9.3 和例 9.4 给出了绘制 Julia 集与 Mandelbrot 集的程序,图 9.6 和图 9.7 为绘制出的 Julia 集与 Mandelbrot 集图形。

例 9.3　绘制 Julia 集。

```
# include < stdio. h >
# include < graphics. h >
# include < string. h >
# include < math. h >
# include < stdlib. h >
# define xsize 640
# define ysize 460
# define lineinc 1
# define colomninc 1
float x1,x2,y1,y2;
float incx,incy,sec;
int limit,maxx,maxy;
float P,Q;
main()
{ int graphdriver = DETECT,graphmode;
```

```
    initgraph(&graphdriver,&graphmode,"c: \ \ \ \ tc");
    initation();
    cleardevice();
    drawmandel();
    getch();
    closegraph();
}
initation()
{
  x1 = - 1.5;x2 = 1.5;
  y1 = - 1.5;y2 = 1.5;
  limit = 350;
  incx = (x2 - x1)/xsize;
  incy = (y2 - y1)/ysize;
  P = 0.32000;
  Q = 0.04300;
}
float distance(xval,yval)
float xval,yval;
{
  float F;
  if((xval! = 0.0)&&(yval! = 0.0))
  F = sqrt(xval * xval + yval * yval);
  else if(xval = = 0.0)F = fabs(yval);
  else F = fabs(xval);
  return(F);
}
  float  * calculate(xpos,ypos,xiter,yiter)
  float xpos,ypos,xiter,yiter;
  {
    float xtemp,ytemp,xy[2];
    xtemp = xiter * xiter - yiter * yiter + xpos + P;
    ytemp = 2 * (xiter * yiter) + ypos + Q;
    xy[0] = xtemp;
    xy[1] = ytemp;
    return(xy);
  }
drawmandel()
{
```

```
int line, colomn, compt, color, c1;
float p0, q0, model, x, y, aux;
float * fp;
    colomn = 0;
    while(colomn < = xsize)
      {
    line = 0;
    while(line < = ysize)
     {
       x = x1 + colomn * incx;
       y = y1 + line * incy;
       compt = 0;
       model = 0;
       while((compt < = limit)&&(model < = 4))
        {
          aux = x;
          x = x * x - y * y + P;
          y = 2 * y * aux + Q;
          compt = compt + 1;
          model = x * x + y * y;
        }
    if(model > 4)putpixel(colomn, line, compt);
    line = line + lineinc;
  }
    colomn = colomn + colomninc;
 }
}
```

例 9.4　绘制 Mandelbrot 集。

```
# include < stdio.h >
# include < graphics.h >
# include < string.h >
# include < math.h >
# include < stdlib.h >
# define xsize 640
# define ysize 460
# define lineinc 1
# define colomninc 1
float x1, x2, y1, y2;
```

```
    float incx,incy,sec;
    int limit,maxx,maxy;
main()
{ int graphdriver = DETECT,graphmode;
  initgraph(&graphdriver,&graphmode,"c:\\ \\ tc");
  initation();
  cleardevice();
  drawmandel();
  getch();
  closegraph();
}
initation()
{
  x1 = - 2.0;x2 = 0.7;
  y1 = - 1.25;y2 = 1.25;
  limit = 350;
  incx = (x2 - x1)/xsize;
  incy = (y2 - y1)/ysize;
}
float distance(xval,yval)
float xval,yval;
{
  float F;
  if((xval! = 0.0)&&(yval! = 0.0))
  F = sqrt(xval * xval + yval * yval);
  else if(xval = = 0.0)F = fabs(yval);
  else F = fabs(xval);
  return(F);
}
  float * calculate(xpos,ypos,xiter,yiter)
  float xpos,ypos,xiter,yiter;
  {
    float xtemp,ytemp,xy[2];
    xtemp = xiter * xiter - yiter * yiter + xpos;
    ytemp = 2 * (xiter * yiter) + ypos;
    xy[0] = xtemp;
```

```
        xy[1] = ytemp;
        return(xy);
    }
drawmandel()
    {
        int line,colomn,compt;
        float p0,q0,model,x,y,aux;
        float * fp;
        colomn = 0;
        while(colomn < = xsize)
            {
        p0 = x1 + colomn * incx;
        line = 0;
        while(line < = ysize)
            {
                q0 = y1 + line * incy;
                x = 0;
                y = 0;
                compt = 1;
                model = 0;
                while((compt < = limit)&&(model < 2))
                    {
                        fp = calculate(p0,q0,x,y);
                        x = * fp;
                        y = * (fp + 1);
                        compt = compt + 1;
                        model = distance(x,y);
                    }
        if(model > = 2)putpixel(colomn,line,compt);
        line = line + lineinc;
            }

        colomn = colomn + colomninc;

            }

        }
```

图 9.6　Julia 集

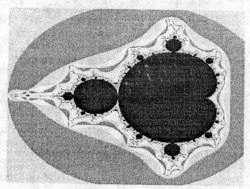

图 9.7　Mandelbrot 集

9.3　L 系统(L-System)

L 系统是生成分形图形的另一种重要方法。美国生物学家 Aristid Lindenmayer 于 1968 年提出植物生长的数学模型,后来被数学家、计算机科学家发展成以他的名字命名的形式语言,即 L 系统。L 系统也称字符串重写系统,该系统产生解释成曲线与图画生长的字符串,字符全是字母字符或是专用字符,比如"F"、"+"、"−"等。可赋予字符特定的含义,如:

F:向前移动一步,步长为 d;

+:向左转 δ 角;

−:向右转 δ 角。

该方法的主要部分是字符串生成算法,第一个字符串仅仅含有已给定的字符,称作"公理"。公理的每一个字符用一个产生规则表中取出的字符串取代,这种替代过程在重复了规定的次数后,便可产生分形曲线。例如,ω 表示公理,对应初始图形,如图 9.8(a) 所示,P 为产生式,它的后继对应于生成元,如图 9.8(b) 所示,令步长 d 在相邻的两子图之间缩短了 3 倍,$\delta = 90°$,则 L 系统的字符串表示为

$$\omega:F - F - F - F$$
$$P:F + F - F - F + F$$

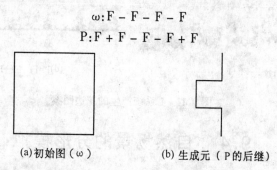

　　(a)初始图（ω）　　　　　　(b) 生成元（P 的后继）

图 9.8　分形曲线的初始图形及生成元

在经过 4 次替代后,便可得到一级至四级的 koch 类型曲线,见图 9.9(a) ~ 图 9.9(d)。n 为替代次数。

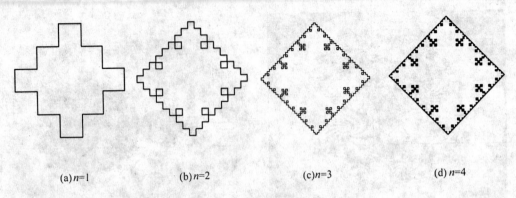

(a)$n=1$ (b)$n=2$ (c)$n=3$ (d)$n=4$

图 9.9   koch 类型分形曲线

若将字符串改写为

ω：F - F - F - F

P：F - F + F + FF - F - F + F

则会产生如图 9.10 所示的 von Koch 曲线。

产生字符串的公理不同，可有不同的图形，当公理给定之后，产生式也可不同，这可以得到各种各样的分形图形。如令公理为只有步长的长字符串时，就可得到不同产生式所给出的不同的花边图案。通常令产生式与相邻两级子图间缩短的步长相匹配。值得提出的是，当产生式与步长不匹配时，则出现扰动现象，常常会产生意想不到的奇妙图案。图 9.11 中的几幅花边图案即为基于 L-System 给出的，图下方的字符串为产生式。

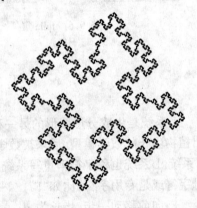

图 9.10   von Koch 曲线

(a)P=-FF+FF+F-F   (b)P=F+FF+F-F-F

(c)P=F+F-F-FF+F   (d)P=FF-F++F-F

图 9.11   L 系统产生的花边图案

9.4   自然场景的分形模拟

近年来介绍用分形来模拟自然场景方法的文献有很多，本节介绍两种模拟地形和山形的分形方法。

9.4.1　由分形插值曲面绘制地形面

在制作真实感场景中,经常要解决如何绘制起伏的地形面问题。我们可采用分形插值曲面来构造地形面。

1. 分形插值曲面

用 IFS 方法可以构造一类分形插值函数,这类函数的图像可以表示山脉的轮廓、云彩的形状、起伏的地形、钟乳石的外观等。用分形插值函数来处理这类不规则的曲线和曲面,是因为它们往往是不可微的,但它们也不是完全随机的。用分形插值函数构造出的曲面就是分形插值曲面。

通常的多项式插值或样条插值强调了光滑性,而没能体现精细的自相似结构。

令 I 表示区间$[x_0, x_N]$, N 为正整数,且有分点 x_j 满足

$$x_0 < x_1 < x_2 < \cdots < x_N$$

给定型值点$\{P_j\}$, $j = 0, 1, 2, \cdots, N$, $P_j = (x_j, y_j)$,这里为方便将向量写成行的形式。希望构造插值函数 $f: I \to R$,使得

$$f(x_j) = y_j \quad (j = 0, 1, 2, \cdots N)$$

我们研究的是存在 $I \times R$ 上的一个紧致集合 K 和一组连续变换 $w_j: K \to K$,使得 IFS 的唯一吸引子是 $G = \{(x, f(x)): x \in I\}$。把这样的函数 f 叫做分形插值函数。通常情况下 G 是分形。f 可以是 Holder 连续但不可微。

设两个点$(c_1, d_1), (c_2, d_2) \in K$,其距离定义为

$$d((c_1, d_1), (c_2, d_2)) = \max\{|c_1 - c_2|, |d_1 - d_2|\}$$

又设 $I_j = [x_{j-1}, x_j]$,令 $L_j: I \to I_j$, $j \in \{1, 2, \cdots, N\}$,这里 L_j 是压缩的

$$L_j(x_0) = x_{j-1}, \quad L_j(x_N) = x_j$$

对任意 $c_1, c_2 \in I$,有

$$|L_j(c_1) - L_j(c_2)| \leqslant \beta |c_1 - c_2|$$

其中 β 满足 $0 \leqslant \beta < 1$。设 $F_j: K \to [a, b]$ 是连续的, $-\infty < a < b < +\infty$。存在 γ 满足 $0 \leqslant \gamma < 1$,使得

$$F_j(x_0, y_0) = y_{j-1}, \quad F_j(x_N, y_N) = y_j$$
$$|F_j(c, d_1) - F_j(c, d_2)| \leqslant \gamma |d_1 - d_2|$$

其中, $c \in I, d_1, d_2 \in [a, b], j \in \{1, 2, \cdots N\}$。

现在定义 w_j

$$w_j(x, y) = (L_j(x), F_j(x, y)) \quad (j = 0, 1, 2, \cdots, N)$$

于是我们定义了一个 IFS。对如此定义的 IFS,可以证明它有唯一的吸引子 G, G 是连续函数 $f: I \to [a, b]$ 的图像,其中 f 满足

$$f(x_j) = y_j \quad (j = 0, 1, 2, \cdots, N)$$

将这样的插值算法推广到矩形域上的二元插值函数,就可得到分形插值曲面。

令 $I = [p_1, p_2], J = [q_1, q_2]$,设 $D = I \times J, D = \{(x, y): p_1 \leqslant x \leqslant p_2, q_1 \leqslant y \leqslant q_2\}$,以 $\Delta x, \Delta y$ 为步长剖分 D

$$p_1 = x_0 < x_1 < \cdots < x_N = p_2$$

$$q_1 = y_0 < y_1 < \cdots < y_M = q_2$$

在网格点上给定一组数据 $(x_n, y_m, Z_{n,m})$，$n = 0, 1, 2, \cdots, N$，$m = 0, 1, 2, \cdots, M$。要构造的插值函数 $f: D \rightarrow R$ 满足

$$f(x_n, y_m) = Z_{n,m} \quad (n = 0, 1, 2, \cdots, N, m = 0, 1, 2, \cdots, M)$$

我们的讨论在 $K = D \times [a, b]$ 上进行，$-\infty < a < b < +\infty$，这时，对 (c_1, d_1, e_1)，$(c_2, d_2, e_2) \in K$，取

$$d((c_1, d_1, e_1), (c_2, d_2, e_2)) = \max\{|c_1 - c_2|, |d_1 - d_2|, |e_1 - e_2|\}$$

记 $I_n = [x_{n-1}, x_n]$，$J_m = [y_{m-1}, y_m]$，$D_{n,m} = I_n \times J_m$，$n \in \{1, 2, \cdots, N\}$，$m \in \{1, 2, \cdots, M\}$。又令 $K_n: I \rightarrow I_n$，$K_m: J \rightarrow J_m$ 为压缩变换，而且满足

$$K_n(x_0) = x_{n-1}, \quad K_n(x_N) = x_n$$
$$K_m(y_0) = y_{m-1}, \quad K_m(y_M) = y_m$$
$$|K_n(c_1) - K_n(c_2)| < k|c_1 - c_2|$$
$$|K_m(d_1) - K_m(d_2)| < k|d_1 - d_2|$$

其中，$c_1, c_2 \in I$，$d_1, d_2 \in J$，$0 \leqslant k < 1$。

假定 $L_{n,m}: D \rightarrow R^2$ 是压缩变换

$$L_{n,m}(x, y) = (K_n(x), K_m(y))$$

$F_{n,m}: D \rightarrow [a, b]$ 是连续的，且满足

$$\begin{cases} F_{n,m}(x_0, y_0, Z_{0,0}) = Z_{n-1,m-1} \\ F_{n,m}(x_N, y_0, Z_{N,0}) = Z_{n,m-1} \\ F_{n,m}(x_0, y_M, Z_{0,M}) = Z_{n-1,m} \\ F_{n,m}(x_N, y_M, Z_{N,M}) = Z_{n,m} \end{cases}$$

及
$$|F_{n,m}(c, d, e_1) - F_{n,m}(c, d, e_2)| \leqslant q|e_1 - e_2|$$

其中 $(c, d) \in D$，$e_1, e_2 \in [a, b]$，$n \in \{1, 2, \cdots, N\}$，$m \in \{1, 2, \cdots, M\}$，$0 \leqslant q < 1$。令

$$W_{n,m}(x, y, Z) = (K_n(x), K_m(y), K_{n,m}(x, y))$$
$$(n = 1, 2, \cdots, N, m = 1, 2, \cdots, M)$$

那么我们定义了 K 上的一个 IFS。可以证明，对这样定义的 IFS，存在唯一的吸引子 $G = \{(x, y, f(x, y)): (x, y) \in D\}$，它是 f 的图像，满足

$$f(x_n, y_m) = Z_{n,m} \quad (n = 0, 1, 2, \cdots, N, m = 0, 1, 2, \cdots, M)$$

2. 由分形插值曲面绘制地形面实例

在实际应用时，可将分形插值函数简化成下面的插值算式

$$K_n(x) = (1 - h_x)x_{n-1} + h_x x_n$$
$$K_m(y) = (1 - h_y)y_{m-1} + h_y y_m$$
$$K_{n,m}(x, y) = (1 - h_x)(1 - h_y)Z_{n-1,m-1} + h_x(1 - h_y)Z_{n,m-1} + (1 - h_x)h_y Z_{n-1,m} +$$
$$h_x h_y Z_{n,m} + A \cdot \text{rand}$$

其中，$0 \leqslant h_x, h_y \leqslant 1$，$A$ 为变位系数，rand 为介于 -1 和 1 之间的随机变量。这样，我们只需变动网格点上的数值，就可通过分形插值生成所需要的地形。

取 $D = [-1.0, 1.0] \times [-1.0, 1.0]$，$\Delta x = \Delta y = 0.2$，我们根据实际需要给出网格点上的

数值以控制地形的大致起伏,按上面的算式迭代后,可得到如图 9.12 所示的地形图形。

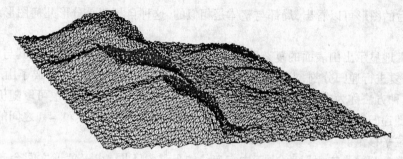

图 9.12　由分形插值曲面绘制地形

9.4.2　自然场景中山形的绘制

在自然场景中经常要显示山脉的景象。山的表面形状虽然复杂,但它具有自然的相似性,因此可以用分形造型来构造山的表面形状。

山的分形表达可通过递归锥台类立体表面的多边形来构造,该多边形可以为三角形、四边形。因此,山的分形表达可用三角形中点变位法和四边形变位法来构造。

1. 三角形中点变位法

如图 9.13 所示,已知 $\triangle P_1 P_2 P_3$,用线性插值的方法求出 $P_1 P_2$、$P_2 P_3$、$P_3 P_1$ 边的中点,再把对应点连接起来,大三角形就变成了 4 个小三角形,如图 9.13(b) 所示。然后再对每个小三角形进行同样的分割,就会得到 16 个小三角形,图 9.13(c) 所示。

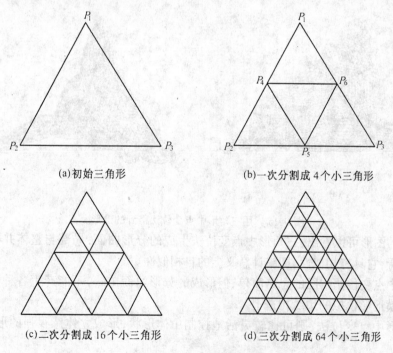

(a)初始三角形　　　　　　　　(b)一次分割成 4 个小三角形

(c)二次分割成 16 个小三角形　　　　(d)三次分割成 64 个小三角形

图 9.13　三角形中点分割

如此分割下去,随着递归深度 n 的增加,三角形数会按如下规律增加

$$L = 2^{2n} \quad (n = 1, 2, 3, \cdots)$$

从分割后的图形可以看出,局部与整体是相似的,这种自相似是分形几何图形最重要的性质之一。

为了逼真地显示出山表面的复杂形状,在决定三角形每条边的中点时,让其与原来的位置偏离一点,反复进行递归分割,求出的三角形集合就不在一个平面上了,形成了山表面形状的分形曲面,这种方法称为中点变位法。变位的方式可以依照一定的规律,也可取随机方式。本文采用了一个随递归深度的增大而逐渐缩小的变位函数再乘一个介于 $-1 \sim 1$ 之间的随机变量,从而获得变位平移量。

大三角形分割成小三角形后,由于中点变位的平移量不同,小三角形之间会产生裂缝,如图 9.14 所示。

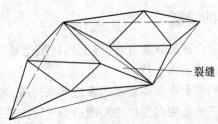

图 9.14　三角形之间产生的裂缝

为了解决由于随机变位而产生的三角形之间的裂缝,我们可将递归深度大于 1 的变位的随机变量,在每一递归深度取为相同,从而消除了裂缝。图 9.15 为用三角形中点变位法得到的山形。

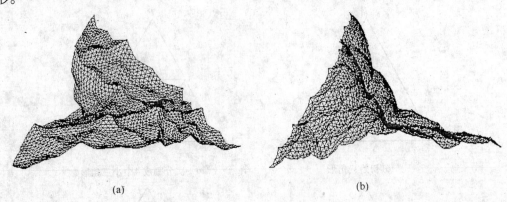

　　　　(a)　　　　　　　　　　　　　　　　(b)

图 9.15　用三角形中点变位法得到的山形

由上面的图形可以看出,三角形中点变位法生成的分形曲面,局部与整体并不完全相似,但从全局来看,它具有相似性,即统计意义上的自相似性。

三角形中点变位法构图的思路简单,但形成的分形曲面单一,不能产生各种各样的山形,可用在大规模地形模拟的边缘构造上。

而四边形中点变位法,则可比较灵活地控制山体形状,形成立体感很强的形状复杂的山形。

2.四边形中点变位法

四边形中点变位法的算法是,求出四边形每条边的中点和四边形的中点,再经过变位,将四边形分割成 4 个小四边形。图 9.16(a) 为事先给定的初始棱锥体和初始四边形。

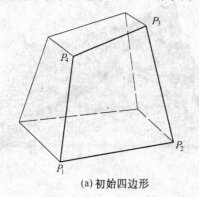
(a) 初始四边形

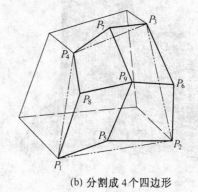
(b) 分割成 4 个四边形

图 9.16　四边形中点变位法

设四边形的 4 个顶点为 P_1、P_2、P_3、P_4，四条边的 4 个中点分别为 P_5、P_6、P_7、P_8，四边形的中点为 P_9，则变位后的点位可由下式确定

$$P_5^{(n)} = \frac{1}{2}(P_1^{(n-1)} + P_2^{(n-1)}) + t^{(n)}r$$

$$P_6^{(n)} = \frac{1}{2}(P_2^{(n-1)} + P_3^{(n-1)}) + t^{(n)}r$$

$$P_7^{(n)} = \frac{1}{2}(P_3^{(n-1)} + P_4^{(n-1)}) + t^{(n)}r$$

$$P_8^{(n)} = \frac{1}{2}(P_4^{(n-1)} + P_1^{(n-1)}) + t^{(n)}r$$

$$P_9^{(n)} = \frac{1}{4}(P_1^{(n-1)} + P_2^{(n-1)} + P_3^{(n-1)} + P_4^{(n-1)}) + t^{(n)}r$$

式中　　n——递归深度；

　　　　r——成正态分布的随机数，均值为 0.0，方差为 1.0；

　　　　$t^{(n)}$——变位函数。

许多函数都可以取作变位函数，但应符合变位量随递归深度 n 的增大而逐渐减小的原则。这里我们取作 $t^{(n)}$ 为

$$t^{(n)} = A2^{(1-n)} \quad (n = 1,2,3,\cdots)$$

式中　　A——变位平移常量，$A = \{x_0, y_0, z_0\}$，可事先给定，使得 $x_0, y_0, z_0 > 0$。

求出上述的 5 个点 P_5、P_6、P_7、P_8 及 P_9 后，连接对应点，可得 4 个小四边形，如图 9.16(b) 所示。

将每个小四边形继续分割下去，即反复进行递归运算，求出每个小四边形的顶点坐标，直到给定的递归深度。

与三角形中点变位法相同，为了解决由于随机变位而产生的四边形之间的裂缝，将 P_5、P_7 中的随机数在每一递归深度取为相同，P_6、P_8 中的随机数在每一递归深度也取为相同，这样使得相邻四边形中点变位后变位点保持吻合，分形曲面上的点处处连续。

最后，运算到给定的递归深度后，将每个小四边形对角连线，分为两个小三角形，即完成了山的分形造型。图 9.17 为用四边形中点变位法得到的山形线框图。图 9.18 为用相同的方法并经过真实感处理后得到的山形图。

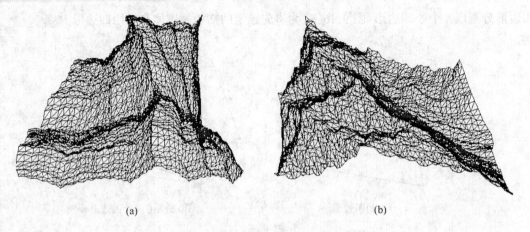

(a)　　　　　　　　　　　　　　　　(b)

图 9.17　四边形变位法得到的山形线框图

(a)　　　　　　　　　　　　　　　　(b)

图 9.18　四边形变位法得到的真实感山形图

　　通过上述算法的描述和图形可以看出,中点变位法只需输入极少的数据(四边形的4个顶点),就能够完成非常复杂的山体表面造型。而图形的精细程度取决于递归深度 n 的大小, n 越大,分割的图形也越精细。但也不能取任意大的递归深度,因为分割时总点数的增长大大超出线性速度, n 越大,需要的内存空间和计算量也越大,所以必须在递归深度和图形细节的层次之间作出权衡。变位系数中, x_0、 y_0、 z_0 的大小决定着山的起伏程度的大小。

第 10 章　　科学计算可视化

　　科学可视化(Scientific Visualization)是运用计算机图形学和图像处理技术,将科学计算过程中及计算结果数据转换为图形及图像,在屏幕上显示出来并进行交互处理的理论、方法和技术。现代科学计算会产生大量的计算数据,我们无法用传统的方法来理解如此大量的数据中所包含的复杂物理现象。应用可视化技术可以实现科学计算结果的图形显示,使人们迅速、准确地做出判断。因此,科学计算可视化技术已成为人们分析问题和解决问题过程中不可缺少的重要手段,具有理论与工程意义。

10.1　　科学可视化概述

10.1.1　　科学可视化出现的背景

　　"可视化"出现的源头可以追溯到远古时代,古代人们就用曲线来表示函数和变量的关系,这实际上就是可视化。早在 20 世纪 50 年代,人们就用打印机和绘图仪作为计算结果可视化的输出手段,并且一直沿用至今。而可视化到 20 世纪 80 年代才发展成为一个独立的技术领域,这是因为:

　　(1)计算机图形学已逐渐成长为一门成熟的学科,为可视化的发展提供了理论基础。计算机图形学在 20 世纪 70 ~ 80 年代获得了长足的发展,从变换、裁剪、消隐到绘制,已形成了一整套比较完整的理论,并开始走向实用。可视化的很多基础理论和算法均来自计算机图形学。

　　(2)计算机软硬件的迅猛发展、科学计算能力的快速增强,使得需要处理的数据急剧膨胀。进入 20 世纪 80 年代以后,计算机的发展特别是超级计算机的出现,使得越来越多的学科、越来越复杂的科学现象有可能通过科学计算的途径来进行研究,所计算的内容从天体物理、气象学、航空航天到原子物理、激光等离子体物理等,几乎无所不包,使得计算结果的数据急剧上升,如果不采用有效的表达手段,研究者们很难发现其中的规律。

　　(3)现在的人际通信、人机通信迫切需要可视化数据。现代科学提供的很多信息是很难用文字或语言进行交流的,如分子结构、人脑图谱信息等,科学家之间进行交流时需要借助可视图像。科学家在对海量数据进行分析和探索时也同样需要对数据进行可视化处理,如医学诊断、高分子模型结构研究、飞行模拟等。

　　1987 年,美国国家超级计算中心向美国国家科学基金会要求增加投资,用以购买用于科学计算的、功能更强的图形软硬件。在美国国家科学基金会召开的研讨会上,基金会高级科学计算部所属的图形、图像和工作站专题小组通过调研后发表了一篇报告,题为"Visualization in Scientific Computing",提出了"科学可视化"这一术语,论述了科学计算可视化对科学计算的重大意义,指出它将为科研人员提供强有力的手段来理解与洞察计算中所发生的一切。这次研讨会给出了科学可视化的定义、覆盖的领域以及近期与长期的研究方向。会议指出,科学家们不仅需要分析由计算机得出的计算数据,而且需要了解在计算过程中数据的变化,而这些都需要借助于计算机图形学及图像处理技术。会议将这一涉及多个学科的领域定名为"Visualization in Scientific Computing",简称为"Scientific Visualization"。从此科学可视化这一科学术语正式出现,美国国家科学基金会的几个学部开始支持可视化的研究项目,稍后,欧洲也开始支持科学可视化的研究计划。

1990 年起,美国 IEEE 计算机学会计算机图形学技术委员会开始举办一年一度的可视化国际学术会议,与此同时,美国、德国的超级计算机中心、研究所及大公司着手开发用于科学计算可视化的软件系统,并形成商品推向市场,如美国 Stardent 计算机公司推出的 AVS 系统,美国俄亥俄超级计算机中心开发的 apE 系统等,这标志着"科学可视化"作为一个学科已经成熟。经过短短十几年的时间,科学计算可视化理论和方法的研究已经在国际上蓬勃开展起来,它的应用遍及所有应用计算机从事计算的科学与工程学科,并且获得了巨大的效益。

10.1.2　科学可视化的基本步骤

科学可视化可分为 4 个步骤,简单介绍如下:

(1) 数据预处理

数据预处理就是将计算或实验产生的原始数据进行一系列变换,以便于后面对这些数据进行可视化,例如,对数据进行滤波或特征抽取,由基本数据导出新的数据,将数据转换为标准格式等。

(2) 映射

映射就是将数据映射为可显示的元素,它涉及造型和分类两项功能。造型指从滤波后的数据中抽取几何元素,如点、线、面等,在多媒体环境中还可将数据转化为声音。分类则指根据可视化的需要区分具有不同数据值的体元,为后续的处理提供依据。

(3) 绘制

绘制就是将上一步生成的几何元素(如点、线、面、体元等)转化为真实图形。绘制的方法取决于几何元素的类型。

(4) 显示

显示就是将绘制产生的图形数据按用户指定的方式(如输出设备的类型、显示窗口的大小和位置、存储格式等)输出。

10.1.3　科学可视化的应用

科学计算可视化无论是在科学研究领域还是在工程技术领域都有着非常重要的应用,大到航空航天、小到分子结构,可以说可视化的应用无所不在,下面主要介绍几个有代表性的可视化应用领域。

1. 可视化在医学诊断治疗中的应用

医学是可视化技术应用最早也是最成功的领域之一。在对人体内部器官和组织进行诊断时,医生主要基于 CT 图像、核磁共振图像及超声图像,但这些图像都是离散的二维序列图像。通过可视化技术就可以将这些二维序列的图像重构出三维图形,从而清晰地显示出人体器官或组织的复杂特征和空间定位关系,帮助医生做出正确的诊断。

2. 可视化在气象科学中的应用

气象预报的准确性依赖于对大量数据的计算和对计算结果的分析。一方面,可视化可将大量的数据转换为图像,在屏幕上显示出某一时刻的等压面、等温面、旋涡、云层的位置及运动、暴雨区的位置及其强度、风力的大小及方向等,使预报人员能对未来的天气作出准确的分析和预测。另一方面,根据全球的气象监测数据和计算结果,可将不同时期全球的气温分布、气压分布、雨量分布及风力风向等以图像形式表示出来,从而对全球的气象情况及其变化趋势进行研究和预测。

3. 可视化在土木水利工程中的应用

近年来,许多学者在土木工程的可视化应用方面做了工作,取得了显著的成就:

(1) 利用可视化技术显示有限元计算结果

在土木水利工程设计及研究,如高层建筑设计、水坝的设计与研究、大型桥梁设计等领域,有限元分析是广泛应用的一种计算技术。从 20 世纪 80 年代中期起,人们开始尝试把有限元分析与后置处理可视化显示结合在一起。普遍采用的使用等值线和彩色云图来显示应力、位移等有限元计算结果。现在,许多土木工程研究人员喜欢使用有可视化后处理功能的有限元软件 Ansys、Posts、Sap91 等来分析计算结果。也有一些研究人员正在制作针对某种情况的可视化应用系统。

(2) 利用可视化技术分析和反映结构的动力反应规律

在动力荷载(如地震、风力、机械振动等) 作用下,各类建筑结构将产生振动,继而产生变形、裂缝,甚至倒塌,因此建筑物的动力反应分析是人们关注的焦点之一。为此,研究者把实测地震波或借助计算机人工产生的动力波输入到建筑结构中,研究其动态反应,并利用可视化技术,将结构计算所产生的大规模数据信息转化为直观的、易于理解的画面,以加深人们对结构的动力反应规律及其分析过程的认识。

(3) 利用可视化技术进行地质体的稳定性分析

可视化技术还应用于地质体稳定性分析中,如在三峡库区流域内,存在着大量崩、塌、滑体和泥石流等地质灾害的隐患,影响到长江航运及库区城镇居民的安全。中科院计算所 CAD 开放研究实验室开发的"三峡滑坡仿真系统" 中,利用了可视化等技术,模拟了地质体失稳条件、失稳区域、失稳体积、失稳后将产生什么样的运动,运动的方向、速度、加速度、堆积形态及失稳所造成的危害,为探讨滑体失稳的各种诱发因素,从而采取有效的预防措施提供了依据。目前,人们可以借助可视化技术来显示岩体结构图形、实现土石坝的渗流稳定分析、显示岩体开挖与充填有限元计算结果、进行土工有限元中弹塑性分析和工程地质的综合分析。

(4) 可视化技术与计算机仿真、多媒体技术、虚拟现实等技术相结合,进行结构的破坏机理、混凝土的浇灌过程、波浪的冲击和破坏及地形地貌的模拟与仿真。

由于土木水利工程的投资大,而且一旦发生破坏,会对生命财产造成巨大损失。因此土木水利建筑结构的破坏试验一直是人们关注、研究的热点。但长期以来这种破坏试验都是以物理模型试验为主,费工费事,耗资巨大。现在,人们已经开始把可视化技术与计算机仿真、多媒体技术、虚拟现实技术结合起来,应用在与土木水利工程破坏有关的研究之中,开发了一些针对性较强的应用系统,尝试以非物理模型来进行结构破坏机理的研究,如:三峡工程库区滑坡计算机智能仿真系统、二滩大坝安全在线监控系统、风荷载作用下高耸结构多媒体仿真系统、小浪底排沙洞出口闸室仿真模型试验等,这种研究手段使人们以较少的投资就可获得比物理模型试验更丰富、更全面且可重复使用的试验资料。

大体积混凝土的浇灌、碾压过程中,其体内的温度场和温度应力场的变化是人们非常关心的问题,利用可视化和计算机仿真技术,可使温度的变化情况和施工进展情况一目了然,有效地对施工过程进行实时监测,合理安排浇注或碾压的顺序,最终可实现计算机自动控制施工系统。清华大学、大连理工大学、西安理工大学、武汉水利电力大学等单位已在这方面做了一定的研究工作。

波浪对沿海及海洋建筑物的冲击和破坏,一直是有关工程研究人员关心的问题,交通部天津水运工程科学研究所研制的"港内波浪数模可视化系统",把海洋、河流运动过程模拟的科学数据,转换成仿真动态可视化影像,为研究波浪与坝堤的相互作用提供了一个分析和观察数据的工具。

(5) 利用可视化技术,开发出具有决策、管理、查询、预警等功能的支持系统

具有可视化功能,是目前开发各种支持系统的一个发展趋势。许多研究组织已经或正在开始研究开发具有可视化功能的支持系统,如河海大学开发的"三峡 – 葛洲坝区间水环境决策系统"、武汉大学开发的"葛洲坝船闸安全信息管理系统"、河海大学做的"边坡监测信息可视化查询分析系统"等,为管理人员直观地了解所掌握的信息、上级领导及时准确地做出决策提供形象的全面的资料。

10.2　可视化的面绘制方法

面绘制算法首先要从三维数据场提取出曲线、边界曲面、等值面等中间几何信息,并将面上的数据属性值影射为可视元素,再用传统的计算机图形学技术实现画面绘制。为了揭示场中数据属性的特征,可视化中绘制的面一般都是等值面。

等值面的提取与重构是早期可视化的主要研究方向,其代表性方法有 Marching Cubes 方法、Cuberille 方法等。Cuberille 方法也叫立方块方法,它是用边界体素的六个面拟合等值面,即把边界体素中相互重合的面去掉,只把不重合的面连接起来近似表示等值面。而 Lorensen 等人于 1987 年提出的移动立方体法(Marching Cubes)是最有影响的等值面构造方法,一直沿用至今。最初的移动立方体法不能保证三角片所构成的等值面的拓扑一致性,会造成等值面上出现孔隙。后来许多人在 Lorensen 方法的基础上作了许多改进,解决了三角片构成中的二义性问题,保证了等值面的拓扑一致性。数据场的曲线、曲面绘制方法实现简单,绘制过程快,但只能体现物体的表面信息,物体内部大量整体信息被丢失,易造成对整体信息的理解偏差。

另一种方法是对数据进行剖面显示,显示的方式是等值线或云图。这种方法主要用于医学领域中对 CT 扫描信息的处理,使生成的图像能反映物质细小的差别,为医疗诊断提供准确的判断依据。在大坝的地震反应分析中,也常对坝体剖面的应力等数据进行计算和显示。本节将介绍等值线和云图的生成方法。

10.2.1　断面场值的等值线显示

二维数据场是各种分析、计算所得到的最基本的数据场,等值线和云图绘制是二维数据场可视化的主要技术,如等高线、等压线、等应力线、气象云图、应力云图等。所有后处理软件及可视化软件都应有这部分显示功能。

二维标量场可看成是定义于某一面上的一维标量函数 $F = F(x, y)$，所谓等值线是由所有点 (x_i, y_i) 定义，其中 $F(x_i, y_i) = F_t$（F_t 为一给定值），将这些点按一定顺序连接组成了函数 $F(x, y)$ 值为 F_t 时的等值线。

1. 等值线抽取概述

对于二维标量场，其数据往往是定义于某一网格面上的。网格的类型不同，其等值线抽取的方法也各有不同。网格可分为正规化网格(regular grid)和非正规化网格(irregular grid)。正规化网格的几何连通性是隐含的，如常见的正交网格。而非正规化网格要显式地定义网格单元的几何属性，如常见的三角片网格，其节点位置、边、单元都要显式定义。正规化网格的处理要比非正规化网格简单一些。根据等值线抽取时的网格单元处理次序，等值线抽取方法可分为网格序列法和网格无关法两类。

网格序列法的基本思想是按网格单元的排列次序，逐个处理每一单元，寻找每一单元内相应的等值线段。在处理完所有单元后，就自然生成了该网格中的等值线分布。其主要算法步骤是：

(1) 逐个计算每一网格单元与等值线的交点；

(2) 连接该单元内等值线的交点，生成在该单元中的一等值线线段；

(3) 由一系列单元内的等值线线段构成该网格中的等值线。

在实际情况中，对于某一个值的等值线，其穿过的单元数往往只占整个网格单元数的较小部分，在大型密集网格分布的情况下，网格序列法这种遍历所有网格单元的处理方法就会效率很低，于是产生了网格无关法这一高效的等值线生成方法。网格无关法通过给定等值线的起始点，或先求出其起始点，利用该点附近的局部几何性质，计算该等值线的下一点。然后利用已经求出的新点，重复计算下一点，直至到达区域边界，或回到原起始点。

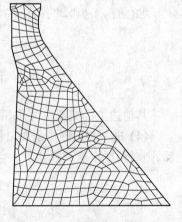

下面以大坝某断面的应力、位移场值数据为例，说明二维标量场等值线抽取方法。大坝的有限元计算结果均定义在四节点非正规化网格上，图 10.1 为大坝指定断面有限元网格。

采用的算法是基于网格序列法的基本步骤，根据 St. Andrew 单元剖分的基本思想，将其正规化网格的单元剖分方法拓展到非正规化网格上，采用三角片简化单元内等值线抽取的方法，即利用对角线将四节点单元分成 4 个三角形单元（见图 10.2），求出中心点的场量值，等值线的抽取直接在每个三角片中进行。由于一条等值线在一个三角片至多只出现一次，在由三角片 3 个点决定的平面内，等值线段很短，因而可直接用直线段连接等值线。

图 10.1　大坝有限元计算网格

2. 节点场值的计算

大坝受外力作用的场值有限元计算结果，可给出每个单元节点处的场值。但同一节点处于不同的单元上，其场值是不同的。对于某一节点 i，如图 10.3 所示，其场值为包含节点 i 的所有单元 e_1、e_2、e_3、e_4 在 i 点处场值的平均值。可采用数据库查询方法，找出包含节点 i 的所有单元，并求出其在节点 i 处场值的平均值

$$F_i = (F_{i1} + F_{i2} + F_{i3} + F_{i4})/4$$

3. 单元网格上等值线的生成

设一个四节点网格单元如图 10.2 所示,其中 I、J、K、L 四个定点分别为 (x_i,y_i),(x_j,y_j),(x_k,y_k),(x_l,y_l),对应的场值为 F_i、F_j、F_k、F_l,对角线交点 Mid 的坐标为

$$x_{\mathrm{mid}} = (x_i + x_j + x_k + x_l)/4$$

$$y_{\mathrm{mid}} = (y_i + y_j + y_k + y_l)/4$$

Mid 处的场值为

$$F_{\mathrm{mid}} = (F_i + F_j + F_k + F_l)/4$$

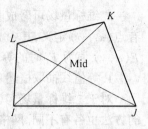

图 10.2　单元的剖分

要在该单元内生成值为 F_t 的等值线,需逐个计算每一网格单元与等值线的交点,连接该单元内等值线的交点,生成在该单元中的一等值线线段。剖面等值线是由一系列单元内的等值线线段构成的。

网格单元与等值线的交点计算主要是计算各单元内三角片边界与等值线的交点。设场值在单元内呈线性变化,可以采用顶点判定,边上插值的方法计算交点,具体算法步骤如下:

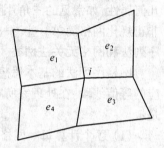

图 10.3　求 i 点的场值

(1) 将网格点分为"IN"、"OUT"两类状态,表示该点在等值线内或在等值线外。例如,若 $F_i \leqslant F_t$,则顶点 (x_i,y_i) 为"IN",记为"$-$",若 $F_i > F_t$,则顶点 (x_i,y_i) 为"OUT",记为"$+$"。

(2) 如果单元 4 个顶点全为"$+$",或全为"$-$",则该网格单元与值为 F_t 的等值线无交点。否则,执行下一步。

(3) 对于两个顶点分别为"$+$"、"$-$"的单元边,可用线性插值计算等值线在这条边上的交点。

如 (x_i,y_i) 为"$-$",(x_l,y_l) 为"$+$",如图 10.4 所示,则交点 (x_t,y_t) 为

$$x_t = \frac{F_t - F_i}{F_l - F_i}(x_l - x_i) + x_i$$

$$y_t = \frac{F_t - F_i}{F_l - F_i}(y_l - y_i) + y_i$$

其他边上的交点也可用相同方法求得。

(4) 进一步判断中点 Mid 的"$+$""$-$"号,若符号与顶点相同,则对角线上无交点,若符号相反,则对角线上有交点。

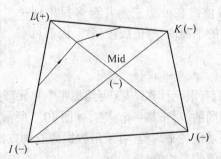

图 10.4　交点的判断和计算

(5) 判别下一步有交点的可能性,直到把所有可能存在的等值线都判别出并画出。

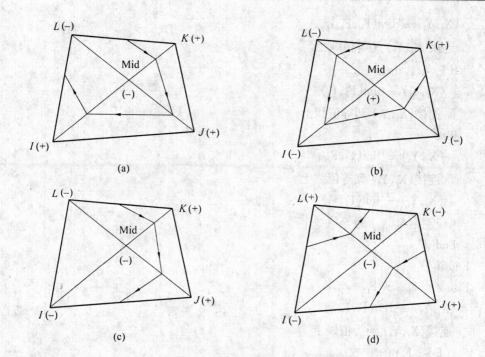

图 10.5　单元网格中等值线可能存在的几种情况

为了正确地连接交点生成等值线段，需规定等值线函数的方向：沿等值线走，大于等值线值的点在等值线的左面，小于等值线值的点在等值线的右面。也就是"－"点在等值线右面，"＋"点在等值线左面。

图 10.5 给出了单元网格中等值线可能存在的几种情况。

4. 基于单元剖分的四节点单元网格的等值线生成算法

（1）逐个处理网格中的每一单元，对每一单元 cell 执行下述操作；

（2）计算 cell 中点值 F_{mid}；

（3）计算 cell 四个顶点的 F_{max} 和 F_{min}

$$F_{max} = \max(F_i, F_j, F_k, F_l)$$

$$F_{min} = \min(F_i, F_j, F_k, F_l)$$

（4）For 每个在 F_{min} 和 F_{max} 之间的 F_t Do

① If $F_i \leqslant F_t < F_l$ then

　$(AX_t, BX_t) = \text{lint}(F_i, F_l)$　　／＊ lint 为线性插值函数，下同 ＊／

　等值线从 (AX_t, BX_t) 开始

　If $F_{mid} < F_t$ then

　　$(X_t, Y_t) = \text{lint}(F_l, F_{mid})$

　　连接 (X_t, Y_t) 到等值线上

　If $F_k < F_t$ then

　　$(X_t, Y_t) = \text{lint}(F_k, F_l)$

　　连接 (X_t, Y_t) 到等值线上

Else

$$(X_t, Y_t) = \text{lint}(F_k, F_{mid})$$

　连接(X_t, Y_t)到等值线上

If $F_j < F_t$ then

　　$(X_t, Y_t) = \text{lint}(F_k, F_j)$

　　连接(X_t, Y_t)到等值线上

Else

　　$(X_t, Y_t) = \text{lint}(F_j, F_{mid})$

　　连接(X_t, Y_t)到等值线上

　　$(X_t, Y_t) = \text{lint}(F_i, F_j)$

　　连接(X_t, Y_t)到等值线上

　End if

End if

Else ／＊ $F_{mid} > F_t$ ＊／

　$(X_t, Y_t) = \text{lint}(F_i, F_{mid})$

　连接(X_t, Y_t)到等值线上

　If $F_j \leqslant F_t$ then

　　　⋮

End if

② Else if $F_l \leqslant F_t < F_k$

　⋮

③ Else if $F_k \leqslant F_t < F_j$

　⋮

④ Else if $F_j \leqslant F_t < F_i$

　⋮

End if

5. 显示结果

图 10.6 为利用上述算法绘制的大坝断面场值等值线图。为了更清楚地表达等值线所代表的意义,采用多种颜色与计曲线所表示的场值相对应,并给出颜色与场值的对应图,可看出每条计曲线所代表的场值。

10.2.2　断面场值的彩色云图显示

为了使人们了解等值线所代表的场值含义,许多后处理软件采用了区域填充的表示方法,即将等值线之间的区域赋以不同的颜色,表达不同的场值。这种技术应用很广泛,其颜色与场值的对应关系一目了然,产生的云图颜色可以是跳跃的,也可以是连续的。本节将介绍颜色连续变化云图的生成方法,即将单元中每个像素点的场值计算出来,转换成对应的颜色值,并采用扫描线方法,计算像素点的场值及对应的颜色值,绘制出颜色连续变化的彩色场值云图,使人们可了解场值分布的细微情况。

1. 像素点上场值的计算

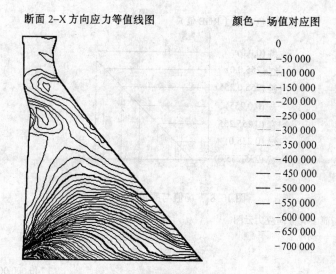

断面 2–X 方向应力等值线图　　　　颜色—场值对应图

图 10.6　大坝断面等值线图

在四节点单元 IJKL 中 (图 10.7) 扫描线 $y = i$ 与 IL 交于 a 点, 与 JK 交于 b 点, I、J、K、L 点的应力值分别为 s_i、s_j、s_k、s_l, 用线性插值的方法计算出 a、b 点的应力值 s_a、s_b 为

$$s_a = (1 - u)s_i + us_l$$

$$s_b = (1 - v)s_j + vs_k$$

其中　　　　　$u = (i - y_i)/(y_l - y_i)$

　　　　　　　$v = (i - y_j)/(y_k - y_j)$

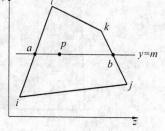

再求出扫描线 ab 上像素点 p 的应力值 s_p

$$s_p = (1 - t)s_a + ts_b$$

其中　　　　　$t = (z_p - z_a)/(z_b - z_a)$

图 10.7　求扫描线上 p 点的场值

2. 场值与颜色的对应关系

场值云图的表现内容就是把不同的场值用不同的颜色表示, 通过变化三元色 R、G、B 的值, 使两种颜色之间有 256 个变化量, 颜色越多, 应力的变化值分得越细微, 从而得到一个断面上场值的分布情况。

对于单层断面场值云图的绘制, 可采用多颜色对应关系, 使用黄、绿、青、蓝、粉、红、黑七种颜色 (见图 10.8), 应力由 f_{min} 变化至 f_{max} 时, 颜色变化明显。

3. 显示结果

仍以大坝的数据场为例, 图 10.9 为采用上述方法显示的大坝断面场值云图, 可以看出绘制出场值云图颜色光滑过渡, 变化均匀, 每个像素点都有颜色值, 分辨率很高。

10.3　可视化的体绘制方法

体绘制 (Volume Rendering) 是可视化技术发展的一个突破性进展, 也是目前可视化研究的热点。体绘制的基本原理是把整个体素空间看成充满了非均匀的半透明物质, 这种物质本身既发光, 又对光线传播有阻挡吸收作用, 即每一物质元都有一光强和一定的透明度, 沿视线观察

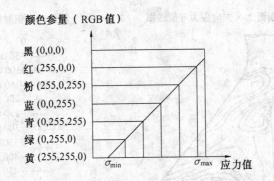

图 10.8 场值与颜色的对应关系

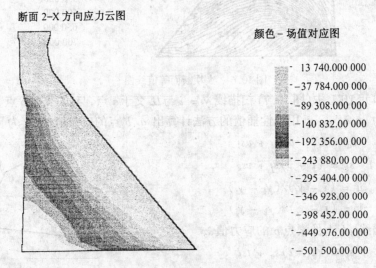

图 10.9 大坝断面场值云图

方向将这些物质元投影到二维图像平面上,计算每一物质元对整体光强所作的贡献,累加起来就可以得到一幅透明的投影图像。

　　在三维体绘制方法中,关键的是体光照模型和体绘制算法。根据绘制次序不同,体绘制方法又分以图形空间为序的体绘制方法和以物体空间为序的体绘制方法。

10.3.1 体光照模型

　　由于体绘制方法要反映光线在三维数据场中所穿过路径上的所有体素的物理学性质,因而其光照模型与仅反映面的性质的表面光照模型有着很大的差别。目前在体绘制方法中,主要有源–衰减(source-attenuation)模型、变密度发射(varying emitters)模型和材料分类及组合(classificating and mixture)模型。

　　1. 源–衰减模型

　　源–衰减模型为每一体素分配一个源强度和衰减系数,当光线通过空间时,按每个体素的源强度及光线沿距离的衰减分配一个亮度值投射到图像平面上形成结果图像,图像上每个像素的亮度是连接视点与该像素中心的光线所穿过的所有体素在屏幕上投影的贡献之和。由于源–衰减模型建立在精确的物理方程的基础上,有可靠的数学基础,因而成为最常用的体光照模型。

2. 变密度发射模型

变密度发射模型将表达云、烟等雾状自然景观的粒子系统用于体数据显示。它假定体空间中充满了粒子云,粒子均可发光,这样就构成了粒子光源系统。在空间每一点的一个小闭合体元中,均定义一个无量纲粒子密度。在由某视点观察体数据时,每一粒子所发出的光能在向视点传播的过程中被其他粒子散射掉一部分,到达视点的光强是衰减后的光强。可沿视线积分求出各粒子云对像素光亮度的贡献,从而得到体数据的可视化图像。

3. 材料分类及混合模型

在有些领域的体数据中,每一采样点上常对应多个物理量,如有限元分析的数据中包括应力及应变,医学图像中每一体素中可能包含骨、软组织及脂肪等。若要同时观察这些量,则首先需要把体数据表达为各种材料所占的百分比,此百分比可以直接输入或用最大似然分类法求得。对不同材料分别计算其密度分布及其色彩和不透明度,根据密度分布函数可提取不同材料的分界面,再进行光照计算。由于同时考虑了材料分界面及不同材料的分布,因而可得到体数据的全局图像。

10.3.2　体绘制的主要算法

体绘制算法主要分两类:以图像空间为序的体绘制方法 —— 光线跟踪法和以对象空间为序的体绘制方法 —— 单元投影法。

光线跟踪法是从视平面上的每个像素,向数据场投射光线,与数据场中的体元相交,以采样方法或积分方法求得光线在相交体元内的不透明度和光亮度,再沿光线方向将各相交体元依序合成, 得到对应像素最后的光强值并显示之。其代表性方法有:Ray Casting、Cell Integration、Sebella Method。在图像空间扫描的体绘制中,有两种不同的图像合成算法,一种是由后向前的图像合成,另一种是由前向后的图像合成,由于由前向后的图像合成方法可以省去无效的计算,速度较快,因而得到更为广泛的应用。为了使产生的图像更加清晰,加快运算速度,许多人正在研究一些改进的光线投射体绘制算法。

单元投影法是将数据场中的单元投影到图像平面上,结果得到一组像素,对这组像素的每一个计算投影单元贡献的光亮度与不透明度,再与原像素上的值叠加,最后得到图像。其代表性方法有:V—Buffer、Footprint、Splatting、Pixar Slice Shearing、相关性投影法等。

光线跟踪与单元投影两种方法各有特点,光线跟踪要将当前所有体数据放入内存,内存要求高,而单元投影只需当前单元的体数据;由于对象空间往往要比图像空间大得多,因而单元投影法的计算时间相对要长得多;光线跟踪难以并行化,而单元投影的并行处理要容易得多。

体绘制最大的特点就是能够对三维数据场进行总体显示,对它的不同层次、材料、特性的各个组成部分,在一幅图像中整体表现出来,得到的是三维体数据的全局图像,克服了面绘制方法所产生的信息丢失的局限。但由于体绘制强调一次性处理全部数据单元,涉及的数据庞大,导致计算量较大,显示速度较慢,对于基于时间序列的三维动态数据场的动态显示就会显得无能为力。因此,目前许多关于体绘制的文章都在探讨如何优化体绘制的运算方法,提高体绘制的速度。

1. 以图像空间为序的体绘制算法 —— 光线跟踪法

光线跟踪法的基本思想是从屏幕上的每一像素点出发,根据当前视点位置,发射一条光线穿过数据场,在光线上选择一系列的采样点,采用插值方法计算出各采样点的不透明度值和颜色值,然后采用由后到前或由前向后的顺序,依据各采样点的不透明度值对其相应的颜色值进行合成,从而得到屏幕上该像素处的颜色值。

设光线穿过体素前颜色和不透明度值为 C_{in}、α_{in},穿出体素后为 C_{out}、α_{out},采样点为 S_1, $S_2,\cdots,S_n$,则沿光线从后到前累加各采样点对屏幕像素的光亮度贡献的计算公式为

$$C_{out} = C_{in}(1 - \alpha_{in}) + C(S_i) \cdot \alpha(S_i)$$

$$C(u,v) = \sum_{i=0}^{n} \{ C(S_i) \cdot \alpha(S_i) \cdot \prod_{j=i+1}^{n} [1 - \alpha(S_j)] \}$$

其中 n 个采样点由后向前排列,且 $C(S_0) = C_{background}$,$(S_0) = 1$。

光线由前到后累加的计算公式为

$$C'_{out} = C'_{in} + C'(S_i)(1 - \alpha_{in})$$

$$\alpha_{out} = \alpha_{in} + \alpha(S_i)(1 - \alpha_{in})$$

其中,$C' = C \cdot \alpha$。

光线跟踪的主要步骤是:

For 每条光线 Do;

　　For 每个与光线相交的体素 Do;

　　　　计算该体素对图像空间对应像素的贡献。

2. 以物体空间为序的体绘制算法 —— 单元投影法

以物体空间为序的体绘制方法是从数据场中的每一体素出发,根据视点位置和方向,将其投影到屏幕上,再根据该体素各点的数据值计算其不透明度值及颜色值,由体光照模型计算出各点处的光照强度,然后根据采用的重构核函数计算出该数据点所影响的二维屏幕像素点范围及对它们光亮度的贡献,最后每个像素点的光亮度是由多个数据点的贡献累加得到的。

典型的以物体空间为序的体绘制方法有 V - buffer 算法、Footprint 算法、相关性投影法、纹理映射法等。

单元投影法的主要步骤是:

For 每一体素或单元 Do;

　　For 该体素在视平面投影区域内的每一像素 Do;

　　　　计算像素点获得的光照强度。

3. 两种体绘制算法的比较

上述两种体绘制算法各有特点,光线跟踪要将当前所有体数据放入内存,内存要求高。而单元投影只需当前单元的体数据。由于物体空间往往比图像空间要大得多,所以单元投影法的计算时间相对要大得多。光线跟踪难以并行化,而单元投影的并行处理要相对容易得多。

4. 相关性投影法分析

由于物体空间体数据单元数目庞大,对于单元投影法的体绘制,其关键问题是要简化投影,加快计算。在众多探讨性方法中,比较典型的是相关性投影法。该方法利用了矩形单元在平行投影情况下的相关性,确定投影形状,将单元分成若干相关的子单元,投影计算在子单元上进行。

相关性投影法的理论依据是,从平行投影的角度出发,任一单元的投影都具有以下性质:

(1) 每一单元的投影在几何上是一类单元投影的一个平移;

(2) 从任一视点出发,一个一般的单元可以简化为至多是 7 个有相同前后面的子单元;

(3) 子单元的投影要么是三角形,要么是任意四边形。

相关性投影的实现步骤是:

(1) 对组成体的各类单元根据特定的形状和朝向决定一个投影的样板表;

(2) 基于该表,遍历整个体;

(3) 对于每一单元,决定子单元顶点的光强度和不透明度;

(4) 用插值决定子单元投影区域中像素的光强度和不透明度;

(5) 将投影区域内像素的值与累加器中的值进行组合。

相关性投影法的单元分割方法:

对于八顶点矩形单元,根据其与视点的相对位置,单元的可见面有一个面、两个面和三个面三种情况,如图 10.10 所示。

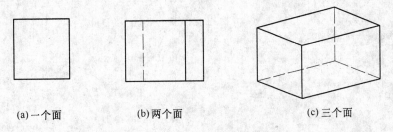

(a) 一个面　　　　　　(b) 两个面　　　　　　(c) 三个面

图 10.10　相关性投影法单元的可见面类型

根据单元的投影区域,可将矩形单元分成若干个具有相同前、后面的子单元,其个数至多为 7 个。子单元是前后面都投影到同一平面位置的多面体,生成的投影多边形的顶点可看成是一对顶点,即前后顶点。沿子单元的侧影轮廓线,这两点之间可能无距离。有些顶点是原单元顶点,有些是交点。

建立一张投影表,分别表示前面、左前面和左前底面。该表包括了所有可能的投影类型以及边、面上的交点,单元顶点与交点对,投影多边形。单元的投影类型确定后,根据表中的分类情况,计算出具体的交点和投影多边形,由此将原单元分成若干个具有相同前后投影区域的子单元。

相关性投影法的光强度计算:

在将各数据单元分割成若干个具有相同前后面的子单元后,子单元相应投影多边形顶点处的光强度和不透明度的计算转变成沿对应子单元顶点对的区间作深度积分计算。微分方程为

$$\frac{\mathrm{d}T}{\mathrm{d}z} = -\Omega(z)T(z)$$

$$\frac{\mathrm{d}I_c}{\mathrm{d}z} = -\Omega(z)I_c(z) + E_c(z)$$

其中 z 是从后顶点穿过单元到前顶点的距离,$\Omega(z)$ 是微分不透明度,$E_c(z)$ 是颜色 C 的微分强度,$T(z)$ 是透明度,$I_c(z)$ 是光强度。

$$T(z) = \mathrm{e}^{-\Omega z}, \quad I(z) = \frac{E}{\Omega}(1 - \mathrm{e}^{-\Omega z})$$

其边界条件为 $T(0) = 1, I_c(0) = 0$。由此可求出

$$T(z) = e^{-\Omega z}, \quad I(z) = \frac{E}{\Omega}(1 - e^{-\Omega z})$$

则顶点的光强度为 $I_{cum} = I(d)$，顶点的不透明度为 $O_{cum} = 1 - T(d)$，其中 d 为前后顶点对之间的距离。

求出投影多边形顶点的光强度和不透明度后，对于投影多边形内的像素点，可用多边形扫描变换，插值计算投影多边形内的像素点上的光强度和不透明度。

相关性投影法为解决投影的简化提供了良好的思路。但由于其单元的可见面是受视点位置影响的，一旦投影方向改变，就要重新确定单元的可见面。当单元包括六节点或四节点时，所要判断的类型就更加繁多复杂。又由于光强须逐点扫描计算，从已做出的程序运行来看，此方法虽比其他方法提高了运行速度，但每一幅体绘制图的生成也需要几秒的时间，需要改进之后才能实现实时体绘制。

参考文献

[1] 孙家广,杨长贵.计算机图形学[M].北京:清华大学出版社,1995.

[2] 唐荣锡,汪嘉业,彭群生,等.计算机图形学教程[M].修订版.北京:科学出版社,2000.

[3] 李东,孙长嵩,苏小红,等.计算机图形学实用教程[M].北京:人民邮电出版社,2004.

[4] 何援军.计算机图形学[M].北京:机械工业出版社.2006.

[5] 陈元琰,张睿哲,吴东.计算机图形学实用技术[M].2版.北京:清华大学出版社,2007.

[6] 张义宽,张晓滨,等.计算机图形学[M].西安:西安电子科技大学出版社,2004.

[7] 吴庆标,韩丹夫.计算机图形学[M].杭州:浙江大学出版社.2006.

[8] 彭群生,鲍虎军,金小刚.计算机真实感图形的算法基础[M].北京:科学出版社,1999.

[9] 郭启全,孙丽玲,刘雄.Turbo C 计算机图形学[M].北京:学苑出版社,1994.

[10] 刁宝成,焦永和,等.计算机图形学[M].北京:高等教育出版社,1999.

[11] 齐东旭.分形及其计算机生成[M].北京:科学出版社,1994.

[12] 唐泽圣,等.三维数据场可视化[M].北京:清华大学出版社.2002.

[13] 贾艾晨.大坝地震反应数据场可视化方法研究[D].大连:大连理工大学,2003.

[14] BARNSLEY M F, DEVANEY R L, MANDELBROT B B. The Science of Fractal Images[M].
Berlin:Springer-Verlag, 1995.

[15] 石教英,蔡文立.科学计算可视化算法与系统[M].北京:科学出版社,1996.